U0473395

THE COFFIN CONFESSOR

遗愿告白师

［澳］比尔·埃德加　著

文泽尔　译

上海文艺出版社

目录

第一章　这是你的葬礼　1

第二章　受政府委托建造的住宅　23

第三章　名字里有什么？　55

第四章　不爱我　71

第五章　有遗嘱的地方就有亲戚　91

第六章　慈善项目　107

第七章　冥运　125

第八章　击不垮我　133

第九章　家，清扫的家　151

第十章　永远不要对恋童癖微笑　161

第十一章 病毒传播 179

第十二章 不是一般的街头小孩 191

第十三章 伊普斯威奇的女王 215

第十四章 我非凡又平凡的妻子 221

第十五章 最后的请求 243

第十六章 伯格路监狱 253

第十七章 H. M. C. 281

第十八章 为你的生活奔波吧 301

第十九章 遗憾，我也有过一些 323

第二十章 现实生活 331

第廿一章 家居装饰 353

第廿二章 国际游乐场 367

第廿三章 忏悔 381

第廿四章　**侦探**　389

第廿五章　**尴尬的东西**　403

第廿六章　**TSS 失踪男孩**　411

第廿七章　**天父**　423

第廿八章　**害怕时间，而不是害怕死亡**　431

第廿九章　**死亡不会等待**　437

致谢　447

第一章

It's Your Funeral

❧

这是你的葬礼

这是个适合举办葬礼的完美日子。一个明媚的夏日清晨，地点在黄金海岸[1]。几个小时之后，此地的热度与湿度将会急剧上升，持续烘烤教堂那陡峭的尖塔屋顶，直到礼拜堂内部变得跟烤箱一样热。不过，眼下天气倒是站在吊唁者们这边的，他们陆续走进教堂里，向死者致以敬意。男士们身穿样式简洁的黑色西服，女士们穿着雅致的素色及膝长裙，其间偶尔也会穿插一两抹亮色。

我跟着他们一起排队进去，面色凝重；当我们依次入座时，我也恭恭敬敬地低着头；周围是椅子摩擦地板的声音，以及鞋子的吱嘎作响声。

仪式在神父的简短致辞中拉开了序幕，之后是一首圣歌，接下来，原本已经在教堂长椅上就座的一个大块头男人站了起来，慢慢走向讲台。他在那里一言不发地站了一小会儿，整理自己为致悼词提前准备好

1　黄金海岸是澳大利亚昆士兰州的一个沿海城市。（如无特殊说明，书中脚注均为译者注）

的讲稿。然后，他开始自我介绍，说自己名叫约翰，是死者格雷厄姆最好的朋友，欢迎我们前来参加他的告别仪式。他们都认识且喜爱格雷厄姆，他们都会想念他的。

约翰可真是个大家伙——满头银发、脸颊红扑扑的，一个典型的昆士兰农民形象，习惯于按照自己的方法来行事。他是那种孤身闯荡全世界、披荆斩棘不畏难的同时，脸上也永远带着大大的微笑，表现得很轻松的家伙。尽管如此，当约翰朝装着格雷厄姆·安德森的棺材投去悲伤一瞥时，当他望向自己在这整个世界上最好的朋友时，嘴角还是耷拉了下去。

约翰看了看礼拜堂里的众人，脸上写满了哀伤，他深吸一口气，然后正式开始致悼词。他大声宣读着自己的开场白，众人虔敬地聆听着。他的声音在礼拜堂内回响，盖过了其中一些吊唁者们发出的轻柔啜泣声。这是个颇为美好的场景，一个如好莱坞电影般完美的葬礼序幕。

刚好两分钟过去之后，依照先前的安排，我站起身来，将西服马甲的下摆扯了扯，以便让它看起来更笔挺些，还清了清嗓子。准备完毕，我将手伸进马甲口袋里，取出一封信来。

“很抱歉，可我现在需要你赶紧坐下来，闭嘴，或者干脆直接滚开得了。棺材里的人有几句话要讲。”

房间里的每只眼睛都转向了我。神父大张着嘴巴，下巴都快掉到地板上了。他不知道此刻正在发生的究竟是什么——眼前的一切令他感到极度震惊。不过，我的注意力倒是完全集中在约翰身上。他是我眼下正要好好对付的人。当众宣读格雷厄姆交给我的那封信时，我的目光一直死死盯着这位原本应该继续赞颂逝者的家伙。

从约翰脸上大惊失色的表情来判断，他其实知道这是怎么一回事。他被吓傻了：他本该如此。

我稍后会详细解释前因后果，不过首先呢，我们需要将时间拨回到几个月前，回到我第一次见格雷厄姆——那位眼下正躺在棺材里的男人——的那个时间点。当时，格雷厄姆来雇我给他当私家侦探。

作为一名私家侦探——如果你想节约点时间，也可以直接使用其缩写“PI”——就跟词典上给这个单词所下的定义一样：我的客户们花钱雇我去调查各种他们希望能够保持私密、不要对外暴露的事情。如果你相信我们这帮人在书籍、电影和媒体中所展现出来的形象，那你恐怕会觉得我们大部分的工作都是在用长焦镜头跟踪委托人出轨的配偶吧。好吧，当然如此，你确实是对的。

PI 所接受的工作当中，有相当一部分都是男男女女委托人对自己另一半的忠诚产生了怀疑，急需有人给他们提供证据来证实这种怀疑。我们当中有一大帮人专门从事这类工作。他们会四处闲逛，长时间跟踪你的配偶，直到他们给你带来并不令你愉快的证据，并且以此证明他们确实在你所委托的案子上花了不少时间，跟踪工作才会告一段落。

但这些从来都不是我的强项，也不是我特别喜欢做的事情。在我看来，如果你对自己的伴侣抱有如此之深的怀疑，乃至于你准备要专门花钱请个私家侦探了，那么我可以保证，你的婚姻肯定早就出问题了。好吧，让我告诉你一些你其实早就知道的小知识，或许可以帮你省点钱：他们真的在鬼混，你最好雇个婚姻顾问来解决问题，而不是私家侦探。

除了配偶不忠行为之外，私家侦探的几乎其他所有工作都涉及为客户调查与金钱相关的各种问题。盗窃、诈骗、勒索……总而言之，大多数的 PI 工作最终都会归结为金钱问题。爱情与金钱——世间唯有这两样麻烦事能够让像你这样的普通人鼓起勇气给私家侦探打电话。

格雷厄姆的案子同时涉及两者。2016 年初，他第一次花钱请我来调查他的财务状况。格雷厄姆是一位六十多岁的农场主，白手起家，一辈子勤勤恳恳。不过最近他生了重病，无法继续承担打理农场生意所需的繁重工作量，只好将财务工作交给自己的会计来负责。格雷厄姆怀疑，在他卧床养病期间，这位会计一直在利用他业务能力的衰退诓骗他。他注意到，农场时不时地就会损失一些钱，理由多种多样，并且都不怎么合理。直觉告诉他，有人在骗他的钱。

格雷厄姆联系了我，因为我在这个领域的水平挺不错，可我却不能马上接受他这份委托，因为我手头还有其他一些工作要完成。尽管如此，格雷厄姆依旧非常想要我来为他施展手段，于是，他告诉我，他很乐意等待。

大约半年过后，我终于可以开始为他进行相应的调查，农场究竟发生了些什么也很快水落石出了。钱确实是从格雷厄姆的户头里骗出来的，我知道是谁干的。在对相关会计人员施加了足够多的压力之后，这笔赃款被退回，案件就此结束。格雷厄姆认为这是一个很好的结果。

不幸的是，这也是格雷厄姆这辈子收获的最后一个好消息。彼时彼刻，他的健康状况已经比他对外表现出来的还要糟糕，在我的调查完全结束、也就是我们即将了结这桩案子的时候，他突然向我透露，说自己眼下已经病入膏肓、无药可救了。他当初很乐意花六个月时间来等我接这桩案子，因为那时他认为自己还有足够多的时间可用。但事实却并非如此。

“我以为自己还能活得更久些。”格雷厄姆对我说道，我坐在床边听他说这些，因为那时他已经完全无法离开病床了。“我觉得吧，恐怕每个人都是这么想的。当你被医生告知，说你只能再活几个月的时候，你心里会想，噢，好吧，管他呢，我感觉挺好的，我应该还可以再活好几年。我根本不知道病情会发展得这么快。”

我们的这次对话聊到了生命的极限状态——关于死亡，关于来世。格雷厄姆并不是真的害怕死亡，但他一直觉得很好奇，想知道当我们最后一次闭上眼睛之后还会发生些什么。

“我不知道自己死后会发生些什么，也不知道自己将会去往哪里，能知道这些不是也挺好的吗？”

“行吧，你一知道就赶紧告诉我，”我回应道，“从那边发出些信号过来。如果你喜欢自己的葬礼，请告诉我一声。”

他摇了摇头。“我想不会的。我已经知道了，我会很讨厌自己的葬礼。”

格雷厄姆告诉我，他觉得自己之前参加过的大多数葬礼都不怎么样。他总是对葬礼上发生的一切感到讶异和失望，因为他总是期望能够在追悼会上看到死者所爱之人的真实反映——那些让他们与众不同、那些让死者在活着的时候在乎他们的东西。好的一面，坏的一面，都是可以的。事实情况却刚好相反，他只能看到一幅经过严格消毒、已经明显褪色的圣人画像，经由神父交付给追悼会的来宾们，这些神父十有八九分不清死者是谁。格雷厄姆甚至有这样一位朋友，为求真实，生前专门录制了自己的悼词视频，可是在他死后，仅仅因为主办人认为视频中呈现出来的信息不适合在葬礼上播出，就直接取消了他生前的安排，最后仪式上只放映了用朋友生活照拼凑而成的幻灯片。

格雷厄姆说，他也想自己写悼词。他会用对他而言真正重要的东西来完成这份悼词，以一种他觉得能够真正代表他生活方式的方式来跟这个世界告别。

“既然如此，你为什么不干脆选用跟你朋友一样的办法呢？”我说道，“拍一段视频，然后让他们在葬礼上播放。”

“我很清楚，他们永远都不会播放这段视频的。有些人会觉得，像这样的一段视频，对于我的家人和朋友们而言，太具有针对性了，他们害怕会冒犯到那些活着的人们。他们认为这样做没有任何意义。”

“我随时都可以为你做这件事，”我开玩笑似的说道，“打断你的葬礼仪式，发表你真正想要发表的悼词。”

说罢，我们不约而同地笑了起来。我们握了握手，互道了再见。我也没再多去想这件事。

可是，几周过后，我再一次接到了格雷厄姆打来的电话。

“我一直在想这件事，”他在电话里说道，“我决定，正式接受你的提议。”

“什么提议？”

“我要你破坏我的葬礼，打断仪式，当众念出我写的悼词。”

“你是认真的吗？”

“非常认真。我会支付给你一万澳元来做这件事。”

“该死，”我心想，“那可是一大笔钱。”

“我有很多话想说。你瞧，我打算在自己的葬礼上透露一些天大的秘密。可是，我最好的朋友，约翰，他坚持要致悼词。”

“所以呢？这一切究竟是怎么回事？”

“他想搞我的妻子。”

***

事实证明，格雷厄姆在安息之前确实有一项重要的私人事务需要处理。约翰是他多年来最好的朋友，但他一直试图接近格雷厄姆的妻子。

实际上，几乎从格雷厄姆生病的那一刻算起，这位老朋友约翰就一直偷偷摸摸地想要跟格雷厄姆夫人上床。尽管她非常恨那个家伙！她根本就不想跟他发生任何关系，不仅如此，多年以来，她也完全不赞成他们两人之间继续维持友谊。可是，自从格雷厄姆病重之后，这几个月以来，约翰一直跑到家里去找她，用蛮力将她逼到角落里，试图强吻她，拍她的屁股，并对她放出各种狠话，明晃晃地提出性要求。刚开始时，她没有将这些告诉格雷厄姆，因为她并不想令他感到难过，但是到了最后，除了告诉他之外，她也不知道还能怎么办了。

哪曾想到，当她真正告诉了自己的丈夫这些事情的时候，格雷厄姆本人也不知道具体应该怎么办。他是典型的乡下小伙子——年轻的时候，他是个手段非常强硬的男子汉，为了在这个世界上生存，他做了一切必须得做的事情。确实有这么一类人，尤其是来自那个年代和那个地方的人，他们习惯于用拳头直接解决问题，不擅长言语对抗。格雷厄姆努力工作，挣了些钱，做了人生中一切他认为正确的事情。可是眼下他躺在病榻上，奄奄一息，无法直接用拳头来处理这种背叛勾当了。

哪怕真的去跟自己的老朋友约翰对峙，格雷厄姆心里其实也很清楚，他这位老朋友根本就不可能在乎——骚扰你垂死朋友的妻子这种行为，绝对不是一个尚存羞耻心的男人该做的事情。

所以，格雷厄姆打算派我去打断他的葬礼，将约翰的劣行公之于众。在此之前，约翰已经跟他说好，自愿在他的葬礼上发表悼词，此举将会当着所有他们认识的人的面，将他给亮出来，这是揭露他的最好机会，但格雷厄姆本人却再也无法做这件事了。

“我可真是虚弱不堪，”他坦白道，“我讨厌这样，如此无助，如此可怜。与此同时，我也感到很惭愧，因为我对这一切无能为力。”

他对近在眼前的这些事情感到极度难过，说实话，我也一样。对于一位临终前的男子汉而言，眼睁睁地看着长久以来一直很信赖的人跑去骚扰自己的妻子，却无法介入，这感觉可真糟心。显然，格雷厄姆全心全意地爱着自己的妻子——看到这个性格素来强硬的男人展现出分外温柔的一面，这很酷——但这也意味着他最好朋友所做的事情真的伤害了他。

我想，如果我的朋友也这样对我，我肯定非常伤心。试想想看，当你急需保护自己的家人时，却已病入膏肓，不能采取任何行动，简直无法可想。这显然是一个令人震惊且恐惧的困境。这或许也是我拒绝结交亲密朋友的原因。

总之，以上就是说服我接受这份工作的理由。格雷厄姆的处境可真令我难过。在我的个人生活中，对于那些因为自身缺乏应对能力、从而被他们认为值得信赖的人们任意摆布的可怜人，因为之前发生过的某些事情的缘故，我会对他们感到格外同情。

“全听你的，”我对格雷厄姆说道，“那家伙，去他妈的好了。我会彻底搞砸你的葬礼，告诉我该怎么做。”

“你觉得这样过分吗？”

“过不过分，由你决定，”我回应道，“这可是你自己的葬礼。”

***

虽然我的本心是想要帮助一位垂死的男人了却夙愿，可是与此同时，我又不能过于相信格雷厄姆的片面之词。因此，我需要证据。

长久以来，作为一名私家侦探，我学到了一件事，那就是每个故事都有三个面：你所认为的一面，他们所认为的一面，除此之外，还有真相那一面。经验告诉我，在没有证据之前，不要相信任何人或者任何事。而且——不要慌，无论是怎样的故事，总有办法拿到证据的。

在得到格雷厄姆的允许之后，我在他家里安装了一个隐藏摄像头。干这种事是违法的，除非你有房主的许可，不过话说回来，只要得到了许可，任何调查也就畅通无阻了。在我职业生涯的开始阶段，做这些事情总是要经过一段烦琐的流程——安装摄像头，录制内容，检索录像——好在如今的监控摄像技术是如此先进，让一切都变得容易多了。

你可以放心大胆地使用这些几乎不占空间的微型

摄像头，装好之后，它们可以直接将视频同步上传至云端，只要有网，你可以从任何地方访问它们。你可以将摄像头藏在毛绒玩具里，以便监视居家保姆，或者将摄像头藏在口红里，用来逮住出轨的丈夫。当然，你也可以上网买一枚跟你衬衫上其他纽扣完全一样的微型便携相机。这一切的寓意就在于：在当今世界上，你必须灵活机动，永远不能太过偏执。

在格雷厄姆家里安装摄像头倒也简单。我使用了一枚比拇指盖大不了多少的超小摄像头，将它藏在他的床头。这让我可以直接看到他家的大厅、厨房和用餐区域。这本身也是格雷厄姆建议我放相机的位置，方便拍摄尽可能多的内容。实际上，从床头看过去时所能看到的一切，基本上也是他临终时将会看到的景象。他的所见所闻，我都能够以形如亲临现场的方式看个一清二楚。

但这场面实在不怎么好看。到了第二天晚上，我就得到了所需的全部证据。

从约翰以为只有他跟格雷厄姆的妻子单独在一起的那一刻起，他就不断地想要接近她。拍打她的后背，企图吻她的脖子。当她经过身边时，他试图在走道里直接抱住她，她不得不用力将他推开。这一切都跟 80

年代的烂俗电影没什么两样。他会故意将饮料洒在自己穿的衬衫上，然后脱下来，让她给他洗衣服，与此同时，他就站在那里秀身上的肌肉。真是个混蛋。

只消看上两眼录像，我就能够从约翰的种种行为当中准确判断出来，这肯定不是他第一次尝试这种放肆行为了。正如格雷厄姆所说的，这些事情一连持续了好几个月。

我带着录像去找格雷厄姆，但他显然对录像中的内容也并不陌生。也正因此，他才专门雇我来破坏他的葬礼。当时的情况确实糟糕透顶。我毫不犹豫地答应了他。

不久之后，格雷厄姆去世了。从他第一次向我透露自己病情的严重情况，到他最终去世，中间仅仅隔了数周的时间；从我同意参加葬礼，到格雷厄姆咽下最后一口气之间只隔了九天。到了葬礼那天，一切都会解决的。我的委托人向我提出了临终请求，没有什么能够阻止我将它履行到底。

***

葬礼当天，最难办的部分是不知道应该穿什么。我在这方面没有什么经验，多少感到有点紧张。我住在黄金海岸的边缘地带，既靠近一座军事基地，又临近热带雨林[1]。根据季节的不同，我需要对付蛇、蜘蛛、龙卷风、洪水和森林火灾。而这些还只是单纯住在家里时需要应对的状况。作为一名私家侦探，我早已习惯了面对各种各样的人：罪犯、警察、瘾君子、骗子、小偷、敲诈者。这些都不会令我感到困扰。在很长一段时间里，我都奉行拳王泰森的名言“每个人都有计划，直到被人打脸为止”——换句话说，随机应变、见招拆招也挺不错。

然而，在格雷厄姆的葬礼正式举行之前，我却非常关心该如何挑选合适的服装。这似乎是个关键问题，但我却完全卡壳了，仿佛我是一位正打算去参加人生中第一次大型舞会、初踏社交界的富家少女似的。我应该选黑色吗？黑色是哀悼的颜色，可我并不完全是一名哀悼者。最后，我决定穿一身不带外套的西装——长裤、白衬衫、合身的西服马甲。这是体面的、足以令人肃然起敬的装束，但又不会显得太过夸张。

于是，我便以这样的盛装打扮走进了礼拜堂。结果到了最后，仍有一个令我感到犹疑不决的时刻：我

---

1 此处所指的是昆士兰温热带雨林，位于澳大利亚最东北端，绝大部分地区由潮湿的森林组成。

应该坐在哪里？根据传统，礼拜堂左边的座位是给家人们坐的，右边的座位是给朋友们坐的。可我既不是格雷厄姆的家人，也不是他真正的朋友。除了格雷厄姆夫妻和约翰之外，我其实并不认识那里的任何人。

就我个人而言，我也一直在试着保持低调，当有人主动过来跟我聊天时，我总是会讲一些格雷厄姆的好话，但又很注意分寸，不至于引起他们的注意。尽管我已经很低调了，当我走进礼拜堂时，人们还是纷纷走过来向我致意。

他们会说："节哀顺变。"要么就是"你是怎么认识格雷厄姆的？"

我只能给出一个模糊的回答："我们曾经一起共事。"这的确是事实。他雇用了我，我为他工作。

最后，我选择跟他的家人们坐在一起，座位离前排足够近，方便做我必须要做的事情。

当约翰站起身来，走上讲台时，我轻而易举地认出了他。他开始发表演讲——对他死去朋友的一生进行虚情假意、言不由衷、自以为是的论述。格雷厄姆之前专门嘱咐过，一定要让这位最好朋友的演讲好好开场，等他讲了不少于两分钟之后，再来打断他的演讲。于是，两分钟一到，我马上站了起来，说出了自己的开场白。

“很抱歉，可我现在需要你赶紧坐下来，闭嘴，或者干脆直接滚开得了。棺材里的人有几句话要讲。我叫比尔·埃德加，我是代表死者来的，他有话要对你们大家讲。”

礼拜堂里非常安静，你甚至可以听到信纸的沙沙声在角落里阵阵回响。我展开格雷厄姆最后的这封信，大声宣读了起来。

“约翰，我是格雷厄姆·罗伯逊。我雇了比尔来打断你正在念的悼词。在此，我要正告你，在好几个不同的场合，我都亲眼看见了你试图骚扰我妻子的不良行为。上帝保佑她，她拒绝了你的每一次挑逗。纵使你没能真正得逞，但这也不能改变一项最基本的事实，即任何一位真正的朋友都不会去做你做过的那些事情，尤其是当此人的朋友还躺在自己临终的病榻上时，这种行为就更显得无耻了。我憎恨你，因为你已做过的一切，以及你仍想去做的一切。我最后的愿望，是你赶紧从这里滚开。我的葬礼不欢迎你，而且，你绝不应该代表我在葬礼上致悼词。”

读完这一段，我抬起了头。目瞪口呆的约翰扔掉了手中拿着的讲稿——鸦雀无声的礼拜堂里，我很清楚地听见了讲稿掉到地上时所发出的声音。此时此刻，他的两只手死命抓住讲台的两侧，脸色变得异常古怪。说实话，他现在的脸色肯定比我那位躺在棺材里的可怜委托人还要苍白。看到这一幕，我的内心感到非常愉悦。

任谁都可以看出，事态的骤然转变令约翰感到无所适从，当然啦，他越无所适从，我就越开心。瞧瞧，约翰的那张脸，可真是够欠揍的。大家不妨想象一下鲍勃·卡特[1]没戴帽子时的模样——银头发、红脖子，一股子自高自大、在小镇上称王称霸的地痞派头。

我手里的这封信还没全部读完呢，那家伙就心虚胆战、满脸羞愧地离开了。有个女人——我猜她是这位老朋友的妻子——站起来跟着他一起走了出去。她看起来非常生气。

礼拜堂的会众当中有几个人试图抗议，要我坐下来，但我平静地告诉他们，棺材里的人还有很多话要讲。

“要么你们留下来听听他到底想讲些什么，要么你们也一起滚蛋好了。”我礼貌地回应道，然后继续当众宣读格雷厄姆的遗信：

---

1 澳大利亚政治家，他的经典形象就是银色头发，戴一顶白色帽子。

“还有——如果我的弟弟，以及他的妻子跟他们的女儿也在这里的话，现在同样可以滚远些了。我三十年都没见过你了，如今却硬要过来表达你的哀思？你这辈子都不尊重我，为什么我死后反而突然要来尊重我？我活着的时候你在哪里？在我过得很困难的时候，你们又何曾想到要来帮帮忙？”

“这场葬礼是为我真正的亲人们举办的，我将永远记挂他们，当然也是为了我的妻子，我爱她，直到生命的最后一刻，我仍爱你。”

读完了，我将信纸折起来，放回到信封里面，然后走到棺材前，轻轻地将它放在棺木上。

我沿着过道慢慢往外走，直到我来到礼拜堂的双开门前时，里面仍旧是鸦雀无声，只有我自己的脚步声在身后响起。

我离开之后，葬礼还会继续进行吗？我也不知道。这不关我的事。我完成了自己对委托人许下的承诺，并且实现了他最后的愿望，向他那位最好的朋友伸张了正义——在格雷厄姆因为病得太重而无法捍卫自己最基本的权利时，这个坏男人终于暴露出了他的本来面目。

当我正在往自己停车的那条路走时，有个年轻女人跑过来叫住了我。她自我介绍，说自己是格雷厄姆的女儿。她很感谢我刚才所做的一切。

“爸爸肯定很喜欢，”她说，“妈妈也觉得很好。我很高兴发生了这一切。”

她告诉我，她妈妈完全不知道应该拿约翰怎么办，尤其是现在格雷厄姆已经不在了的情况下，更是如此。约翰完完全全就是个无耻之徒，甚至在她妈妈已经明确让他知道，他这个人特别令她感觉厌恶之后，约翰仍然一次又一次地对她出言不逊，动手动脚。如今这个家伙终于在他们的整个社交圈子里颜面扫地了，她妈妈认为自己应该再也不必担心受他的骚扰了。更好的是，现在整个社交圈子都知道，她每一步都在拒绝约翰，自己的清誉也因此得到了保障。

“我很高兴能够帮上忙。”我回应道。事实如此。

在此之前，我所过的全部人生已经将我变成了那种根本不在乎任何人看法的家伙。在这个世界上，只有少数一些人是我确实会去关心的：我的妻子，我的孩子，以及那些没有能力照顾自己的可怜人。如果我们连自己最亲近的人都无法相信的话，我们在生活中还有什么盼头可言？

第二章

Commissioned Estate

❧

受政府委托建造的住宅

在我的童年时期，我们一家人住过许多出租屋，我们似乎总是在搬家。还记得有些时候，我们全家十一口人统统挤在一栋房子里——我、我的外祖父母、姨妈、舅舅们、我的妈妈、我的弟弟和妹妹，全都挤在这栋房子的三间卧室里。通常情况下，我们需要共用一个卫生间。同在一个屋檐下，很难跟所有人和谐共处，我们之间经常会发生口角，要么就是其他形式的争执。

我对那段时期的印象很深，多少往事，至今仍历历在目。最难忘的一件往事——警察被叫到我们租住的房子里，将我们赶到了大街上。全家所有的大人和孩子都坐在大街上，仅有的几件财产散放在我们身边。这么多人挤在一栋房子里，你肯定会对此感到质疑，我可以理解，你肯定会想，为什么我们加起来还付不起微薄的租金。

我舅舅的一个朋友，他是拖车司机，他过来接我们这一大家人离开。他的心肠真的很好，允许我们暂时借住在某块空地上的一辆大篷车里。

我还记得我们家第一栋真正住过的房子——那是个真正的家，不是一辆大篷车，或者哪个朋友出租屋的地板，抑或路边的哪处庇护所——这栋房子是由政府指派给我们的。这意味着我们结束了从独栋住宅转战小公寓，住过大篷车之后又上街流浪的吉卜赛生活。

妈妈在政府的等候名单上等了很久，最后，当我十一岁的时候，她在一处受政府委托建造的住宅区里分到了一套社区房。这里的一切都是崭新的：一栋崭新的建筑，在一条崭新的街道上，在一处崭新的社区里。

我简直无法相信我们这次交到的好运。这一切实在是太美好了。当时的我完全无法理解我们家获得这样一种天大好运的原因，唯一的解释就是——我们肯定是赢了彩票头奖。现在回想起来，那栋房子造得特别快，造价便宜，设施也很简陋——房子里几乎所有的东西都是用纤维和塑料制成的。但我也记得自己当时在房间里跑来跑去，尽情享受光脚踩在木地板上时的感觉，最后甚至跑进了一处真正的后院里。这是我有生以来拥有的第一个后院。院子里面什么都没有——没有草坪，没有景观，只有泥巴和混凝土。尽管如此，你却可以在泥巴和混凝土的基础上进行任意改造，我也已经对这个地方制定了各种各样的计划。我会在那边挖个洞，开始建设一座像模像样的花园；我要在家附近寻找任何可以直接挖出来带走的树木，带到后院里重新种上。那可真是一段非常美好的回忆啊，当时的我简直是欣喜若狂。我想，这是在为我们全家人创造一个真正的家。当年，我还只是个孩子，但是连我都知道，这是一个全新的开始，是改变人生的契机，而且——我是这个家里的男人。

整个社区都是为那些生活不尽如人意的家庭建造的。难民、移民、酒鬼和毒虫。以及我的妈妈。

我想，每个家庭都会遇到些问题。每个家庭中都有好的一面和坏的一面。就我们家而言，妈妈遭遇的坏事超过了她的承受极限。妈妈不是个酒鬼，她也不吸毒——除了贝克斯[1]之外，这是一种三合一药物，由镇静剂、兴奋剂和抗抑郁剂组成。她那一代人当中有大约一半人，特别是家庭主妇，会对贝克斯这种药上瘾，因为它可以直接在商店柜台买到，如同糖果那样，直接拿出来卖。就像医生给我们这些行为模式怪异，

1　一种复合镇痛剂。

令他们感到困扰的孩子滥用利他林[1]一样。

然而，妈妈的另外一种瘾同样也具有破坏性——不论是对她自己，还是对我们这整个家庭。她是个赌徒。她在赌博这件事情上陷得实在太深了。只要有任何空闲时间，任何一点富余的澳元，她都会去玩老虎机，钱和时间都直接流进了老虎机里。

我们住在昆士兰州[2]，在这里，老虎机并不普及，可我们正好住在新南威尔士州[3]的边界上，所以她总是会越过州界去赌博。无论我们的生活中发生了什么，她总是能找到去那里的办法。她想尽一切办法去赌博：乘坐公共交通工具，搭朋友的车，或者自己开车——在她有车的时候。

妈妈全心全意地爱着自己的那些车，爱着它们所代表的自由。她最喜欢的车是一辆水绿色的奥斯汀[4]，妈妈称呼它为莫德。至少在她拥有它的时候是这样称呼它的。每隔一段时间，就会有一辆车突然停在我们家的车道上，似乎是突然出现的——但这也只是在她

1　一种精神类药物。

2　澳大利亚的六个州之一，位于澳大利亚大陆的东北部。

3　新南威尔士州，澳大利亚东南部一州，拥有沿海山脉和内陆高原。

4　英国汽车品牌。

需要快速获得一些现金来赌博之前的事情，然后，到了第二天，这辆车又会突然消失。

一周之后，我们有了一屋子的家具和电器——舒适的沙发,漂亮的电视机,装满食物的冰箱。再过一周，一切又都消失了，我们所拥有的全部东西统统进了典当行。每逢这时候，我们就只好空着肚子睡在地板上。接下来，再过两周，她会大获全胜，转眼之间，我们又可以大快朵颐了。

这是一种相当糟糕的生活方式，但关于那栋房子的回忆，对我而言依旧很美好。以至于每隔一段时间，我都会开车回到那里，坐在老房子的外面，追忆那段美好时光，直到一些坏日子的记忆再度涌上心头，然后，一切都结束了。再然后，我就该离开了。

我们全家对于能够住在这里这件事都感到非常开心——附近的每个人都是如此。我们所有人都在一处崭新的、政府委托建造的社区里，获得了过第二次人生的机会。当然，随着时间的推移，这种感觉逐渐消失了。闪亮的新房子很快就变得破旧不堪，设施日渐粗糙，装饰日渐简陋。居住在这种地区，你整个人都必须非常坚强，才能够生存下去。否则，你干脆就把自己锁在屋子里，永远不要出门。当一切变得太过艰难时，打包走人也是不错的选择。

这就是妈妈最后的一点好运了。我们在那里待了大概四年。到了最后，她连最微薄的一点点租金都付不起了，我们不得不离开那里。

但那栋房子始终是一扇窗口，让我窥见了自己从未想过的生活。在此之前，我从来没有感受过这样一种程度的保障和安全。我的头上有屋顶，桌上有食物。打我记事时起，妈妈从未真正工作过一天，可她却得到了一栋可以随便住的房子。更令人感到难以置信的是，她还是把一切都搞砸了。

这种认知固然令人感到痛苦，但对我而言也不失为一种很好用的催化剂。自那以后，我想证明自己可以做得更好。我的脑海中将永远留下这样一个念头：永远不要忘记你来自哪里。永远不要再回去，也永远不要回头看。最重要的是，利用每一次经历，无论它是好是坏，都是在为更好的未来提供燃料。

***

这个家里的成员当中，只有我的外祖父能够坚持工作。他在当地一处街角商店的收银台打工。周末时，他会为那些不能亲自来店的客人们送些食品杂货。这份工作的收入使他成为这个家庭实际上的掌权人，他很喜欢自己作为家族大家长的角色。他掌管着钱包，家里的任何事情都要经过他的同意。

在我快八岁的时候，外祖父问我是否愿意在每天放学后以及周六上午，跟他一起在收银台打工。我对这个提议感到喜出望外——这意味着我可以获得糖果，不仅每周能赚到两澳元，还可以吃我能吃到的所有糖果。

外祖父跟我妈妈说，这将有助于我学习数学，我很快就会变得非常擅长加减法。我记得妈妈跟他交换了一个眼神，然后点头表示同意。

我简直要开心坏了。我们住在距离商店只有几个街区的地方，所以可以很早就骑车到那里去。跟那些日子里附近居住的大多数孩子一样，家里唯一的要求就是保证自己要在路灯亮起时回家。我每天都会尽量确保自己按时到家，因为迟到就意味着挨打。

之后的几个月里，我几乎每天都在街角商店打工。黎明时分起床，黄昏时分回家。到了周末，外祖父会给我两澳元，而当我回家时，妈妈则会从我这里拿走这两澳元。“帮你妥善保管。”

她言出必行，将钱保管得很好，我从未见过其中的哪怕一分钱。除非能够在它进入博彩公司账户之前将它给偷回来。

***

当遇见难得不需要在商店里打工的星期六时，我会去参加足球训练。我是一名天生的足球运动员——第一次踏上足球场时，我已经是一点就通的高手。球场上的每一分钟，我都在练习，而且越练越好。

我确实在这项运动上有着过人的天赋。从参加的第一场比赛开始，我的技战术水平就超过了其他大多数孩子，运球速度甚至比他们之中最优秀的人都要快。而且，这一切完全不需要什么合用的装备——我可以赤脚打比赛，在球场上来回穿梭。

直到十岁时，我才有机会加入一个真正的足球俱乐部，即冲浪天堂足球俱乐部。我被告知，要像其他孩子一样，穿白色短裤和蓝色短袖去参加第一次集训课。我仍然没有足球鞋，所以依旧是光着脚来的，而其他大多数孩子都穿着闪亮的镶钉足球鞋。但我还是比他们快。

我给教练留下了深刻印象，他预言道："你将为澳大利亚国家队效力。"说罢，他揉了揉我的头发。

教练是其他受训的孩子们里面其中一位男孩的父亲，是个很了不起的人。他会带一大包橙子来参加训练和比赛。因为家里食物匮乏，我总是能吃多少就吃多少，将橙子一个接一个地塞进自己嘴里。教练不得不嘱咐我慢点吃，并且承诺我可以在回家路上带一些橙子慢慢吃。

在赛季开始时，每个孩子都会得到一份同意书，让他们的父母签字，然后连同俱乐部的场地与设施租用费一起上交。我将同意书带回去交给了妈妈，但她既没有支付费用，也没有归还这份同意书。

有一天下午，当时离第一场比赛只有两个星期了，教练把我拉到一边，告诉我，没有我妈妈的允许，他不能让我上场。

"妈妈下次会来看我训练的，"我向他保证道，"到时候她会向你支付相关费用的。"

她确实说过她会来，而且我也真的以为她会出现。但她从未出现过。

不过，队里另一个男孩的父亲出面支付了我的费用，甚至给我买了第一双足球鞋。这双鞋非常漂亮：黑色橡胶，黑色皮料，两边各有一只飞奔着的蓝猫。虽然球鞋专用的皮革普遍都很硬，但这双却尤为舒适，还很合脚。在第一次穿上它们进行训练时，我发现自己能够比以前踢得更加有力，踢得更远。

我感到非常激动，从没想过还要脱下这双鞋！训练完后，我甚至还穿着它们骑车回家，然后飞快地跑进去告诉妈妈发生了什么。她似乎也为我感到开心，虽然她没钱支付我的足球训练费用，但有人会关心我，给我这个机会，她依然觉得很欣慰。

然而，外祖父却并没有为我感到开心。事实上，他大发雷霆。指责我偷了别人的鞋子，要么就是我去求了别人给我买鞋。我否认了这两项罪名，这反而更令他生气。他推开前门，将我的新鞋子扔到了大街上。

这种行为令我妈妈感到很难过，她泪流满面地试着为我辩护。吵着吵着，他们父女之间爆发了一场恶斗，两人都大喊着要杀人。当他们终于停止争吵时，妈妈看起来像是马上就要扇我一个耳光。于是，我赶紧退回到了自己的房间里。

这一切都是我的错，这个事实令我深感恐惧。当天晚上，我从卧室的窗户跳了出去，拿上我的鞋子，推上自行车，骑进了黑夜里。这是我第一次离家出走，在此之后，我陆续离家出走了许多次。

第一次尝试逃跑的旅程并没有持续多久。我以为妈妈会主动来找我，但她知道我其实无处可去，最终还是会回家的。于是，在逃跑了一个小时之后，我回到了家里，脚上还穿着那双新鞋子，我又忘记脱了。

妈妈打开了前门。她告诉我，外祖父要见我。他在卧室里等着。

为了进到外祖父母的卧室里，我必须先经过客厅，我的兄弟姐妹们正在那里看电视；他们谁也没有注意到我，眼睛全都死死地盯着屏幕。我推开外祖父卧室的门，果然，他正坐在床上，黑色的皮带紧紧缠绕在指关节上。

“进来，”他对我说。“手摸到你的鞋头。”

在第一次重击来临之前，我就哭了——实际上，早在看到皮带的时候，我全身上下已经开始了颤抖。

第一击正式袭来，威力惊人，皮带结结实实地打在我后背上。我踉跄了一下，迅速直起身子，揉了揉屁股，结果马上又被打了一下，我的手指承受了第二次打击的大部分力量。第三下，打在我的小腿肚上，迫使我摔倒在地，外祖父则继续抽打我的腿。

我尽可能蜷缩起来，大声呼救。重击一直在继续。

最后，妈妈走进了房间。

“他已经受够了。”她一边劝外祖父，一边让我赶紧去洗个澡，准备睡觉。

当我放好洗澡水时，听到家里其他人又吵了起来。又一次起了争执，关于我的部分已经收场了，这些争执却不会就此结束。

我感到极度沮丧、愤怒，不仅如此，身体还非常疼。我踮起脚尖，对着浴室的镜子检查我的腿和屁股。皮肤上已经浮现出那些暴怒的伤痕，这些伤痕在温水浸泡下，逐渐变得瘙痒难耐。

那天晚上，我躺在跟兄弟共用的那张双层床的上铺，尽量不去抓那些伤痕。门开了，妈妈走了进来，让我在外祖父睡觉前，去跟他说声对不起。我从双层床上爬下来，手还在不住地擦着眼泪，我走进起居室里，外祖父正在看电视。

“对不起。”我说。

“来这里。”他把我抱起来，让我坐到他的膝盖上。

他紧紧抱着我，将我拥到他的胸前，电视发出的辉光在我身上闪烁。我们在那里坐了很久，妈妈跟外祖母都走了过来，有一搭没一搭地说我坐在那里的样子有多可爱。显然，他们没有注意到我眼中的恐惧，也没有注意到——当外祖父把我抱得越来越紧的时候——我身体止不住的颤抖。

***

我在新足球俱乐部的第一场正式比赛被推迟了。前一天晚上雨下得很大，场地湿透了，不能在上面踢球。妈妈建议我到商店去给外祖父帮忙。我不介意在休息时间过去，因为外祖父会偷偷给我塞糖果吃——“这可是我们之间的小秘密”——并且允许我玩店里的弹球机。

这是不同寻常但又格外安静的一天，外祖父正在将店里的各种食品和杂货装箱，然后再将它们放进自己的汽车后备厢里，如此一来，他在回家路上就可以顺路送到客户们那里去。他忙得团团转的时候，我坐在卖糖果的柜台旁边。无论从哪个方面来看，这都是一个典型的星期六。

忙过一阵之后，他走了过来，靠在柜台上，又过了一小会儿，他拍了拍我的膝盖。

“我看到了，你昨晚在摸自己。”他说。

我不明白他的意思，莫名其妙地望着他。

“你听到我说的话了，”他用低沉的声音吼道，“你在自慰，我抓住你了。”

“没有的事！”我抗议道，“你在说谎！”

外祖父给了我一记耳光。这一巴掌来得毫无征兆，打得我直接从凳子上翻了下来，摔倒在地时，嘴唇重重地磕到了糖果柜台上。

我在地板上躺了好一会儿，舌尖尝到了鲜血的味道。外祖父跪在我身边，将自己的手帕递给我，突然显得有些担心起来。他告诉我不要紧张，这只是一点皮外伤，但我应该注意，以后不要再像那样跟他讲话，因为那样是要承担后果的。

就在这时，门上的小铃铛响了。一位顾客走进这家商店来买晨报。当他看到血从我脸上流下来时，他连忙问道：“你怎么了？你还好吧？”

我想大声尖叫并且逃跑，但外祖父告诉他，我没什么事。我只是在凳子上晃来晃去，不努力工作，老天给了我个教训，但我没什么事的。

“好吧，确实该给你个教训。”这位顾客说道。

他咧嘴一笑，拿起报纸走了出去。门上的小铃铛在关门时再一次响了起来，如此一来，又只留下我跟外祖父两个人了。

商店的后面有一间浴室和厕所，外祖父让我到那里去，好好把自己清理干净。如果有人问我发生了什么，就说我在做坏事时自己从凳子上摔下来了。如果不这样说，我就会有大麻烦。

那天我不敢直接回家，所以骑车去了我偷偷建造的一处小秘密基地，它藏在当地一家名叫“粉红狮子狗”的汽车旅馆后面的某个隐蔽位置。是个很舒服的地方，我可以在那里慢悠悠地吃我的棒棒糖，假装我是在一个完全属于自己的家里，远离我的家人们。那是一个真正让我感到安全的地方，因为只有我知道它在哪里。

***

抵达公园之后，外祖父把新自行车从汽车后备厢里拖出来，跟我走在一起，我则负责将自行车推进公园大门。有一条混凝土浇筑的小路——看起来像是跑步专用道——通往公园深处，走着走着，我们经过了一处养鸭子的池塘，各种类型的水鸟都在这里安家。公园里的其他地方还有专门为家庭野餐准备的烧烤架、桌子和椅子，孩子们在各种游乐设施和秋千架之间来回奔跑、玩耍。公园里每隔一段距离就有一只巨大的水泥脚印，看起来就像有个巨人横穿过了公园一样，有一群孩子正在玩从一只脚印到另一只脚印的跳跃小游戏。自公园远方的尽头处，有条小河蜿蜒流过绿油油的草地，到处都有孩子们在小河里蹚水玩闹，要么就是坐在充气垫上漂来漂去。对于我这个年龄的孩子而言，眼前基本上就是宛如田园诗画般的美景，我立刻就爱上了这个公园，并且决定根据这些巨大的水泥脚印将其命名为“大脚公园”。

在另一种生活中，在另一个家庭里，今天必将是美好的一天。

此刻，外祖父坐在公园里的一条长椅上，示意我去骑车。我绕着小路骑了好几圈，随着对新自行车越来越熟悉，速度也越来越快，直到外祖父喊我过去吃东西才停下来。他给我带了一罐软饮，还有一袋薯片。在我吃东西的时候，外祖父又递给我一只白纸袋。我打开袋子，里面是一条蓝红相间的游泳裤，刚好是我的尺码。

“穿上泳裤，你就可以去跟其他孩子们一起游泳了。”

我环顾四周——周围全是陌生人，包括跟我同龄的孩子。一想到这些同龄人将会看到我没穿裤子时的模样，我就觉得很羞愧，于是，我询问外祖父，是否可以到公园厕所里去换衣服。他告诉我，不行，我应该在这里换，因为他可以在这里看着我。我有点害怕，但更多的是恐惧，因为其他孩子都会看到我。

我全身上下都在颤抖，慢慢地将短裤给脱了下来，一直脱到脚踝位置，为了保持基本得体，我身上依旧穿着衬衫和内衣。这是个缓慢且尴尬的过程，外祖父等得不耐烦了,开始催促我,叫我快点换。他俯下身来，凑到我跟前，用力扯下我的内裤，然后又帮我拉起我的新泳裤。他似乎对此感到很满意——我终于能够跟其他孩子们一道，在河里开开心心地玩耍，他似乎也很开心。

哪曾想到，我才刚跳进水里，外祖父就挥手让我回到公园的长椅这边，然后告诉我，该回家了。没有毛巾，外祖父将我之前脱下的衬衫递给我，让我直接把衣服穿回到仍旧湿漉漉的身上。我伸出手来，想拿我的短裤，但外祖父已经将短裤收拾好，也不理我，反而直接朝着车子的方向走去。他把我的短裤、我的鞋子，还有那辆自行车统统放进了后备厢里。浑身湿漉漉的我起身去拿我的短裤，但外祖父砰的一声关上了车盖，差点压到我的手。

“你这个蠢孩子。”他突然拧住我的耳朵，耳朵一阵刺痛，然后，他又把我拽到副驾驶那一侧，打开车门，等着我爬进去。

回家的路上非常安静。不再有关于学校和朋友的问题。最后，他打破了这可怕的沉默。

“你喜欢这个公园吗？”

“喜欢的。”

“你玩得开心吗？”

“是。”

“你一直在玩自己吗？”

我的身体开始了颤抖。

“怎么了？”外祖父问道。“你觉得冷吗？”

我还没来得及回答，他已经伸出一只手来放到了我的右腿上，开始前后摩擦，好像是要通过这种方式让我暖和起来。每一次摩擦，他都会故意触碰到我潮湿的泳裤。

“你喜欢我正在做的事吗？”他问道，“感觉好吗？”

此刻的我，身体完全不受控制地在颤抖着，无法回答他所提出的任何一个问题。这似乎令他感到非常生气。他把车停在路边，俯身向我，使劲拉扯我的头发，我的眼泪马上涌了出来。他说我太无礼了，要好好教训一下我。于是，我马上告诉他我很抱歉，我不是故意调皮捣蛋、惹他生气的。

他的情绪很快又变了，告诉我他爱我，我是他的最爱。他关心我，还有，每次他询问我是否喜欢他正在做的事情时，我都应该马上用响亮而快乐的声音回答“是的”。

他再一次把手放在我的泳裤上，再一次问我是否喜欢他正在做的事情。

“是的。”我回答道。

“你想让我一直这样对你吗？”

我再次回答，“是的”。但我的脸上却瞬间流满了泪水。他的手立刻从我的泳裤那里移开，快速给了我一记耳光。

“很好，”他说，“现在你可算是有值得哭的理由了。”

从那天起，外祖父一有机会就虐待我。他总是问我那些相同的、令人倍感不安的问题，然后将手放到我最讨厌的那个地方。

做完这些之后，他会抓住我的头发或后颈，紧紧地掐住我，每逢这时候，我的眼睛都会开始流泪。事后看来，他之所以会掐我，主要还是因为他对自己在我身上做的这些事情感到厌恶，所以必须想办法为自己开脱。比方说，其实是我自己喜欢这样，要么就是我也必须承担一部分责任，因为有了这些理由，他不得不出手惩罚我——他总得想办法让自己的行为可以自圆其说，否则没办法活下去。也正因此，他特别讨厌我哭，因为我一哭，他做的事情瞬间就变得缺乏合理性了。

再后来，当我独自一人的时候，当他已经不能够再伤害我的时候，只要一找到机会，我都会拼命哭泣。

***

某天清晨，我在看电视。电视上正在播放一档儿童节目，主角是个名叫阿格的会说话的木偶，我觉得他十分有意思。很喜欢他冲着大人顶嘴的方式。可是，要是我真的照此去试一试的话，肯定会被打个半死。

这档节目经常会邀请一位嘉宾，他是一名警察，身上总是穿着整洁笔挺的制服，被称为“戴夫警官”。他总是警告孩子们，随便跟陌生人说话可能会有危险。事实证明，这并不是我人生中危险的主要来源。

我正在看节目，妈妈进来了，她说要给我一个惊喜：外祖父要带我去钓鱼。我看着她，一时之间很有些困惑。然后，我发出了抗议，说自己感觉身体有点不舒服，不想跟外祖父一起出去钓鱼。她生气了，说我是个忘恩负义的小混蛋。说我应该感激外祖父专门花时间来陪我，教我如何钓鱼。

“这会让他很高兴的，”她说道，“所以，你也应该努力让自己开心起来。对外祖父多笑笑。”

外祖父的船是他的骄傲和快乐之源——那是一艘芥末色的半舱船，后面装了台黑色的水星牌发动机。他会去海边钓鱼，或者在布罗德沃特[1]（冲浪天堂[2]北面的一个河口）来来回回地晃悠，以此来消磨时间。这就是我们那天要去的地方——首先前往我们住处附近的一条船用坡道，然后再穿过布罗德沃特。

在前往坡道的路上，外祖父问我是否钓过鱼。我告诉他，我跟一个朋友有时会去河边撒网，但除了一条半死不活的蟾鱼[3]之外，我们什么也没捕到过。

“那不是捕鱼，”外祖父笑道，“我要教你如何真正地去捕鱼。”

当我们穿过布罗德沃特时，外祖父问我是否愿意试试开船。我当然答应了。我以前从未开过船，也几乎看不到船头，但外祖父教会了我如何掌舵，还有一些简单的操控技巧。开船实在太有趣了——踩下油门，能够感觉到船在水面上加速前进。

1　一处浅水河口湾，位于澳大利亚昆士兰州东南部的黄金海岸地区。

2　澳大利亚昆士兰州黄金海岸中心的一个海滨小镇。

3　一系列底栖鱼类的统称。主要分布于美洲暖海，偶见于淡水。

外祖父指着布罗德沃特中间的一个小岛，命令我朝它行驶。那里就是我们要下锚停靠的地方，因为照他估计，鱼很容易在那一带上钩。

确实如此，当我们抵达那里时，水面清澈得如同玻璃一般，布罗德沃特的沙质湾地看起来似乎只有脚踝那么深。我可以看到成群的小鱼在船下游来游去，于是，我心想，我们将会钓到好多好多的鱼。

当外祖父准备好一切时，他让我脱掉短裤、鞋子和袜子。

我问："为什么？"

"让你更方便在船舱外面活动。如果你掉进水里，你就能安全地游回来。"

这番话似乎很有道理，而且早上天气炎热，阳光灿烂，所以我就听了他的话，脱得只剩下内衣裤。

外祖父准备好了鱼竿和绕线轮，他教我如何将鱼饵装到鱼竿上，如何将鱼线尽可能远地抛出去。每次我准备开始收线时，他都会冲我发火。

"等等！要有耐心。这些鱼不是傻子——它们都是成群游动的。你必须抓住那条游得最慢的鱼。那条总是在寻找食物的、懒惰的鱼。

突然间，钓竿开始抖动和弯曲。我钓到了自己人生中的第一条鱼。我非常兴奋，开始往回卷线。但外祖父从我手中一把夺过鱼竿，他卷线的速度比我想象中还要快得多。

他冲我喊道:“快把网拿过来。”我赶紧拿起渔网，将鱼从水中捞起来。

“这是一条牙鳕鱼[1],”外祖父一看到它就大声宣布道，“还挺大的！”

我喜不自胜。我钓到了一条鱼！第一条鱼，我的第一条鱼！

外祖父教我如何将鱼从鱼钩上取下来，然后便把它扔进了一只装了一半水的桶里。

当他再次装上鱼饵，用力将鱼线抛出去时，我盯着桶里的鱼，发现那条鱼也在盯着我看。突然间，我对自己钓到的这条鱼有了些共鸣，心里一下子觉得没那么开心了。它看起来是那么悲伤，那么孤独，我为它的遭遇感到难过，所以，我当即决定，以后再也不钓鱼了。

上午慢悠悠地过去了，我时不时地检查一下桶里的鱼，确保它没什么问题。头顶上的太阳越来越炙热，

---

1 一种常见的食用海鱼。

于是，我便将水桶移到了阴凉处。与此同时，外祖父开始变得有些沮丧，因为他必须一直守着，没办法随便吃点东西，而且这里也一直没有新的鱼上钩了。最后，他撤了线，建议我们换到一处新地方。不过，他问我想不想先去游游泳。

现在的天气已经让我热得受不了，用游泳来降一下温，听起来似乎挺不错，但我不想将这条鱼单独留在船上。我知道，如果我告诉外祖父，我正在为这条鱼感到难过，外祖父肯定会看轻我，所以我只好告诉他，自己并不想游泳，但拒绝向他解释为什么。

这个回答令他深深地叹了口气。他换了个话题，问我知不知道船的前面和后面叫什么，然后解释说，前面叫艄，后部为艉。

我觉得这很有趣——他们为什么不直接叫这两个部位前面和后面呢？外祖父说，他也不知道，但为了证明我现在明白了船头和船尾的区别，他让我到船尾站着，我照做了。我在那里摇摇晃晃地保持了一会儿平衡，结果外祖父迅速地走了上来，将我直接扔进了海里。

海水比从船上看到的更深、更冷。我不禁惊慌失措，开始挣扎和尖叫起来。

这时候，外祖父变得异常愤怒。他从船边伸出手来，抓住我的胳膊，将我拖向甲板上的梯子。他的那双手像老虎钳一样紧紧地抓着我。

“你必须说出口，说你想要我跟你一起玩，你必须说，只有说了才能回到船上，”他下令道，“告诉我，你想要。”

我什么也没说。我又害怕又沮丧，完全说不出话来。水很冷，但因为海水对我皮肤持续不断地进行着拍打和冲击，打得很重，我疼得不行，反而令我觉得自己已经严重晒伤了。

见我没有回应，外祖父开始变得不耐烦起来。他直接把我拽上梯子，然后又把我推进了船舱里。

“脱光，用毛巾把自己擦干。”他命令道。等我擦干之后，他又要我把脱下的衣服和毛巾递给他，他出去了，把毛巾挂在船舷上晾干。我全身一丝不挂，既尴尬又羞愧地哭了起来。外祖父叫我出来，坐到船的前面来，因为他忍受不了我在船舱里哭泣。

他要我坐下来的地方烫得难以忍受——玻璃纤维制成的船板，已经在昆士兰的烈日下暴晒了好几个小时。当我试图坐下来时，皮肤给我的感觉简直像是烧焦了一般，可是，当我因为忍受不了而站起来时，外祖父却暴怒了。

“赶紧坐下！”他怒吼道，“否则我会送你一些真正能够让你大哭的东西。”

我被他的怒吼给吓坏了，只好又坐了下来，把我的双手垫在屁股下面，这样就可以保护自己免受炙热高温的直接伤害。即便如此，我依旧感到痛苦无比。

在这一天剩下来的时间里，我一直坐在自己的手上，受着太阳的炙烤。外祖父在那儿独自钓鱼。我不再被允许扔鱼线了，不过，除了我们之前一起钓到的那条牙鳕鱼之外，外祖父什么也没钓到。

我为那条鱼感到难过。从船头位置看过去，可以看到太阳直射在装鱼的桶上。我知道，无论我自己在阳光下感觉多么糟糕，那条鱼的感觉肯定更加糟糕。

最后，我问外祖父能不能把它扔回水里去，但外祖父拒绝了。

“我要让你看看那些只关心填饱自己肚子、上学总是迟到的懒鱼的下场。”他从桶里抓起那条鱼，拿出一把长长的、切鱼片用的尖刀。鱼还在拼命挣扎，他将鱼压在甲板上，直视着我的眼睛。“说谎的小男孩身上，也会发生一样的事情。”

说罢，他将尖刀猛一下刺进鱼的肚子里，刀尖一路划到鱼头上。然后，他把手指伸到鱼肚里，趁它还活着的时候，把内脏统统掏了出来。鱼一停止挣扎，他就把鱼和内脏全部扔回了海水里。

我尽量不让他看出我有多么难过，但其实外祖父心里一清二楚。他跟我讲，如果我胆敢告诉别人他对我做过什么的话，就一定要记住那条鱼的下场。接下来，他让我赤身裸体地坐在他的腿上，一路穿过布罗德沃特，回到那条船用坡道。

等我回到家时，后背和肩膀上的皮肤都已经被晒得通红，躺下来时疼得要命。

几天过后，晒伤的地方起了水泡，开始脱皮，至于我屁股上的皮肤——因为被迫坐在了灼热的玻璃纤维上——则遭受了不同程度但普遍更深的灼伤。这些灼伤大部分感染了，我的内裤会粘在上面，每次换衣服的时候都会扯掉一小块皮，然后伤口就会开始流血。伤口花了很长时间才痊愈，之后的几周时间里，我一直在承受难以想象的剧烈疼痛。

从此以后，我再也不想去钓鱼了，也讨厌坐外祖父的船出去。每当妈妈向我提出坐船的建议时，我都会大发脾气，以至于妈妈再也不准我随便外出，也不准我做任何有趣的事情了。但我对此没有任何意见，因为外出会做的事情中也包括跟外祖父一起钓鱼。

至于妈妈，单就她个人而言，非常讨厌我闹脾气。但我当时还是个小孩子，心里感到极度害怕，迫切需要她的关注和保护。我很想用胳膊搂紧她，告诉她在我身上究竟发生了什么事，但我一直没有找到合适的机会。她似乎总是有比我更重要的事情要做：找钱付房租、赌博，或者去买贝克斯，每天头痛的时候，她都要在沙发上躺很久。

这种虐待持续的时间越长，我就越觉得自己肮脏不堪，也对自己无法阻止这一切的发生感到害怕和不安。然而，我对自己越生气、越失望，对现实感到越烦闷、越难忍，妈妈似乎就越反感我，甚至也越憎恶我。

有一天，她在无意之间听到我对妹妹说，我很恨外祖父，我的这番话激起了她无法控制的愤怒。她打我，痛骂我；说我忘恩负义，说我不感激外祖父为维系家庭所做的一切。

“他为你做了那么多事，你就是这样对他的！”她扯下水壶上的电源线，当作一根鞭子来用。“你这忘恩负义的小杂种。”

她用鞭子狠狠抽打我的屁股和大腿，一遍又一遍，在我的腿上和屁股上都留下了明显的伤痕，给我带来了难忍的灼伤感，伤口位置也一直在发痒。这些伤痕似乎也需要很长时间才能痊愈。

等她平静下来之后，又会马上紧紧地抱住我，极为温和地告诫我、劝慰我。她解释说，外祖父是个好人，我们都应该尽自己最大的努力来表达对他的感激之情。

有一次，就那么一次，我想要向我的外祖母诉苦。我走近她的时候，她正在为外祖父准备晚餐——外祖父正在外面的小工棚里，给他自己酿的啤酒装瓶。外祖母正在用刨丝器刨一块奶酪。我鼓起勇气，决定直接说出真相。

“外祖母，”我开口道，“外祖父在伤害我。”

她停了下来。我至今仍清楚记得奶酪刨丝器停下来时的声音，然后是一阵令人头晕目眩的剧痛。她转过身来，愤怒地扭曲着脸，直接用手里的刨丝器打我。她抓住我的肩胛骨，露出脖子正下方的那一块，直接用刨丝器抽打那里，打得我背部上方清晰浮现出许多渗血的细小伤口。我茫然无助，根本没搞清楚究竟发生了些什么，稍微缓过神来之后，剧痛袭来，我震惊到说不出话来，泪流满面。

然后，她突然停了下来。用双臂紧紧搂住了我，我这才意识到，原来她自己也在哭泣。

她给了我一个大大的拥抱——这是我一生中得到过的最大拥抱——并且告诉我，如果外祖父真的伤害了我，那也是我自己的错。如果我不调皮的话，他也不必受累惩罚我了。她说，她感到非常抱歉，但我必须加倍努力，从今以后，开始学着做个好孩子吧。

腿上的伤令我感到十分痛苦，让我走路时不得不放慢脚步，但腿上的伤跟奶酪刨丝器刮出来的细小伤口相比，根本算不得什么。这些细小伤口全都发生了严重感染——结下了许多糟糕的小痂——它们提醒我永远都要好好闭紧自己的嘴巴，永远不要向任何人吐露秘密。

直到今天，我都不敢去看奶酪刨丝器。然而最糟糕的是，我总是能够回想起外祖母的那个拥抱，回想起那个拥抱有多甜蜜。以前从来没有人这样拥抱过我，向我展示过真正的爱。那是我短暂一生当中，最接近爱的一次。

很久以后我才体会到，在一位全心爱你、保护你不受任何伤害的母亲身边长大是怎样的一种感觉。可惜到了那时，我这辈子早已过去了一大半。

第三章

What's In A Name ?

名字里有什么？

格雷厄姆的葬礼过去一周之后，我在脸书上收到了一位陌生人发来的讯息——这是一位参加过格雷厄姆葬礼的年轻女士。她想让我去拜访她的姑姑，克里斯汀·钱伯斯。克里斯汀快要死了，自从听说了格雷厄姆的葬礼上发生的事情之后，她告诉家人，她需要我提供的服务，因为她也要中断自己的葬礼。

我同意跟她见面，但说实话，我心里实在是有点惊讶。当格雷厄姆邀请我去中断他的葬礼时，这似乎是个独一无二的请求；一个再也忍受不了的将死之人，想出了一个好办法来解决他那位“好朋友”给自己家庭造成的特殊问题。

因此，当另一个人在一周之内联系上我，要求我去打断另一场葬礼时，我觉得这不仅仅是个巧合。这一切令我联想到，或许这类要求里面存在着什么重要的、共通的东西。或许这就是将死的人们普遍需要的东西——某种方式，了解我们的死亡在生者们眼中是怎么一回事的方式，了解我们死去之后是如何被生者们所追忆的方式。

我越想越觉得这套理论很有道理。在此之前，我已经参加过多少次葬礼了？葬礼上举行的各种仪式，真的是棺材里那个人的真实需要吗？几乎不可能是。我所认识的那些最有趣、最古怪的人物——那些生前绝对充满活力的人——在他们死去之后，在他们的葬礼上，大家竟然需要靠播放一些枯燥乏味的幻灯片来追忆他们？在葬礼上，首先要给那首知名歌曲《我翅膀下的风》[1]按下播放键，然后，以《我翅膀下的风》为背景音乐，再来读一大段早就写好的陈词滥调，像他们这样的人，竟然需要靠这样一种方式来被人们所铭记？开什么玩笑。

大多数时候，悼词都是由一些几乎不认识死者的神父们宣读的，几乎没有谁会根据死者生平单独起草一篇悼词，更不可能来一场即兴演讲。我发现，这一切简直糟糕透顶——葬礼上，一个穿长袍的家伙面无表情地读着手里不知道用了多久的提示卡，就像一个试图通过现成的读书报告作弊的小学生。真他妈活见鬼。

---

1 *Wind Beneath My Wings*，贝特·迈德尔 1988 年演唱的版本经常被拿来作为澳大利亚葬礼上的背景音乐。

对于伪善行为，对那些信口开河的人，我一直都十分反感，尤其是涉及宗教的时候，就更是如此了。有些人活着的时候几乎完全不相信上帝，在他们死后，谁又愿意让人们将自己的遗体运到一座供奉这位上帝的教堂里呢？更何况到了这里之后，还要被一个自己生前完全不认识的人用一堆废话虚情假意地称颂？为什么每个人都默许了这种陈腐的仪式？在澳大利亚，我们显然身处于一个现代化的世俗社会之中，这里是完全自由的，任何人都有权利相信任何一种适合你的宗教或者神灵，或者干脆完全拒绝它们，什么也不信。

究竟是什么让葬礼变得宗教化、神圣化，不能接受任何反驳或批评？当然，我说这些话的意思，并不是认为我们西方的葬礼观念是由不知道哪个在云端的怪人传下来的；葬礼成为一种正式仪式，实际上是演变了好几千年的结果。自黑暗时代[1]开始，我们的祖先们就已经懂得要将尸体埋进石头堆里，防止被野狼挖出来吃掉了。

即便是属于当代葬礼的这套烦琐仪式，也不是近期才出现的，既然如此，为什么我们大家都要选用几

1　欧洲的一段历史时期，约公元前 12 世纪至公元前 9 世纪。

乎一模一样的葬礼仪式呢？

纵观人类从古至今的漫长历史，葬礼仪式的种类之多，令人眼花缭乱，古往今来的千万种葬礼仪式当中，每一种都被对应的各个文明、各个社会视作纪念亲人离世的唯一正确方式。那些筑起柴堆进行火葬、然后将骨灰撒进河里的文化；那些将遗体放上舢板、费劲推到大海上，再用箭矢朝着舢板射击的文化；那些把你的遗体从悬崖高处直接抛下的文化；还有那些从鼻子里拽出你的内脏、再用绷带裹住你、在你身上建造金字塔的文化。

我意识到自己即将开始的这番伟业将会面临诸多挑战和争议，但它又是如此独特，几乎必然会引起全世界的关注。想到这些之后，我决定给自己定下的这份新职业取个名字。不是随随便便的某个名字，而是一个能够对外传递出明确信息的名字："我就在这里，无论喜欢我还是讨厌我都好，但绝不可能忽视我。"

我为将死之人提供的服务，是让他们有机会实现自己的最后一个愿望，让那些有心无力的人们能够心安理得地离开这个世界，将一切恼人的琐碎事一笔勾销。我提供的是棺材前的忏悔，我即"遗愿告白师"。

"遗愿告白师"这一身份，将是我替逝者们表述心声的手段。

在我看来，每个人都有权以自己最喜欢的方式来摆脱凡尘俗务；每个人在自己死后，都应该像活着时一样，完全忠于自己的本心。我的工作就是明确告知全世界，我的客户有多爱他们生前所爱之人；不仅如此，我还要明确告诉那些他们讨厌的家伙：赶紧滚蛋。

***

克里斯汀是独一无二的。她拥有极为美丽的灵魂。从我第一次见到她的那一刻开始，我就被她给迷住了。她年事已高，身体虚弱，但身上仍旧有那种老派贵族的感觉。一位货真价实的夫人：迷人、优雅、友善。就像玛丽·波平斯[1]走出了银幕，走进了澳大利亚的郊区小屋里。

我们的第一次会面本来应该是简单又高效、很公事化的一次面谈，但我最终却在她那里待了好几个小时，什么特别的事情也没做，只是慢悠悠地喝杯茶，听她给我讲自己的人生故事。她度过了充实又完整的人生，周游过全世界——在她还是个小女孩的时候，

1　电影《欢乐满人间》里的仙女玛丽，影史经典角色之一。

就已经去过当时仍然被英国占领的埃及。后来又跟她的孩子、她的孙辈们一起旅行、度假，到过各种各样的地方。

满打满算，我跟她一起度过了三天的时间。这的确比我需要的时间更长，但跟她和她的家人们共度时光实在是件很惬意的事情。她所在的这个家庭的活力给我留下了深刻的印象——克里斯汀竭尽全力地向她身边每一个人表达爱意，仅凭一己之力，就建立起了一个充满崇拜和热爱的小世界。

看着她时，我心想，他妈的，我可真希望她才是我的妈妈啊，我可真希望自己能够成为这个家庭里的一员，那会给我的人生带来多大的改变啊！她一定是位好母亲——如果我能够在这位夫人的关怀下长大成人，那该多棒啊！

当然，从另一方面讲，她跟家人们在一起时是那么开心，眼下死神即将把她从家人们身边带走，同样会令她感到极度难受。死亡，这是个不可避免的事实——总有一天我们都会死去，在那一天到来时，我们将不得不跟我们所爱的人们说再见——不过话说回来，当这件事发生在克里斯汀身上时，似乎就显得有些太不公平了。

实话实说，这件事也令我感到十分难受。看着这么好的一位夫人因为绝症而受苦，我却无法帮她摆脱哪怕一丝一毫的病痛，心里可真是不舒服。

她患有白血病，恐怖的不治之症，令她的身体由内部开始分崩离析。她剩下的时间已经不多了——最多几个月。为了推迟死亡这一不可避免的后果，她已经做了所有可以做的手术；肺部手术，还有脊椎穿刺手术，那可是非常痛苦的一项手术。她经历了这些普通人难以想象的痛苦，但依旧十分勇敢，依旧微笑着面对一切。

她的丈夫，德里克，一想到很快就要失去自己的妻子，就觉得一切都糟糕透了。他是个做事很有条理的人，一名工程师，一生都在寻找各种问题的解决方案，而且基本上都能够顺利解决。但他知道，妻子眼下所面对的这个问题，自己是绝对无法解决的，这令他感到极为恐惧。

我才刚到现场，就发现他大大地松了口气，这个可怜的家伙，他已经完全无法应付眼下家里的糟糕状况了。他仔细清理了妻子的排泄物，倒掉了她没喝完的茶，突然号啕大哭了起来。这是个很好的男人，但精神上已经彻底毁了。他无法想象没有妻子的生活。

我很理解他——虽然总共也只跟克里斯汀相处过三天，但我确实很难想象没有她的生活将会怎样。

克里斯汀并不怕死，但对于自己很快就要死去这件事，她还是感到非常愤怒。死亡强行将她从好不容易建立的美好生活中拖拽出来，她简直要气疯了。而且，死亡本身是绝对无法逃避的——这个铁一般的事实，同样令她感到恼怒。

她对死亡所抱的愤懑之情是如此之深，令我叹为观止。是啊，我想，你确实应该生气。该死，你真的快要死了，环顾四周，你发现自己竟然有那么多一定要活下去的理由，但你就是快死了，这一切都要从你身边被抢走了。

克里斯汀是十分虔诚的——她是天主教徒——平时积极参与教堂活动。她对升天后的生活有着坚定的信念，这多少给了她一些安慰，因为她知道，自己将会在天国里再次见到自己的家人们。

她所拥有的这部分信仰意味着她身边永远都有天使环绕——天使们在她活着的时候会适时给予她抚慰，在她死后同样如此。当她独自一人的时候，或者是感到害怕时，她都会跟身边的天使们说话，祈祷的时候，她也会跟他们交谈。在克里斯汀的这一生当中，一直通过天使来跟自己逝去的亲人们交流。她相信，这种方式某种程度上可以帮助自己的亲人们在人世间继续停留，让那些与他们相关的记忆能够延续下去。

“在我死后，要尽可能地跟我多讲讲话，”克里斯汀对我说道，“我一定会好好聆听的。”

她绝对会被人们所铭记，绝对会永远活在亲人们的记忆里，对此我丝毫不会怀疑。她的离去会在世间留下一块巨大的缺口，她讨厌死亡，尽管如此，对于自己所过的这一生，她仍然感到非常满意。她会像任何人所希望的那样，满怀幸福地离去。

克里斯汀的心中怀有大爱，然而，这种大爱确实也是我们目前所面临问题当中的一部分——恰恰也是她想要雇我的原因。

实话实说，对于眼前的这个世界，克里斯汀没有留下任何不满。她既没有需要清算的恩怨，也没有需要面对的敌人，小教堂里也没有什么辜负她的人。不过，克里斯汀的一生仍有遗憾，这遗憾就是她所挚爱的那个人。一个并非她丈夫的爱人。她一生中最好的朋友，卡萝尔。

“我们究竟应该怎么做才好？”她伤心地问我，“在我们那个年代——20世纪六七十年代，女人们之间有这样的行为，是很不对的。”

我明白了。在那个年代，做同样事情的那群男人们就已经够困难的了——但他们可以像“坚定不移的单身汉”那样，成双成对地去过隐秘的同居生活——可是女人们呢，她们不得不去承受各种各样的期待，期待她们赶紧结婚，期待她们能够做个贤妻良母，期待她们去做一切社会观念上认为正确的事情。这在当今社会是难以想象的。

如果克里斯汀和卡萝尔出生在今天，事情可能会有所不同——开放式婚姻，多配偶关系，大家都有各种各样的选择。然而，在半个世纪之前，她们就只能是两个女人，共同分享着一个甚至连对方都不能明确告知的秘密。

有些人可以同时爱上两个人，但却并不能付诸行动。我从未遇到过这种事，但是，这样的事情在任何人身上都有可能发生，这只不过是碰巧发生在克里斯汀身上的事情罢了。

***

葬礼办得很好，气氛尤为感人。我之所以会去参加这场葬礼，既不是为了扰乱流程安排，也不是为了跟任何人气势汹汹地对质。事实证明，我提供的服务得体而周到，值得大家尊敬。

约定的时间到了——在神父关于爱的演讲正式结束，即将开始为死者致悼词的间隙里，我站起身来，轻咳一声，清了清嗓子。

“对不起，打扰了。我叫比尔·埃德加，是一名遗愿告白师，代表我的委托人克里斯汀·钱伯斯而来，此刻，她正安详地躺在你们面前的棺材里。”

自我介绍完毕，我打开信封，大声宣读了起来。

“致我的丈夫，德里克。我全心全意地爱着你。请不要难过。我们还会再次相遇，但是，在那之前，请你好好生活，享受你所拥有的一切——上帝知道，人生苦短。我会带着我们一起创造的回忆暂时离去。我爱你，感谢你陪伴在我身边。我不再痛苦了，我希望，在你知道我现在已经没事了之后，你所承受的痛苦会稍微减轻些。我爱你，亲爱的。”

“致我的孩子和我的孙子，我可真希望自己能够亲眼看着你们成长，成为最美好的人——我知道，你们肯定就是最美好的。我会想念你们的，我会守护你们。请永远不要忘记我，尽可能多跟我聊聊，我会认真聆听的。我爱你们。愿上帝保佑你们。”

我停顿了一下。教堂里的气氛阴沉而肃穆。没有任何人料到我会突然出现，会突然打断他们的仪式，但也没有谁对此表达出什么反对意见。很明显，房间里的每个人都很喜欢克里斯汀，也很高兴能够再次听到一些她想说的话。我低头看了看信纸，准备读出她最后的一段留言。

“最后，致我生命中最亲密、最要好的朋友卡萝尔。我爱你。谢谢你长久以来的爱和支持，这些爱和支持不仅仅是给我的，也是给我所爱的家人们的。此时此刻，我一定要向你剖白我真正的心意：如果人生有所不同，我相信，我们将不会只停留在朋友关系上。你是我的挚爱，是我生命能量的来源。我很抱歉，今生今世我们不能够在一起。德里克，赶紧把你目瞪口呆的舌头给收回去。感谢大家的到场。我爱你们。”

全部读完，我将手里的信重新封好，安安静静地坐了下来。

通常，当我在某场葬礼上取得了震撼全场的效果之后，都会将信留在棺材上，然后干净利落地走出去。可是这一次，我似乎应该多待一会儿。到场的哀悼者们都是些很美好的人。葬礼结束之后，一些哀悼者们自发聚集起来，感谢我替克里斯汀带来最后的讯息，并且邀请我参加守灵仪式。我礼貌地回绝了——这似乎超出了我临时受雇的职权范围。

事实证明，克里斯汀的恋爱宣言并没有让任何人感到太过震惊。每个爱她的人都知道她跟卡萝尔之间的特殊关系，尽管他们其实并不知道这份感情究竟有多深。

克里斯汀让我在葬礼结束之后悄悄告诉卡萝尔，她有多想跟她在一起。显然，卡萝尔一直都知道她对自己的爱意，卡萝尔的心中也一直存有同样的感觉。她们甚至有过不少这样的时刻——两人之间几乎快要同时开口说出“我爱你”，但却从未真正付诸过行动。

卡萝尔跟克里斯汀一样，也在为她们两人之间的爱意从未找到过出路而难过。她们都活了很长时间，有喜爱的丈夫和家庭——但她们一直深爱着对方。这肯定是种残酷的折磨。

在我眼中看来，卡萝尔一点都不像是同性恋，但我已经学会了不要以貌取人。我们握了握手，我再次表示了我的哀悼之情，然后就离开了。

一场格外令人痛心的葬礼。直到这场葬礼过去之后很久，我才意识到，大家对克里斯汀的怀念是多么深切——这么长时间了，我还是经常会想起她，想起她曾经拥有过的非凡人生。

我偶尔也会依照她的请求，在合适的时候跟她聊聊天。她是一位世间难得的、真正优秀的夫人，这样的人值得被大家所铭记，值得大家去记住他们真实的模样。记住她的生活方式。带着满满的爱意。

第四章

Love Me Not

不爱我

我妈妈并没有像一个普通妈妈爱自己的孩子那样爱过我。她甚至没有像爱我妹妹和弟弟那样爱过我。

我是家里的老二，但同时也是唯一能够让母亲回忆起父亲来的那个孩子。她很恨他，随着我逐渐长大，她也明确表示过她恨我，因为每次当她看着我的时候，都是在提醒她，他的存在。

她甚至让我换了个名字，这样她就不会再那么轻易地想起我跟我爸爸之间的联系，从而身不由己地想起他来。我的爸爸，他的名字是威廉·比利·埃德加，所以，有一天她突然坚持让我以后改称自己为斯科特·罗宾逊，斯科特是我的教名，罗宾逊则是她的娘家姓。她禁止我以及其他任何人称我为威廉。如果我一直叫自己威尔或者比尔，那就意味着要挨打。于是，我变成了斯科特。

在我生命的最初几年里，自认为这就是一个家庭该有的模样。反复无常，充满了无休止的争吵与永无止境的忽视，时不时地还会有些情感上的虐待。直到十一岁时，我才第一次真正体会到一个家庭应该是什么样子的——十一岁时，我遇到了自己孩提时代最好的朋友迈克尔。

政府提供的新住宅为我们敞开了大门，突然间，我们有了自己的地方，远离了我们的大家庭。家里现在只有妈妈，我的兄弟姐妹，还有我了。

新家在另外一处郊区，意味着我需要在这个学期已经读了一半的情况下临时更换学校。最后，搬家让我不得不重新开始读六年级，不过话说回来，相比较于能够住得离外祖父远一点这个优势，重读六年级不过是个小小的代价罢了。

更何况，新学校远没有以前就读的那所学校那么粗糙、简陋。这是一所公立学校，坐落在面向黄金海岸的一大片区域，这个区域横跨专供上层社会居住的、生活舒适又惬意的滨水区，以及较为喧闹嘈杂的远郊。我当时所居住的那片住宅区就在远郊。所以，这所学校是个奇怪的混合体——有像我这样穷得要命的孩子，也有外祖父口中那些注定要上私立高中的有钱孩子。

其中有个孩子后来成了我这辈子最好的朋友。迈克尔，他跟我一样热爱运动，他是我在足球场上势均力敌的好对手。我们在操场上相遇，很快就成了朋友。

在那个年龄，我完全不了解贫穷和有特权的孩子之间的区别与界限，我们在一起时所做的事情，就跟附近所有的孩子们一样。我们会在自行车道上比赛，去玩碗池滑板[1]，或者单纯只是在街上晃悠几个小时，直到太阳下山，街灯点亮。

有一天，迈克尔问我愿不愿意到他家去打网球。

“我要去。”我回答道。尽管我从来没有去过他家，也不太清楚网球是什么，更没有见过网球场，完全不知道应该怎么打。

然后，到了约好的那个星期六，我早早起床，一路骑到那条越野自行车专用的车道上，迈克尔会在那里接我，领着我到他家去。碰面之后，我们沿着一条绿树成荫的小路骑行，最后来到一处沥青刷得锃亮的黑色车道上。从车道到房子的距离，肯定得有四十米以上——这是附近最大的房子。说实话，我当时的第一反应是：原来如此，迈克尔住在汽车旅馆里。之所以会产生这样的想法，仅仅是因为我完全无法在大脑中产生并接受“竟然会有如此壮观的私人住宅”这一现实。

---

1 滑板运动对应的一种碗形场地。

当时的我，脑海中对于所谓“私人住宅”的概念，无非就是一栋有两间卧室的预制房屋，里面塞满三代人。但是，在眼前这栋大宅子里，每个家庭成员都有独立的卧室，除此之外，还有空余的房间供客人们使用。光是那间拥有五个车位的大车库就比我们家还要大。我们家的后院是一片用廉价栅栏围起来的泥巴地——而迈克尔家的后院里却有一个游泳池，以及一座标准大小的网球场。

“我们来打一局吧。”迈克尔说道。他领着我进了球场，递给我一只网球拍。

我以前从来没有拿过网球拍，所以只能学习迈克尔具体怎样做，模仿他的挥拍动作。第一次尝试时，我直接就将打过来的球给扣了回去，这让他大吃一惊。然后,又一次。一个扣球接着一个扣球,为了赢得一分，我必须将球击落在正确的位置。

迈克尔结结实实地吃了一惊。

“你别告诉我你以前从来没有打过球！”

“我从来没有打过。真的！”

眼看着他随着比赛的进行变得越来越沮丧，我觉得有意思极了——虽然这么说有点对不起朋友，但我说的也确实是实话。这次网球比赛对我而言，就跟我曾经玩过的所有体育运动一样。无论什么运动，只要你给我几分钟时间，让我掌握诀窍，我都能玩得很好。换句话说，无论什么运动我都很擅长。我想，那恐怕正是我的天赋所在。

迈克尔比我更喜欢运动，尤其是足球，除了足球之外，他还很喜欢滑雪。不过在我看来，身处位于亚热带的昆士兰州，滑雪似乎不是一项特别适合的运动。但是，迈克尔的家庭所拥有的财富，完全可以让他去雪地上度过所有的假期——或是开车环游澳大利亚，或者干脆坐飞机环游世界。

迈克尔拥有一个男孩想要拥有的一切，甚至更多。所有最好的东西：玩具，电视，衣服。他的外表永远光鲜亮丽，他用的永远都是最新潮的玩意儿。

迈克尔从来都不知道没有这些特权的生活是什么样子的，回想起来，他可能没有任何对应的生活经验来帮助他去理解这样一项事实，即他所拥有的这些特权并不是所有孩子在成长过程中都能够享受到的。他对自己所有的东西都不是很在乎，送人的时候总是特别慷慨——比方说，他的父母给他买了辆新自行车，他就直接把旧自行车给我了。我简直不敢相信，因为那是一辆质量极好的小轮自行车，虽然比他的新车稍微小一点，但基本上可以说是全新的，他就这么随随便便地把车送我了。

他的妈妈和爸爸对我也一样好。他们像对待自己的家人一样招待我，随时欢迎我到他们家里去玩，允许我在他们家里过夜，为我提供肉类和蔬菜搭配均衡的美味餐食。在一间令人心情愉快且放松的大餐厅里，迈克尔一家用着上好的餐具，围坐在一张大餐桌旁用餐。像这样的一幅画面，对我而言简直是超现实的，仿佛自己一不小心走进了只有在电视机里才会存在的连续剧家庭一样。

我和迈克尔一家共度的这段时光，是我童年记忆里唯一能够感受到安全的时光。他们就仿佛生活在一颗完全不同的星球，每次短暂拜访过这颗星球之后，我都必须赶紧回到属于我自己的那颗星球上去。

还记得有一次，我试图告诉迈克尔，我自己的家里都发生了些什么。在此之前，我从未向任何人吐露过这些秘密。刚开始被外祖父虐待时，我感到非常害怕，但却什么都不能对别人讲，因为一旦我将发生的事情告诉了别人，他们不仅不会相信，还会将我所讲的这些一字不漏地传回到外祖父那里去。接下来，事情就会变得糟糕透顶，而且会持续相当长的一段时间。

在这段时期里，我所面对的糟糕状态还会进一步加深我的恐惧，让我更不敢将事情对外讲。迈克尔是第一个我认为可以去相信、可以托付真相的人。

我还记得那天下午，当我们外出骑自行车时，我问他，他的外祖父有没有碰过他。

“你说什么？”他看上去极为震惊，“当然没有！你这话究竟是什么意思？什么叫他碰过我？你的外祖父碰过你吗？你到底在讲什么？”

我的自我防卫机制立即启动了。“没有没有，当然没有。这都是我在电视上听到的。哈哈！”

从此以后，我再也没有向迈克尔提起过此事。

***

十二岁的我，正在球场上踢足球，踢着踢着，我注意到有个男人站在球场一侧，正在密切关注着我。迄今为止的生活经历，让我对陌生人抱有强烈的怀疑态度，尤其是那些看着年轻男孩踢足球的中年男人，在我心中更是绝对不值得信任的。因此，比赛结束后，当他朝着我走过来，走到我的身边，毫不吝啬地称赞我在球场上表现出来的天赋时，我始终保持着高度警惕。最后，他问我有没有争取中学奖学金的打算。

“中学奖学金是什么？”我反问他。我不知道什么是中学奖学金这件事，似乎令他感到颇为吃惊。“嗯，拿到中学奖学金，意味着你可以去上一所很特别的学校，这所学校是专门为那些很特别的男孩们所准备的。”

他口中这所“很特别的学校”是指南港中学[1]，一所在澳大利亚很知名的圣公会[2]私立男校，简称TSS。这是那种把自己学校的毕业生称为“老男孩”而不是“毕业生”的地方。

我仍然不明白这位招生人员所说的具体是什么意思，但我很高兴自己能够被选中，进入一所只招收“特别男孩”的学校。当时的我不可能明白的另外一件事是，那所学校的大多数男孩其实并没有什么特别之处，只不过是出生在一个极其富有的家庭里罢了。

虽然有很多事情不明白，但我的确知道这所学校的名字：那是迈克尔——还有其他一些跟我同年级的男孩们——小学毕业之后要去的地方。跟迈克尔上同一所中学，这个提议听起来简直好得不能再好了，于是，我欣喜若狂地将那个人交给我的信封带回了家里，递给我的妈妈，让她仔细阅读、签字并归还，她也照

1 澳大利亚著名的寄宿男校，坐落于黄金海岸。

2 英国国教，基督新教三大原始宗派之一。

做了。

那一年的晚些时候，在足球场上找我的那个人联系了妈妈。他邀请我们母子俩一起过去参加面试，并且向妈妈保证，说能够让我拿到学校发放的全额奖学金。我很高兴，但妈妈还显得有些踌躇。虽然我可以去上南港中学，可我们家依旧没有钱，她敏锐地意识到了这个现实。她只在慈善商店里购物，身上穿着工人服、要么就是牛仔裤和短袖到处乱逛。尽管如此，我妈妈对自己的外表依旧非常自豪，无论在什么场合，她都尽量让自己处于最好的状态。

我还记得，当我第一次进入南港中学的时候，感觉就像是来到了另外一个世界。除了在电影里之外，我还从来没有见识过可以跟这里相提并论的大场面。要知道，在当时的我眼中看来，学校这种地方，基本上就等于沿着草地一字排开几条长长的走道，教室全是简陋无比的平房，如果幸运的话，兴许还有几间可拆卸教室[1]供学生们活动时使用。相比之下，南港中学的校舍是二十世纪初期英国王室风格的气派砖楼，尖顶、拱柱和回廊一应俱全。长长的车道两旁是郁郁葱

1　欧美学校内常见的便携式建筑，有需要时，可以迅速提供额外的活动空间。

葱的大树，站在校舍这头一眼望去，能够瞧见修剪得极为整齐的大草坪，还有一眼望不到头的运动场地：足球场，没错，除了足球场之外，还有用于板球和橄榄球活动的椭圆形场地，以及篮球场、游泳池、健身房、帆船，甚至还有存放赛艇的船屋。在此之前，我对于自己曾经参加过的有组织体育活动的全部印象，基本都是在公园操场和各种免费公共场地上进行的，这些场地要么是干涸开裂的泥巴地，所有设施一概破破烂烂，要么就泥泞不堪，设施当然也没一处完好。

我们的车在优雅而庞大的校舍建筑旁边减速慢行，此刻，车子正行驶在一座若隐若现的哥特复兴式钟楼的巨大阴影之下，这是我这辈子见过最大的钟楼。妈妈向我解释，说这座钟楼是伦敦议会大厦那座著名大本钟的微型复制品。车停稳了，我们母子俩从车里出来，沿着新修的小路走向接待处。刚好这时候，钟声响了——这是我这辈子听过最美妙的声音之一。在接下来的几年时间里，我经常到这座钟楼的阴影下面守候，等待它报时，不为别的，只为了聆听那美妙的钟声。

前往接待处的这条小路很长，我们母子俩走了好久，途中经过了一座圣公会风格的教堂，这座教堂坐落于园丁每日精心打理的大花园里，花园里开满了五颜六色的美丽花朵，绿草地上生机盎然。对于所看到的这一切，在我既往的经验中，完全没有任何参照物可以拿来类比——我只能凭空想象，自己面对这一切时的心情，恐怕就跟查理走进威利·旺卡巧克力工厂[1]大门的时候一模一样。

好不容易来到接待处之后，迎接我们的是两个男孩。刚见面时，我还以为他们身上穿的是专门定制的商务套装：蓝色衬衫、灰色西裤、深蓝色的西装外套，还有锃亮的黑色皮鞋。但我很快就发现，这其实是一套正式的校服，只有在特殊场合才会穿。这些礼貌且自信的年轻男孩都是 TSS 的学生。

在他们的陪同下，我跟妈妈来到一间足有三层楼高的餐厅里，这里的窗户用的全部都是彩色玻璃，阳光透过彩色玻璃照进来，将餐厅里映得五彩斑斓，十分漂亮。餐厅里摆着一张白色的长餐桌，餐桌上放满了各式各样的茶点、咖啡、饮料和饼干。那两个男孩问我们想要来点什么，他们会为我们取过来。

妈妈给自己点了一杯咖啡，给我点了杯橙汁。端上来的橙汁冰冰凉的，喝下去神清气爽。我一边小口

1 出自电影《查理和巧克力工厂》。

小口地喝着手里的饮料，一边跟着那两个年轻人走——他们现在要带我们正式参观这里。我们所在的这栋大楼始建于 1901 年，是钟楼的一部分，我跟妈妈花了好几分钟时间，欣赏这里的彩色玻璃和艺术品陈列，以及各种校际体育比赛冠军的照片——这些冠军们当中，后来代表澳大利亚参加国际比赛的不在少数，有些甚至在奥运会上赢得了奖牌。

参观结束后，一位身着定制西装、看起来威严又体面的长者走进了房间里。他跟我们打了招呼，说自己是这所学校的校长，然后跟妈妈握了握手，并且快速拍了拍我的脑袋，弄乱了妈妈之前花了好半天时间才帮我打理好的头发。

我们跟着他一起，来到了他的办公室里。这间办公室很大，天花板也很高，他说话时甚至略有回音。有回音这件事，给人一种大房间里空空如也的感觉，但其实房间里摆放着精美的古董书桌、带软垫的高级座椅，还有各式各样的灯具和艺术品。

“我必须好好向你道贺，你是本校助学奖学金的最终人选之一。”他对我开门见山地说道，随后又详细介绍了学校的情况，以及迄今为止校友们所获得的各种令人骄傲的体育成就。最后他告诉我，他确信我会很好地融入本校的体育社团，因为他对我在足球场上的杰出能力早有耳闻。

跟我说完之后，他转向我妈妈，向她解释了与奖学金相关的种种细节，需要哪些条件才能获得这个资格，以及未来需要承担什么义务。

接下来发生的事情实在太快，就仿佛刚刚开始一样，转眼之间，面试就结束了。我敢肯定，我们母子俩因为某些说不上来的原因而失败了。从校长轻快随意地站起来感谢我们的那副模样来判断，我们在面试过程中一定是搞错了某些事情，说了无可挽回的错话。他告诉我们，在接下来的几周内请耐心等待回信，这番话似乎已经证实我们不在他的考量之内了。

当他把我们带到外面宽敞的走廊上时，建议我们可以多在学校各处走走看看。他会派一名学生陪同我们，回答我们可能遇到的各种问题。我很期待能够更多地了解这所学校，但妈妈直截了当地拒绝了他的邀请。我们很快就离开了那里。

在走回车子的路上，我们陆续遇到了几个年纪更小些的男孩，跟我差不多大，全都穿着正装。我意识到这些男孩是我拿奖学金的竞争对手。当我开口向妈妈问及此事时，她显得很愤怒。

“只有上流社会的小男孩才有资格来上这样的学校，”她说，“绝对不是你该来的地方。像我们这样的人，根本就不属于这里。我一开始就不该把你带到这儿来。”

一想到自己真正看过了这所学校之后，却不可能拿到奖学金，无法得到入学许可，我就感到非常沮丧。我问她，是不是可以不用奖学金就把我送进这所学校里。她回答时瞪我的那个眼神，像刀子一样刺伤了我。

“你是不是傻？”她说道，“你知道上这样一所学校要花多少钱吗？别犯傻了。”

开车回家的路上，我非常低落，甚至有些想哭。当我注意到妈妈脸上流下了屈辱的泪水时，我的感觉更糟糕了。她看上去既受伤又羞愧，而且还很生气。我清楚地记得那个时候，我赶紧告诉她，说这没什么，完全没关系，我一点都不想去这所学校，这可是一所只有男孩没有女孩的学校，我真的一点都不想去。

这当然是安慰她的话，我其实非常失望。好在当我们回到家时，我就已经放弃了对这笔奖学金的全部期待，完完全全地将它抛在脑后了。

***

通常情况下，邮递员会骑着自行车来到我们家门口的邮箱前，将信投进去，然后继续启程上路。但是，1979 年 12 月的这天早晨，他却跳下自行车，来到车道上，亲手将一只黄色的大信封交给了我妈妈。

当时我跟弟弟正在后院打板球，刚好看到邮递员过来，所以我就直接走了过去，紧张地看着妈妈，看着她拿着那封信坐在门廊的台阶上。以我当时积累的全部人生经验来看，收到这种大信封，而且又是这种颜色，这显然意味着家里有人触犯了法律，要么就是我们不得不再次搬家。

妈妈看到我在那里，马上叫我过去，让我跟她一起坐到台阶上。“你知道这是什么吗？”她在我面前晃了晃那个大信封，给我看上面印着的 TSS 标志。

这时我才意识到，这个信封里装着我等待已久的答案。突然之间,我几乎抑制不住自己欣喜若狂的心情。妈妈提醒我不要抱太大希望，并且让我向她保证，当我确切知道自己已经一败涂地时，不会表现得太过沮丧。

我马上向她保证，说无论结果如何，我承诺自己绝对不会沮丧，于是，她只好耸了耸肩，打开了信封。她从那个大信封里取出一沓厚厚的文件，大概有五十页，印刷精美，用订书机装订得整整齐齐的。我花了好一会儿工夫，才搞清楚第一页上的第一个单词写的是什么，不过话说回来，这个词刚好就是我想从这本小册子里知道的全部内容：“恭喜。”

我的妈妈从来就不曾对我讲过这个词，但我还是从其他父母和我的足球教练那里听到过它。听到这个词就意味着你做得很好，取得了一些不错的成绩。总而言之，它不可能意味着任何的坏事——它永远只意味着好事。我获得了奖学金，我将跟其他“特别的”男孩们一起去 TSS，这是全国最好的学校之一。

文件中列出了与入学相关的所有细节，包括过程中需要进行的各个步骤，以确保我能够准备妥当，好好去上我中学的第一堂课。我获得了为期五年的助学奖学金，这意味着除了校服、书本费和短途旅行的费用之外，所有费用都由学校来支付。

开学前，妈妈带我去了趟校服店，在那里她惊恐地得知，这些散售的校服——二手的鞋子、袜子、短裤、两件衬衫和一件运动服——加起来一共要花五十澳元。对妈妈而言，这可是整整两周的房租。她四处张罗也没能弄到这么多钱。因为我是个拿奖学金的孩子，经济上很困难，所以学校允许我租用课本，以及上数学和科学课时需要用到的高级计算器。不过最后，妈妈还是不得不开口向外祖父讨要了一些钞票过来，以满足我入学的花销。

我格外开心。我至今还记得那时候，自己终于穿上了这所在我看来完全是不可思议的名校的校服，虽然因为买来就是二手的，这套校服显得很旧，但我还是在浴室那面肮脏的镜子前面反反复复地看它、欣赏它。我对发生的一切感到极为自豪。我不仅可以去上这所拥有惊人设施的非凡学校，而且这一切还是靠我自己的力量赢回来的。

更棒的是，我会跟自己最好的朋友迈克尔一起去上这所学校，他生而富有，注定要去 TSS 上学。我之前还以为，等到上中学的时候，我们就会分道扬镳，但现在我们竟然一起入学了。

事情正在好转。我已经迫不及待地期待着自己入学 TSS 的第一天了。我还记得自己当时心中曾经怀抱着这样一种美好的期冀：如果这所学校里的每个人都跟迈克尔一样，都来自相同类型的家庭——富有，而且每天都很快乐——那该多好啊，所有的同学应该都会跟他一样又酷又有趣。然而，很快我就发现，迈克尔完全是个例外。通常情况下，如果你出生在一个非常富有的家庭，身边的一切都会努力将你塑造为一个非常普通的人。

第五章

Where There's A Will, There's A Relative

有遗嘱的地方，就有亲戚

我亲眼看见过金钱是如何毁掉一个家庭的；这种事在 TSS 有钱的孩子们身上时有发生。当我作为一名“遗愿告白师”行事的时候，也看到过金钱与家庭之间相互重叠而形成的一系列更加奇怪的组合。通常而言，这两者之间的组合都会带来相当不愉快的后果。

玛丽住在黄金海岸一处封闭式管理的退休养老人士专属小区，该小区隶属于一座非常高档的养老小镇，小区本身享有盛誉，一切都非常美好，同时也极为昂贵。光是她的房子就价值几百万澳元。

由此可知，玛丽不必在贫困中度过她最后的日子。不仅跟贫困沾不上边，她的生活过得还相当不错——她的丈夫在 BHP 公司[1]工作了几十年，20 世纪 80 年代时死于一次工伤事故。那时候的澳大利亚，几乎每个行业都有对应的工会，而且这些工会基本上都很强势。因此，在工会的保护下，公司方面确保她可以拿

1 世界著名的矿业公司，总部位于澳大利亚墨尔本。

到足够的补偿。事故夺走了她的丈夫，但公司却给了她大量的赔偿金，足够她舒舒服服地过完余生。

拿到钱之后，她很快就把那笔钱分给了自己的孩子们，如此一来，他们就可以放心大胆地过自己想过的生活了。为了帮助孩子们，她甚至抵押了自己所住的那栋房子，用拿到的款项来协助他们购买各自的房产。她为自己的孩子们做了一切。这就是问题所在。

总体而言，玛丽的故事是个很悲伤的故事。在我眼中看来，她是一位伟大的母亲，更是一位优秀的祖母，撑起了一个充满爱的大家庭。她一生中唯一的目标，就是让自己的孩子们过上更好的生活，为了做到这点，她倾注了自己所有的经济和情感资源。她做到了——孩子们梦想中的生活全都变成了现实。

一切都很美好，哪曾想到，当她将要离世时，一切又都变了味道，一切都崩溃了。

当玛丽意识到自己活不了多久的时候，她的孩子们已经开始在为她死后财产应该如何分配而争吵不休了。长期以来，玛丽一直小心翼翼地确保公平，确保自己在财产分配中已经将所有继承人都安排到位。眼看去日无多，她写好了最后一份关于自己名下动产与不动产应该如何分配的遗嘱，并且提前向家人们透露了财产将如何依照这份遗嘱来分配，谁可以继承到什么。但是，没有任何一个孩子认为自己得到的东西是恰如其分的，甚至早在玛丽去世之前，他们就开始大张旗鼓地质疑她所订立的这份遗嘱了。

玛丽的其中一个女儿正在跟一名律师合作，试图劝说玛丽修改遗嘱，因为玛丽的另一个女儿婚内出轨了，她觉得自己的这位姐妹不配得到任何东西。这一行为理所当然地挑起了所有兄弟姐妹之间的怨恨纠缠。他们全然不顾亲人情分，爆发了激烈冲突，互相破口大骂，甚至就站在这个可怜女人的病床边叫骂，将她卷入到他们的争吵之中。

这一切实在是糟糕透了，她的家人们竟然在她将死未死、还没有真正下葬的时候，就迫不及待地展露出了自己卑鄙的一面。她这一生当中所做的一切，完全是为了这帮孩子们——可他们根本就不在乎。他们永远想要得到更多。

玛丽曾经多次试图修改遗嘱，以安抚这个或者那个孩子。可是，每当她交上改好的遗嘱草案之后，其中一个孩子就会去找家庭律师争辩，说现在她正处于极度虚弱的状态，不可能清楚自己的真正想法，因此，所有试图修改遗嘱的打算都应该直接作废。

到了最后，玛丽对周遭发生的一切都感到极度厌恶，她不想再管他们怎么想了——她已经下定决心，要让自己成为笑到最后的那个人。你们想这样对我吗？很好。不过，当我正式离开这个世界的时候，我发誓要摧毁一切。

所以，她在医院里给我打了电话——她就住在医院里，很明显，只要她还活着，就不能离开这所医院。她让我到她家里去，找到那份遗嘱，然后销毁它。假如她的孩子们以及他们所雇的律师打算对她施加压力，她肯定会狠狠地反击回去。

一旦她的遗嘱被毁掉，在缺少有效遗嘱的情况下，她的家人们将不得不开始互相争斗，如此一来，就不必再在她临终的床前反反复复地争吵了。等到他们吵完，一切尘埃落定时，玛丽早就走了，一切就不再是她需要解决的问题了。

我猜，她之所以这样做，实际上还是怀抱着些许希望的——希望她的孩子们能够良心发现，注意到他们竟然一步一步将她逼到如斯田地，注意到她的良苦用心，兴许他们就会冷静下来，恢复理智，坐下来像成年人一样好好沟通。我虽然并不喜欢她提供的这个可能性，但也并不打算拒绝玛丽临终前提出的请求，考虑一番之后，我还是答应了她。

在我真正着手去做这些事之前，还特地去调查了她的这种要求是否合法——我总觉得应该会有某些相关法律存在，可以阻止我从物理上破坏某人已经写好的遗嘱。尤其是在写遗嘱的那个人将死之前特地去破坏这份遗嘱的情况，很可能会是一项不算小的罪名。哪曾想到，在仔细调查过后，我却惊讶地发现，澳大利亚并没有与此相关的法律。只要有玛丽的书面许可，写明我是受了她的委托而去销毁遗嘱，我就可以随心所欲地去做这件事，更何况她还给了我进到她家里去的方法——换句话说，再没有什么能够阻止我了。

玛丽家的房子在封闭式管理的小区内部，为了进到小区里面去，我首先必须通过一道安全门，她给了我安全门的通行密码。

找到她的住所并不难——在这个非常富有的小区里，她家是一栋相对而言不算大的小房子。我突然意识到，为了让孩子们在社会上取得尽可能多的优势，她确实付出了太多，平时所过的都是低于她实际经济能力的生活。

进到房子里之后，依照她的嘱咐，我立即去查看了梳妆台最底下的那个抽屉。在她告诉我的位置，我找到了一只锡罐，里面装着许多密封好的信封，上面全都写着“致我亲爱的人”。我要保管好这些，晚些要交还给玛丽。

最大的一个信封上写着“我的遗嘱”。我烧掉了它。根据玛丽的指示，我直接将它点燃，让灰烬随风散尽。我把整个过程拍了下来，如此一来，玛丽就能确保自己的愿望已经实现了。

在我最后一次去医院看望玛丽时，我给她看了这段视频。我拉了把椅子过来，紧挨在她的病榻前，这样她就能看得一清二楚。

“很好。谢谢你！”认真看完视频之后，她虚弱地笑了笑，闭上了眼睛。“你为我所做的这一切，我非常感激。”

我告诉她，这是我的荣幸。当我正要收拾东西准备离开时，玛丽伸出一只手来，搭在我的胳膊上。她的皮肤像绉纸[1]一样，柔软又干燥。

这是她示意我留下的信号。

“离开之前，你能最后再帮我一个忙吗？”

于是，在她的要求下，我将自己的电话号码临时

1　一种轻质皱纹纸。

设置为私人号，如此一来，打电话的时候就可以向另一方隐藏号码，仅显示为“私人来电”。设置完毕，我又打开了免提通话，以便玛丽能够听到对话内容。一切准备就绪，我拨了她大女儿的号码——她是这场遗嘱之争的主要参战方之一。

电话打通了，她接了，我向电话那头做了自我介绍，并且解释说，我是一名私家侦探，受雇于她的母亲。我告诉这位女儿，在玛丽的指示下，我销毁了她最后订立的那份关于动产与不动产分配的遗嘱。

很长一段时间的沉默之后，电话那头传来一阵无所顾忌、大发雷霆的叫骂声：

“你怎么敢这样做！”女儿尖叫道，“你他妈的以为你是谁啊？我要把你给抓起来，你这该死的混账东西。你人在哪儿？警察已经在路上了。我他妈的要杀了你。”

她完全失去了理智。我则无动于衷。大概每隔一天，我都会收到一个或者两个水平不怎么样的死亡威胁电话，所以我对此满不在乎。我也不担心警察——在履行玛丽的要求之前，我已经跟他们再三确认过了。

所以，我任由她在电话里尽情向我发泄怒火。很可惜，这个女儿在电话里的咒骂水平十分一般，我对她的表现不怎么满意。

通话过程中，每当她女儿的情绪失控时，可怜的玛丽都会紧紧地抓住我的胳膊。我能感觉得到，她用颤抖的嘴唇发出了近乎无声的笑声；我永远不会忘记，在听到自己女儿恶狠狠地咒骂我时，她的脸上所浮现出来的那种表情。为了避免被女儿发现，她拿洗脸巾抵住自己的脸，用力捂住嘴巴，尽量不发出任何声音。我看得很清楚，在露出奇异笑容的同时，她的脸上依旧流下了泪水。完全无法想象她当时心中的感受究竟如何，我只知道，眼前可真是一幅怪异又哀伤的画面。

就这样过了大约一分钟，玛丽轻轻拍了拍我的手，示意我可以挂断电话了。

“祝你有愉快的一天。”我对她女儿说道，然后便挂断了电话。接着，我向玛丽作了最后的告别，走出了医院，走到了阳光之下。

这一切最后是如何收场的，我可能永远都不会知道了。但是，我衷心希望玛丽的孩子们在母亲离去之后能够幡然醒悟，好好做人。她是个如此可爱的老太太，在将自己的人生完全奉献给孩子们之后，却陷入了彻底的绝望。也许是因为她为他们做得实在太多了？好吧，无论如何，从烧掉遗嘱的那一刻起，如果他们还想争夺她的财产，将不得不互相争斗，争个你死我活。我的任务已经完成了。

***

还有另外一位委托人，一个尚未离世的男人，关于钱的事情，他选择对自己的家人们彻底保密。不过，肯定不是你想的那回事，不管你在想什么，肯定不是。即便在我这个经常去破坏葬礼的人眼中看来——即便以我的工作标准来看，他的做法也实在是太过疯狂了。

这个男人专程找到我，说他想要雇我，但这份委托的与众不同之处在于，他并不是那种即将去世的人，实话实说，他的身体好得不能再好，他只是想确保自己多年以来一直保守的这个秘密，能够在他的葬礼上向众人揭晓。

这位先生的秘密就是——他这辈子从来不曾工作过哪怕一天。这是因为他在很小的时候就赢得了彩票头彩，带回家一大笔钱。数百万澳元。

拿到钱之后，他马上就意识到，如果人们知道他如此富有，他身边的一切事情都会发生天翻地覆的变化。每个人都会对他另眼相待，他将会成为无耻骗局和倒霉故事的头号目标。可是，他只是个善良正派的普通人，只想过普通人该过的生活。因此，他没有将自己中奖的消息告诉任何人，没有做任何铺张浪费的事情，而是选择拿这笔钱去投资，同时继续过自己的普通人生活。

结果他的投资做得非常好——他变得更加富有了。这同时也让问题变得更加糟糕。

如果不去工作的话，他就没办法向身边人解释，自己为什么会这么有钱，于是，多年以来，他一直假装去上班。每天早上,他都会穿上西装,坐上自己的车，然后开车出去消磨掉一整天的时间。他会去吃上一顿丰盛的午餐，看一场电影，随便做什么都行。

他生命中遇到的每一个人，都认为他是个商业奇才。久而久之，他再也不可能对外泄露自己的秘密了。我的意思是，在假装自己有工作二十年或者更久之后，你该如何向自己的妻子解释，说自己其实早就中了彩票，一辈子没有上过一天班？

他很清楚，这实际上是个荒谬且复杂的难题，不过与此同时，他也认为这一切都很滑稽。顺带一提，大家都认为他拥有聪明商业头脑这件事，我觉得他暗地里应该是很享受的。

***

还有玛莎。玛莎是位很有个性的女士。她这个人非常有趣的一点在于，不管遇到任何事，她都能够做到随遇而安，任何事情都能看到有意思的一面。甚至连死亡也不例外。

玛莎对死亡的态度是：对啊，自己很快就要死了，这的确是个问题，但这也是世上每个人迟早都会遇到的问题，所以又有什么好担心的呢？

除此之外，她还是个真正的老派怪人——她是个囤积狂。确切地说，是个少有的现金囤积狂。

出于某种原因，她完全不信任银行。与普通人将钱存入银行的习惯相反，她身上有一种特殊的强迫症，总是要将所有现金藏在自家房子里。在她这一代人当中，很多人都有这样的习惯：在家里四处塞些二十澳元的纸钞，存放在安全的地方，以备不时之需。玛莎则更进一步。她不是把钱藏在一个安全的、比如饼干盒之类的地方，而是把钱藏在房子的每个角落里：沙发垫中间、天花板通风口内部、新康利麦片[1]的盒子里。

1　澳洲著名麦片品牌。

在付我钱的时候，她跑去取了一只很旧的塑料肥皂盒，将里面藏着的老旧百元纸钞统统取了出来。做这种纸钞的材料早在几十年前就已经被淘汰了，可她竟然会把几十年前的旧钱藏在这个简陋得不能再简陋的地方。

玛莎的丈夫从来没有注意到她在囤积东西，尽管她一直试图告诉他。在他们夫妻俩共同生活的漫长岁月里，她总是要求他在处理东西之前进行仔细检查，因为她很可能在里面藏了钱。打比方说，要是他将自己在碗柜后面发现的一罐过期了很久的汤罐头直接扔掉，玛莎肯定会当场崩溃，因为她其实早就洗干净了罐头，并且在里面偷偷藏了一百澳元。

她一直想让他察觉到自己有这个坏习惯，可惜收效甚微。几十年过去了，她的囤积癖越来越严重，丈夫的脾气也变得越来越暴躁。他觉得该扔东西的时候就得扔。

又过了一段时间，然后，突然之间，玛莎就要去世了。她能够百分百确定，尽管自己曾经多次恳求丈夫，要仔细清点家里的所有东西，可他就是不愿意。根据她告诉我的讯息，下次他打扫房子的时候，因为她已经不在了，他很可能会扔掉一大笔现金。

玛莎对于这件事非常上心，因此，她特意在自己所有外套的口袋里都藏了一大笔钱，这些衣服至今仍挂在衣橱里。她雇我在丈夫守灵时前去拜访，介绍我自己，然后朗读下面这封信：

“嗨，唐纳德，亲爱的。在捐赠我的衣物之前，请一定要仔细检查一遍。别忘了，你身边的所有人，他们都深爱着我们俩——你只需要伸出手来，跟大家好好握个手就行，不要闹别扭，你这脾气暴躁的老混蛋。我爱你，谢谢你为我所做的一切。是你让我的生活如此精彩，充满了爱意。唐，我会永远陪着你，无论什么时候，只要你想说说话，我都会听的。永远爱你，你的心肝宝贝。又及：我没开玩笑，仔细检查我衣服的口袋！”

对即将死去的人们而言，面对生命的尽头时，终于意识到什么才是最重要的，这种情况确实挺奇妙。当大家花了很多时间之后，总算弄明白了这样一项事实——自己生命中最重要的东西其实跟金钱无关，这可真是再好不过了。无论如何，当你抵达人生终点时，你是无法带走这些身外之物的。

不过话说回来，在你人生刚开始的阶段就能拥有它，确实也挺好。

第六章

Charity Case

慈善项目

我所居住的这个社区很贫穷，在上中学的第一天，在我还没来得及真正踏进校园之前，就被人狠狠揍了一顿。

要从我所居住的政府保障房区域前往 TSS，我必须首先骑车抵达所在区域的另一边，然后再调头，往相反的方向继续骑下去。这条路线的岔路非常多，非常容易走错路，而且需要骑自行车的路程很长，我必须首先朝上骑，上一段很长的坡道，然后再往下，从坡道另一侧一路滑下去。

上学第一天，我努力踩着自行车踏板，准备上坡，刚好这时候，附近邻居家的一个孩子看到了我。他好好打量了我一番，对我身上穿的漂亮校服嗤之以鼻。显然他不怎么喜欢我穿成这样，所以，当我经过他面前时，他突然朝我扔了一只巨大的金属桶，就是大家平时用来清洗拖把的那种铁桶——看起来，他恐怕也想要给我好好清洗一番。我吓了一跳，只好停车，结果他又冲了上来，猛地一撞，直接将我连人带车撞进了排水沟里。

还好排水沟里是干的，情况并不算太糟。可这时又来了另外三个孩子，把我团团围住，想要揍我一顿。我本来应该马上动手反击，但因为这是第一天上学，我又不想把新制服弄脏。所以，我只好不停左闪右躲，试图躲避拳脚，再进行反击，为 TSS 保住体面，保住这身漂亮的校服。由于不熟悉这种打法，我的脸被他们揍到了，血开始从我鼻子里流出来。这下子又增加了一项额外的竞技挑战——在与三个人战斗的同时，还要想方设法地腾一只手出来捏住鼻子止血。

打斗一直在持续着，直到我也打中了他们好几下之后，这帮孩子见势不妙，一下子全跑光了。确定自己已经脱离了危险之后，我将自行车从掉进排水沟的那个位置捡起来，发现刚才发生的碰撞将前轮给撞歪了，眼下已经没办法再骑了。于是，我只好将自行车藏在附近的灌木丛里，掸了掸身上的灰尘，然后走完了剩下的路。

我自认为做得很好，自认为已经侥幸逃脱，直到抵达学校之后，我在镜子里看到了自己，才发现并不是这么一回事。我的衬衫被血迹给浸透了，裤子上全是青草留下的印渍，皮肤上粘着砂砾。总体而言，我看起来一团糟。

第一个见到我的老师救我于水火之中。

“你怎么了？”他想知道我身上究竟是怎么回事。

“我……嗯……”我不想承认自己打了架。“我从自行车上摔下来了。”

“那你以后最好还是要先学会好好骑自行车，不是吗，孩子？”

自那天起，我收获了一些新的人生经验：永远不要直接穿校服骑车去学校。相对应的，我会先穿上普通衣服，然后将 TSS 的制服装进包里。出门之后，我会先以最快的速度骑车经过家附近那所高中，先到里面去换上校服，然后再骑去 TSS。在接下来的几年时间里，这就是我每天的日常生活。

对于我在 TSS 的学业而言，这算不上是个很好的开始，不仅如此，自那以后，像这样的坏运气也不会有什么好转。

***

就我个人来讲，最大的障碍是我既不会阅读，也不会书写。虽然我认识字母表中的每一个字母，但我就是无法让它们在从我的眼睛走进我大脑的这个过程中，将单词的意思给还原出来。无论我再怎么努力集中注意力，它们也只会在纸上四处游走。

我试着尽我所能去自学，但我理解单词的方式跟其他人完全不一样。比方说，我把“猫”这个词拼成了 K-A-T，因为这是我从奇巧[1]的包装纸上学来的。我非常确定，它就是这样拼写的。与此同时，我也完全不能理解为什么大家偏要用一个该死的 C 而不是 K 来拼写这个词——正如我的老师不能理解我为什么会认为用 K 是合理的一样。

仅凭听读音的方式，我能够拼写出一些特定的单词。比方说，“看（look）”这个词就很容易通过读音来理解拼法，“天（day）”也是如此。但我无法理解单词中一个字母不用发音是个什么原理。该死，我可真他妈一辈子都想不明白，为什么有人会在“刀（Knife）”这个词里面加个 K。这到底是怎么回事！

名词，代词，所有这些狗屁语法玩意儿，全是些我搞不懂的东西。我可以通过大声拼读猜出某个单词是什么意思，但是，当你用缩写来表达一切时，我又完全搞不懂了。

1　巧克力威化饼干品牌，封面上经常会画一只猫，故有文中所说。

现在我已经知道，我这种情况其实是有阅读障碍。如果是现在这个时代的老师，只需要跟我讲上几句话，就会立即发现这个问题。他们可以找到一种有针对性的教学方法，让我进行有效学习、阅读和书写。如此一来，我的生活将会完全不同。当然，这样的事情从未发生过。

在我看来，TSS 里从来没有发生过大家一起去鼓舞、激励弱者的故事。比如像《死亡诗社》里那样的老师，他们拥有一颗金子般善良的心，希望能够改善那些身处危险边缘孩子们的处境，唤醒独属于他们的幸福和自尊。不过话说回来，就算真的有这样的老师存在，遇见他们的肯定也不会是我。

我所遇见的老师要么是那种基本上从来没有离开过学校的老男孩，要么就是些来自学校之外、有着雄心壮志且干劲十足的老师：他们虽然不是从这个学校毕业的，但却非常想在昆士兰最著名的学校之一任教。无论哪种情况，这些老师无一例外，都是可怕的势利小人。他们非常自以为是，仅仅是因为他们在全国最顶尖的教师队伍里找到了一份工作。

他们不知道应该拿我怎么办。每当有老师发现我完全不识字时，都会对自己“居然需要教像他这种小孩”这件事情感到愤怒无比。他们的态度是：“见鬼！你们怎么随随便便就把奖学金发给了这个住在拖车公园里的小孩？怎么能够让他这么轻松就占据了我们心爱学校里的一个宝贵位置？好一个笨家伙，我们必须要教他吗？不可能教会他什么的，我们不应该浪费我们的时间。”他们从开学第一天起就讨厌我。

在学校的各种课程中摸爬滚打了好几个星期之后，有位老师把我送进了一个补习班里。这个班是为那些在基本算术上有困难的孩子准备的。实际上，对于当时的我而言，数学这门课所教的内容是可以理解的，并没有什么问题，尽管如此，补习班负责的老师还是拒绝让我去上课。

“我可不是来教白痴的，”他直截了当地跟我说，“尤其是那些有幸来这所学校却根本没花一分钱的傻瓜蛋。”

“好吧，”我用低得几乎听不见的声音回应道，“再见。”

自那以后，老师们都会直接把我标记为“出席”，证明我确实来上学了，然后就让我去做校园里的各种杂事。所有的教职员工之间似乎订立了一项心照不宣的协议：既然他们无法教我，那就把我当成免费的雇工好了。好吧，甚至比免费的雇工还糟。

“噢，是慈善项目学生啊，”新学年的第一天，当我回应点名时，一位老师直接向全班宣布道，“你坐到最后面去吧，小慈善[1]。坐到地板上玩蜡笔去吧。”

***

自然而然地，老师们对我所采取的这种不尊重态度，很快就被学校里的其他男孩们毫无顾忌地套用了。我还在读小学的时候，就认识他们当中的一部分人，比如蒂姆。还记得有一天，当我走近蒂姆时——顺带一提，我跟他以前相处得一直都还不错——他正在一个小组里打手球。尽管我在学习上有困难，可仍然很擅长运动，所以，只要有机会，我都很希望能够积极参与进去。于是，我马上跑上前去，请求他们让我加入，但却很快就被他们打发走了。哪曾想到，在我离开之前，那群人当中块头最大的一个家伙突然冲着我大喊道：

“你在这里做什么啊，小慈善？你妈妈肯定是个妓女。不然你怎么负担得起来这所学校的费用？”

1　原文为“Charity”，讽刺主角是得到慈善项目捐助的学生。

鼻梁断裂的声音，我记得很清楚——先是很重的一下，然后就是脆生生断开的嘎吱声。那一拳打得他屁滚尿流，直接跌进了水洼里。他傻呆呆地坐在那儿，捂着鼻子哭了起来。这比以往任何正常的报复行为都更令我感到震惊——在我的家乡，没有人会被这样的一拳给直接干倒，尤其是像他这样的大块头恶霸。

我转过身去，准备对付他队伍里所有的同伴，我误以为现在他们会如狼似虎地向我扑过来，可他们要么在小心翼翼地往后退，要么弯下腰来安慰那个恶霸，什么也没对我做。

我还记得当时的自己感到既困惑又厌恶，我狠狠地瞪了一遍队伍中以前认识的家伙们，包括蒂姆，在最后离开之前，我朝地上吐了口唾沫。可是，我还没走多远呢，有一名级长——那些负责照看低年级学生的高年级学生——突然抓住了我的胳膊，命令我跟他一起到校长办公室去。我拒绝了，耸了耸肩膀，甩开他的控制，猛地冲了出去。可是这时候，我又被学校里的一名督导员给拦住了，他举起手杖，狠狠抽打我的小腿肚，然后直接把我拖去了校长办公室。

当我在办公室外面等候时，透过窗户，已经看到里面有几个男孩在回答事件相关的问题。其中一个是我的老熟人蒂姆，我看得出来，他正在向校长讲述这次打架的全过程。从他打的手势和指向走廊的方式来看，他正在将打架的事统统赖到我的头上。

最后，校长终于把我叫到了办公室里，他让我坐下，同时皱起了眉头。我以为他会对我大声吼叫，甚至用手杖打我，可他只是表达了些许对我的失望，除此之外，什么也没做。

“罗宾逊，你跟这些孩子们不一样，你是来自不同世界的人，”他告诉我，“你必须去学习——尽快地学习新东西。你要知道，他们在生活中有你永远都不可能有的选择。我之所以给你这个机会，是为了等到有一天，你能够拥有他们现在所拥有的东西。所以，不要浪费这个机会，好好把握它。我不希望等到很久以后才发现，我当年给你机会的这个判断是错误的。”

就这样，我被送回了教室。自那以后，我再也没跟蒂姆和那些男孩们讲过哪怕一句话。

***

慢慢地，我开始意识到，校长这番话其实是非常正确的。我很快就明白了这样一个道理：虽然富人跟穷人的生活从常规意义上看，确实存在着不小的差距，但其中仍然有比较极端的例子。实际上，有一部分人不只是穷，他们可以说是极端贫穷——比穷人更穷——还有一部分人极端富有，这两部分人之间的差距可谓天渊之别。

在 TSS 的第一年，我们都同岁，长得差不多，穿的制服也一模一样，所以我并不知道自己的一些同学到底有多富有。可是后来呢，他们陆续拿到了驾照，开着父母为他们买的那些昂贵到令我觉得难以置信的豪车上学。学校停车场里停满了同学们开的宝马和捷豹。有个十六岁孩子开着一辆该死的法拉利去练习橄榄球。

TSS 是那种拥有拉丁语箴言的高级学校，这里的格言是“Palmam qui meruit ferat”——大致上可以翻译为“让有功者受禄”。这种说法听起来很有些讽刺意味，因为在这里上学的绝大部分男孩已经很富有了，他们根本不需要禄上加禄。

我在 TSS 里花了足足两年时间，才终于克服了自己对富家子弟们的怨恨，转而开始同情他们。因为我意识到，他们其实生活在一个所有人都极度贪婪、且不断发生着激烈竞争的世界里，不仅学生之间如此，他们的父母之间也是如此。人们一旦到了拥有海量财富的这个位置，格外严重的地位焦虑也会随之而来，这种焦虑并不是什么好事，它很有可能跟一贫如洗的焦虑一样凄惨难挨。

渴望拥有越来越多的钱——并且还要拿着这些钱去大肆挥霍、大肆炫耀——这种行为令我许多同学的父母都陷入了家庭经济危机。看着这些父母自毁，以及随之而来的家庭崩溃，总算让我明白，我跟他们之间的差距其实并没有想象中那么大。某种程度上而言，当他们的家庭宣告破产，陷入极端贫困状态时，他们所陷入的这种贫困甚至比我还要可怕，因为我已经生活在这种贫困之中，并且一直在其中生活，早就习以为常了。

我的处境给了我寻找出路的强烈动力；我知道，客观上的贫困是可以努力克服的，但他们的贫困却是更深层次上的——那是思想与灵魂上的贫困。或许可以这么说，至少在这一点上，我比他们更幸运。贪得无厌是一种精神上的饥饿。我知道饥饿是种什么感觉，但这些孩子们在成长过程中对“索要更多”的渴望却永远无法得到满足。

在我被学校排挤之前，还有机会到朋友们家里去做做客——那些看起来如同五星级酒店一般的豪华宅邸。大理石地板，装修和家具上到处都能看见黄金和黄铜装饰。明明只是四口之家，却拥有十间卧室。浴室里设有落地窗，窗外可想而知，有着令人印象深刻的美景。游戏室里摆满了台球桌和弹球机。还有私人游泳池跟网球场。

这些宅邸必须经过私人道路和安全门才能抵达，要么就是需要搭乘由专人负责驾驶的小艇过河才能抵达。在这些宅邸里，我遇到过管家、保姆和互惠生[1]，所有人全都穿着得当、谈吐得体，导致我很难区分究竟谁是他们这些男孩的家人、谁是家里雇的用人。尤其是当我无意之间走到一个房间里，发现这栋宅邸的男主人竟然在打保姆的屁股或者在水疗中心跟互惠生做爱时，我就更加深刻地意识到校长之前讲的那番话是对的：这里跟我原来所属的世界完全不同。

所以，我选择保持沉默，不发表任何意见。我尽量避免跟别人打架，花大量时间去踢足球，出去玩时也是独自一人。

每逢学年结束时，其他的孩子们都能拿到成绩单，

1 年轻的外国人为学习某国语言和体验该国文化申请寄宿在某个东道主家庭，同时为该家庭做一些简单的家务，称为互惠生。政府通常会为互惠生项目提供一定补贴。

当他们带着成绩单回家时，要么高兴，要么焦虑。可我的老师们从来都没给我发过哪怕一张成绩单，我妈妈也从来没有问过他们。尽管如此，年复一年，我仍旧会被老师们升到下一个年级，因为他们不想让我留级，留级的话，下一年我就要再去上他们的课。

各方面情况都不怎么令我感到开心。同学们讨厌我，老师讨厌我，我讨厌学校，妈妈也讨厌我去学校。一想到我现在竟然是个在私立学校里上学的孩子，妈妈就觉得气不打一处来。就算我是那种有奖学金认同的专业人才——作为孩子家长，你却住在政府保障房里，唯一的收入来自社会福利和老虎机，你甚至都没办法按时缴纳便宜得不能再便宜的房租，在这样一种情况下，你根本不应该有个孩子跑去上每个学年需要花五万澳元的私立学校。

正因为我上了这样的学校，导致她在邻居们那里饱受争议。他们认为这是不对的，认为我僭越了。在我上 TSS 之前，妈妈手头很紧的时候，还可以向邻居们借点钱，去买一条面包和一些牛奶，但现在他们只会当面嘲笑她——如果你有孩子在全国最昂贵的学校里上学，当然不应该四处去讨钱，这是理所当然的。

我上 TSS 这件事给她的生活增添了一层额外的屈

辱，她因此而怨恨我。

而且，在经历了这一切之后，我不知道外祖父什么时候又会突然出现，想办法跟我独处，跟我反复纠缠。所以，我开始尽量避免回家。我会睡在公园里，或是河边的厕所里，天不亮就起床，溜回学校去，在上课前用那里提供的公共淋浴间把自己给洗干净。

几年之前，迈克尔可能有办法帮我熬过这一切，但在 TSS 里却无法可想。自开学的第一天起，我们两个就分开了。他被安排到优等生们的班级里，我则被安排到后进班。虽然严格上来讲，我们上的是同一所学校，但我们可能还是身处不同的星球。

因为不在同一个班里，我们很自然就分道扬镳了。他逐渐适应了家里的特权赋予自己的社会地位，反观我这边，在这所学校里待得越来越久，我的性格也变得越来越孤僻。我们只在足球训练的时候才会碰头，我们一起长跑，以此来增强我们的耐力。跑步的时候，我们会聊上好一会儿，但主要也是我在努力跟上他的步调。

再后来，在九年级升十年级的那个暑假里，我完全失去了迈克尔。我最后一次跟他讲话，是在学校里偶然碰到他，他告诉我，假期要去滑雪旅行。

“你要去哪里？”我问道，“我很愿意一起去。”

“瑞士，”他说，“我也不知道……不过，我想这次应该只有家人会一起去。”

“瑞士！天呐，太酷了！我从来没有见过雪。”

我们握了握手，我告诉他，等他回来之后，我会再跟他好好聊聊。可是，他再也没有回来过。我得到的消息是，在一场特别恶劣的暴风雪过后，他出去滑雪了。虽然官方已经清理了场地，但没有人注意到，场地上有一块十分巨大的、写有“悬崖，陡峭，请注意”字样的标识牌，在风暴中被刮倒了。迈克尔滑着滑着，直接冲过了悬崖边缘，坠落下去，再也没有回来。

我极为震惊，极度悲痛，但是，我的震惊和悲痛与他父母所经历的一切相比，根本算不得什么。儿子死后，他们完全崩溃了，乃至于无法继续在黄金海岸生活下去。他们收拾好一切，卖掉房子，远远地搬走了。眼睁睁看着他们不得不去承受如此巨大的痛苦，我也感到很难受。对我而言，他们比我家里的任何人都更像是亲人。

迈克尔去世后的某一天，我报名参加了一次越野长跑，这是他去世之后我第一次参加越野长跑。在此以前，我的生命中从未出现过自己在乎的人突然死掉的情况，所以我并不知道这是怎样的一种感觉。跑着跑着，我发现自己不由自主地开始跟迈克尔讲话，一边跑，一边跟他聊天，告诉他学校里发生的各种事情，我多么希望能够跟他一起看看雪，我多么想念他。

迈克尔的突然离世让我感到很怪异，就好像我突然有了一个想象中的朋友。其他人总是会说，他不是真实存在的，可是对我而言他就是真实的，自那以后，他就一直跟我在一起了。

在我所剩无多的中学生涯里，迈克尔总是时不时地出现在我脑海中，跟我聊天。在我看来，他的鬼魂恐怕是世界上最能够令我感觉安全的东西了。自从认识他以来，他就是我最好的朋友，之前我从来不曾设想过现在这种情况，即他已经不在这个世界上了，而我居然还活着。他曾经拥有过如此美好的人生，而我的人生却一塌糊涂，结果到了最后，反而是他失去了自己的人生，这多少有些不公平了。因此，我用自己的方式让他活了下来，自那时起，我一直都会跟他说话。

第七章

Deathstiny

冥运

人生路漫漫，有些遗憾是无论如何都无法挽回的。大部分委托人在临终前要求我为他们做的事情，总是坦诚到令人痛苦的地步；对于一些人而言，这可能是他们一生当中对自己最诚实的一次。

最后的请求——大家在自己时日无多时绝对不能放手的事情——就跟每个人指纹一样独一无二。有时候，当生命的最后一刻终于来临时，人们似乎经常会恍然大悟，会对他们刚刚发现的、自己人生当中最重要的事情感到由衷惊讶。我对此非常清楚，因为他们经常也会令我感到讶异万分。

通常情况下，我会尽量去满足委托人所提出的任何要求。因为我认为，如果这就是委托人在人世间所留下的最后心愿，那这个心愿对他们而言肯定十分重要。所以，只要他们提出的要求不违法，也不会伤害到任何人，我就会尽我所能去达成他们的愿望。接到委托之后，我总是会先进行调查，做一些基本的侦探工作来确定他们所讲的一切是否属实。在进行了大量调查之后，我发现他们讲的都是实话——没有人会在自己临终的时候撒谎。如果到了这个时候还在撒谎的话，那这个人的脑袋肯定有问题。

当然啦，实话归实话，并不意味着他们所提出的请求也是完全没问题的。

有个人想让我杀了他的狗。他爱这条狗胜过世间一切；这条狗是他在这个世界上唯一关心的东西——除了这条狗之外，他的生活中就再没有其他了。一想到自己可能要过上没有狗的生活，他就无法忍受，所以，既然他要死在这条可怜的狗前面，干脆把它也一起带走得了。类似法老的葬礼之类的玩意儿，让狗跟他陪葬，他们就可以一起进入来世。

我拒绝了这个请求。

“我不能那样做，伙计，”我告诉他，“如果你愿意的话，我可以给这条狗找个新家，但我绝对不会杀了它。”

那人同意了，于是，我稍后就去给这条狗重新找了个新家。这可怜的孩子已经十五岁了！主人去世几周之后，它也随之而去。我觉得这应该算是个幸福的结局。

另一位委托人，那个年轻的女人，苏茨，希望我在她死后去跟她的兄弟对质。大体而言，她是想让我去为她传达一则讯息，让他知道她恨他，他毁了她的生活。她是个瘾君子，上瘾的源头，是因为她想要通过药物来缓解他的虐待给她带来的巨大痛苦。

她的请求我也拒绝了，因为我不想让自己面对一个曾经虐待过孩子的男人。一旦转变为肢体冲突，我很可能会把他的脑袋直接给拧下来，然后陷入一堆法律麻烦中去。一旦我不得不动手打他，很可能出现的情况是——我根本就不会停下来，我会一直打他，直到他死翘翘为止。我不想让我的家人因为我去坐牢而承担痛苦，所以我拒绝了。

苏茨告诉我，她之所以提出这个临终请求，是因为她打算在近期结束自己的生命。我尽力跟她聊了聊此事。我在面对她时非常诚实；我告诉她，我不知道她眼下正在经历些什么，但我自己也有过自杀的经历。

我让她考虑清楚两个非常重要的问题。第一，如果她活着是因为某种原因的话，那这一定是个很重要的原因。既然如此，她现在仍然活着，是因为什么原因呢？试着把这个原因给找出来。第二，如果她真的死了，将会影响到谁？谁会想念她？在她的生命当中，相比较于她打算选择的自杀，有没有人会因为她的死亡而承受更大的伤害呢?

这个办法对我很管用，可她并不是我，所以，当我们这一天的面谈快要结束时，我所能做的就是尽量引导她去寻求外界帮助。我可以介入干预、报警，或者将她送往精神病院，但她的最终命运还是掌握在她自己的手中。

每个人都有处理自己所受创伤的办法，这是个人私事。虐待带来的伤害、遗憾造成的摧残——在面对这些时，我们每个人都能找到独属于自己的、继续前行的方式，或者干脆选择不再前进:这同样也是个人的选择。

在我的人生当中，曾经有过那么几次极端低落的情况，那时候，我是真的打算要去结束自己的生命了。当我意识到自己可以通过自杀这种方式一劳永逸地解决人生当中一切的伤害与遗憾时，心中瞬间就会被巨大且深刻的平和感所占据，不得不说，它的诱惑力真的很大。

但我也总是能从这一念之差的边缘位置折返回来。因为我找到了应对的办法，找到了那些对我而言十分重要、值得为之而活的事情。一个人可以有一百万个寻死的理由，可是反过来看，当我们彻底崩溃之后，还能找到继续活下去的理由吗？可想而知，这个理由一定是非常特别的。

在一些人心中，这个理由是爱；对于另外一些人而言，它是仇恨；还有一些人的理由是复仇。我对这三种理由都感同身受。

第八章

Can’t Break Me

❧

击不垮我

那年我十五岁，在街上四处流浪。艰苦的生活让我学会了战斗，教会了我照顾自己的本事，使我几乎能够在任何困境中生存下来。尽管如此，我却没有哪天不曾想起过我的外祖父。一整天中几乎所有醒着的时间里，关于他对我所做的一切——所有这些回忆，都会不请自来地涌入我的脑海。芜杂的思绪使我惊慌失措，使我喘不上气来。夜里，我总是会从噩梦中惊醒，梦到他在肆无忌惮地欺辱我。

外祖父过去常在屋后的棚子里自己酿啤酒，那棚子足够大，能放得下他的酿酒设备、园艺工具和我们的割草机。他自己酿的啤酒比瓶装店里的那些要便宜得多，而且据他所说，他的啤酒比外面卖的更浓，味道也更好。但同时也更危险——瓶子时不时地就会在发酵产生的压力下爆炸。爆炸声响起的时候，你在房子里都能听得到。

灌好的瓶子依照装瓶日期整齐地排列在架子上，这样外祖父就知道自己应该先喝哪瓶。所有的东西都放在其单独的位置上，秩序井然，也正因此，那里有足够的空间可以让他把我带进去，在他想要的时候，随时对我进行性侵。

我永远不会忘记第一次被他性侵时发生的一切。当时我正在后院里踢足球；外祖母在晚饭前打了个盹，因为她下午跟外祖父喝了几杯之后，觉得身体不太舒服。我很清楚，只要外祖母在身边，外祖父就不会伤害我，所以，在她睡着之前，我一度觉得很安全。

这时，我听见外祖父在棚屋里喊我，当我跑到那里时，他已经站在门口等我了，他告诉我，在进去之前要先把鞋子给脱掉。我以前从来没有得到过进入的许可；简直不敢相信，里面竟然装了这么多瓶啤酒。

当我细细查看酒瓶时，外祖父就站在我的身后，将手搭在我的肩膀上。他突然问我，最近有没有摸过自己。

霎时间，我全身上下都开始颤抖起来，一部分是出于震惊，因为我知道外祖母就在几米开外的地方打盹，必要的时候，我只需要大声呼救就行了。但是，我突然发现自己做不到：一点声音都发不出来。我整个人都仿佛被冻住了、瘫痪了，完全无法做出任何反应。

早在我只有九岁时，就学会了在外祖父碰我的时候迅速进入到一种意识完全消失的保护状态之中。我在脑海中为自己建造了一座庇护所，一处完全任由我来想象、只有我才能进入的地方。每当我被他虐待时，都会前往这个“安全屋”，当感到悲伤或孤独时，我也会进去。我会将自己的身体远远抛在脑后，有时会在那里一连待上好几个小时。在外人眼中看来，我只是大张着嘴巴望向天空而已，看起来就像是在打哈欠——这是我妈妈的原话。

外祖父开始脱我的衣服，首先把我的衬衫拉过头顶，然后又脱掉了我的短裤和内裤，全身上下只留下一双袜子。我全身赤裸着，从我站的地方可以透过棚屋的门看到外面，但我并没有看到外祖母或者妈妈的身影，也没有其他人。我只好闭上双眼，躲回到安全屋里，耐心等待外祖父完成他正在做的事情。不幸的是，当我躲在安全屋里时，失去了对膀胱的控制，把自己搞得湿乎乎的。

我无法控制自己的身体，甚至意识不到外界究竟发生了些什么，直到外祖父沮丧地猛拍了一下我的大腿之后，才把我的意识带回到了棚屋里。这记重击令我身不由己地向前倾倒，撞向那一大架子啤酒，结果啤酒架轰然倒下，啤酒瓶爆破的威力就像一个个小炸弹似的。

“你这个笨蛋、白痴，蠢得冒泡的死呆瓜。”他怒气冲冲地咒骂道，喉咙里发出气得不行的嘶嘶声。

外祖父用最快的速度拿起我的衣服，让我赶紧穿上。我一穿好衣服，他就把我从满地破碎的啤酒瓶碎片中间拽出来，一直拖到棚屋门口。途中，我踩到了一块碎玻璃，把自己的脚给划破了。我发现脚上有血迹，便在棚屋外面坐下来，准备脱袜子。可是这时候，外祖父突然凑过来，直接把袜子从我脚上扯了下来。他开始大喊大叫，声音大到所有人都听得到，他说那只是个小伤口，而且我本来就不应该在他的棚子里踢球。

那天下午晚些时候，外祖母醒了，感觉好多了。在她做晚饭时，外祖父跟她说，我把足球踢进了小屋里，弄坏了他的自酿啤酒。

外祖母很生气：“蠢孩子。你知道自己不应该在小屋附近踢球的。”

外祖父似乎总能为我身上的割伤和擦伤找到借口，也总能为我从一个开朗、自信的男孩，变成一个谨小慎微、精神受创的可怜家伙找到理由。他一直紧盯住我，在各种事情上撒谎，以掩盖他所做的一切。

我妈妈和外祖母都对他的说辞深信不疑。噩梦一直持续了下去。

在我青少年时期的噩梦中，在我的记忆当中，外祖父一直都是我小时候看到的那个形象。一个巨人——强大无比，具有绝对的统治力，家里的顶梁柱，一家之主。在他说要做某件事时，就毫无疑问必须得去做。如果你惹怒了他，他就会变得非常可怖。即使到了十五岁这个年纪，我也不可能以其他方式去回想他。

***

与此同时，我也无法放下复仇的念头。我在街上彻夜难眠，思考怎样才能让他为他对我所做过的一切付出代价。

我深信，只要我敢于直面他，就能抹去我身上所有的伤痛，所有情绪的负担都会被解除，让我从过去的苦难中彻底解脱出来，重获自由。

直到有一天下午，我终于鼓起了勇气。我来到外祖父家，准备跟他对质，却发现他跟外祖母都出去了。

在此之前，我花了好几周时间，才让自己的精神振作起来，以便过来跟他对质，可眼下他人却不在，我不知道该如何处理自己体内激增的肾上腺素。于是，我决定破门而入，偷走我能偷走的全部东西——现金、珠宝、电器，我可以卖掉它们来换钱买食物。

这样做过一次之后，入室盗窃似乎就变得非常简单了。所以，我决定到我舅舅跟阿姨家去，再做一遍同样的事情。

仔细回想起来，这不过是个在绝望中大声呼救的男孩所采取的自救行动，希望有人能够注意到自己。但我却完全失控了，拒绝相信自己急需得到别人的协助，只想被人好好惩罚。刚好有个家庭成员也是这样想的，在他发现是我闯了两个家庭的空门之后，便召集了家族里的其他几个男人，决定给我上一堂与众不同的规训课。

他们找到了我偷偷摸摸住着的房子，踢开门，野蛮地殴打我。

他们一边拳打脚踢，一边质问我，怎么能从自己家里偷东西。“你怎么能这样对你的外祖父母？他们究竟做错了什么？”

当他们觉得打够了之后，便围成一圈，站在我伤痕累累的身体上方。

“你这垃圾玩意儿，把自己管好，”其中一个朝我吐了口唾沫，“如果你做不到，很快就会有更多不好的事情发生。”

***

好几个月过后，我才再次鼓起勇气来面对外祖父。我知道现在外祖母正在海外度假，外祖父独自在家。机不可失，时不再来。

那时我住在冲浪天堂，于是，我直接从那里骑自行车前往外祖父家，这给了我大约四十分钟时间来思考我到时需要做什么，具体应该怎么做。

可是，当我真正抵达那里之后，又骑着自行车在街上来来回回兜了大概二十多圈，甚至更多，但就是没有急着进去——我的愤怒仍在不断积聚。那是个明亮的夜晚，满月，满天繁星，时间大概是晚上七点左右，你可以从街上看到每栋房子的起居室里，到处都是准备晚餐或者看电视的人。透过外祖父家那扇滑动前门，我看到他就坐在电视机前，啜饮自家酿的啤酒。

最后，我强迫自己停下来，停好自行车。

我朝着房子走去，路过了那辆大大的蓝色福特费尔莱[1]，外祖父曾经开着这辆车带我到僻静的地方，随

1　20 世纪 50 年代福特推出的经典车型，1970 年停产。

心所欲地侵犯我。关于这辆车的回忆令我失去了理智，我的身体开始颤抖，喉咙发干，汗水顺着我的脸流了下来。我能听到自己的心脏在扑通扑通跳动，就好像它长在了我的胸腔外面一样——似乎所有的邻居都能听到它跳动的声音。

我喘着粗气，停下了脚步，努力命令自己镇定下来。可我越是这样做，我的心脏就跳得越快。转眼之间，我的衬衫就被汗水给浸透了。

我只得转身往回走，打算先回到自行车旁。每走一步，我都能感到自己变得更加平静。可是，当我真正到了自行车旁时，却发现自己不能够就这样一走了之。

“来啊，”我开始给自己打气，用力深呼吸，“去你妈的，你这个没胆量的混球。你打算跟个被吓坏的小混蛋一样骑车开溜吗？你他妈的快给我滚回去。”

我重新转过身去面对那栋房子，又一次下定了决心。从这个位置，我可以看到自己被性侵时的一幕幕画面——在车里，在棚子里，在这间屋子里，在浴室里，在卧室里，在起居室里。每段回忆都令我平添一份愤怒，愤怒的累积为我带来了巨大的力量。

突然之间，我走到了，我来到了那扇门前。透过薄纱般的白色窗帘，我可以很清楚地看见外祖父的模样。我敲了三下门，声音响亮且果断。我看见他吓了一跳，朝着门口走过来。当他认出我时，便直接打开了门，脸上带着既困惑又愤怒的表情。

门一打开，我马上伸出手去，用右手直接掐住了他的脖子。

我死死掐着他，把他拉回到客厅里，与此同时，我加大了掐住他脖子的力度，我的力道是如此之大，甚至能够很明显地感觉到自己的五根手指已经钳住了他的气管，而且钳得很紧。他紧紧抓住我的手，挣扎着想呼吸。两行泪水顺着他的脸颊流了下来，他想说些什么，可他重重的喘息声，还有我耳朵里咚咚作响的脉搏跳动声，让我根本听不清他所讲的内容。

这时，我的脑海中浮现出了我自己。我意识到，现在掌握着外祖父生死的只有我。我必须做出选择。

我可以轻易夺去他的生命，但如果我真的那样做了的话，又算什么呢？一旦越过了这条线，你就再也回不去了。

我以前从未想过，这辈子的每一秒钟都没想过，我竟然有能力去阻止他，或者甚至是伤害他。直到此刻，我才算看清了他的本来面目：一个虚弱、病态、扭曲的老人。

如果我小时候就知道这一切的话，他就不可能伤害到我了。现在他再也不能伤害我了。

我松开手，他倒在地上，喘着粗气，揉着自己的喉咙。

他似乎想说他很抱歉，但我根本没兴趣听他讲出“抱歉”这个词。我只想看到他畏畏缩缩的模样，让他知道害怕和无助是怎样的一种感觉。我想让他知道，我恨他，我饶了他只是因为他不值得我这样做。除了这些之外，我不再需要多说些什么或者多做什么。

在离开的时候，我经过了他那个自制啤酒的小棚屋，在那里他打过我，虐待过我。我推开门，果然，他的啤酒厂和珍贵的啤酒收藏仍旧摆在这里，整齐地排列着。在一阵冲动的作用下，我决定砸碎这里的每一只瓶子，彻底毁掉这座小啤酒厂，希望这能让我感觉好一点。但实际情况并非如此——我需要毁掉的不是那个小棚屋或者啤酒什么的，而是那些我一直耿耿于怀的、饱受性侵的记忆。

骑车离开时，我感觉自己已经战胜了这一切。我觉得现在的自己既强大又自信，已经是个坚毅的男子汉了，可是与此同时，我又觉得十分羞愧。一部分的我对自己的所作所为感到极端厌恶，相对应的，一整个的我都感到非常痛苦，因为这里的一切就是我童年时所经历过的一切，现在我又亲手将这一切给摧毁掉了——摧毁了这个患有恋童癖和施虐癖的家，以及我此生所知道的唯一的父亲形象。

一时之间，我的心中百味杂陈、难以疏解，带着一颗充满困惑的心，我踏上了归途，准备返回冲浪天堂那些熟悉的街道。骑了一会儿之后，我在布罗德沃特河旁的一处小公园里停了下来，打算坐下来好好思考一下刚才究竟发生了些什么。我将自行车随意倒放在人行道上，然后便坐了下来，茫然地盯着夜空发呆。月亮的倒影在水面上闪闪发光，水面在微风吹拂下起伏荡漾。大大小小的船只停泊在沿河岸的不同位置上，大多数船上都可以看到灯光。

作为热门的合家欢游玩地，这座公园里到处都是秋千和野餐桌。但现在时间已经太晚了，四下里望去，只有我一个人在外面。我突然意识到，自己活到现在，一直都是一个人。到了这个时候，我总算知道自己一无所得、一无所有，我唯一想要的就是我妈妈。

我开始无所顾忌地尖叫，声音在水面上回响，叫完之后，我又无所顾忌地大哭起来。我崩溃了，根本没办法控制住自己的情绪。在此之前，我一度非常确信，与外祖父的对抗结束之后，我就可以得到内心的安宁。可现实刚好相反，我感觉自己的情况比以前更糟了。

发生在我身上的事情、我所做过的事情，以及接下来将会发生的事情，占据了我全部的思想，占据了我身体的每一个角落。我不止一次想到，结束自己的生命可能是最好的选择。

就这样连续哭了好几个小时，一直哭到我的眼泪都流干了。

最后，我开始觉得是时候向前看了。于是便转身去取自行车，但却发现它已经不见了。就在我痛哭流涕的时候，有人过来把它给偷走了。我发出既不像笑也不是哭的一声怪叫，转身望向天空。“你这一手干得可真漂亮啊！”我朝上帝大喊道。别的不说，我希望他至少能够察觉到我眼下这种境况的滑稽可笑。

我只好步行离开，走向灯火辉煌的冲浪天堂。那里是我现在的家，我知道去哪里找吃的和住的。

前行的路上，大大小小的车辆呼啸而过，当每一辆公共汽车或者卡车从我身边隆隆驶过时，我都在考虑，要不干脆突然跳到它们前面去，将一切彻底了结。

哪曾想到，刚好这时候，一辆停在路边的汽车引起了我的注意。车里的灯一直亮着，我往里面一看，发现车钥匙还插在点火开关上。

我环顾四周，想看看有没有人注意到这边的情况。当确定没有任何危险之后，我打开驾驶座这边的门，转动钥匙，挂上挡，直接开车离开了。加速的同时，我死死盯住后视镜，确保后面没有人跟着。

等我稍稍平静下来之后，便将车窗摇了下来，开始朝着冲浪天堂驶去。在快要接近通往冲浪天堂的大桥时，我发现前面的车正在陆续减速。原来，警察在大桥前设置了一个酒驾检测点，就在正前方，已经没有办法转弯避开它了。

我只好跟着放慢了速度，这时，有个身材魁梧、表情凶狠的警察让我开到他面前来做检查。有那么一小会儿，我整个人都慌了神，考虑是不是要狠狠踩下油门，直接碾过面前的警察，然后再以最快的速度驾车逃离。好在我的脑袋里突然冒出了这样一个念头：反正这一晚上都经历过这么多了，再多一件事又如何？

想清楚之后，我瞬间平静了下来。于是，我不慌不忙地摇下车窗，用响亮而成熟的声音跟这位警察打了个招呼。

“今晚喝什么了吗？”他很不耐烦，粗暴地询问道。

“滴酒未沾。”

他让我对着酒精测试仪吹气，这台仪器看起来就像一只塑料午餐袋，后面接着一根会变色的吸管。警察记下了我的检查结果，阴性，然后，他将脑袋探进车窗里，扫视了一下车内。

“好吧，去吧，”他咕哝道，“但如果我是你，我就不会把钱包放在后座上。这附近小偷很多。”

我平静地点了点头，把车开过去，朝着有明亮灯光的城市驶去。过了桥，我拐进一条小路，把车停了下来。我把手伸进后座，果然，那里有一只棕色的钱包。

里面的钱比我这辈子见过的加起来还要多——八百澳元，每张都是五十澳元的大钞。我还发现了一张印有“梅特威[1]”字样的塑料卡片。虽然我之前从来没有开过银行账户，但我知道，成年人在银行营业时间结束后，会用这张卡片从提款机里取钱。我搜了一下钱包，发现了一些名片跟一张纸条，纸条背面写着一个四位数的数字。我想，这恐怕就是能够让我取出

1 澳大利亚 Suncorp 公司旗下的银行。

账户里面那笔钱的密码。我再一次将脸转向天空，不过这次我笑了，并且礼貌地说了声："谢谢。"

我找到一台梅特威自助取款机，试了试这张卡，输入了纸条上写的那个密码。片刻停顿过后，机器传出一阵呼呼声，接下来，屏幕上出现了一行绿色的小字，问我要取多少钱。

"见鬼，成了。"我说。

我尝试了各种不同的现钞数额组合，直到我最终清空了这个总共有一千三百澳元的银行账户。

然后，我把卡放回到了钱包里，走进最近的一家通宵营业咖啡店。找到一处合适的位置之后，我把钱包递给一位服务员，告诉她，这是在我正要坐下的这个座位上发现的。

"谢谢你，亲爱的，"她说，"非常感谢你的诚实。现在告诉我，你要吃点什么？"

我点了自己能够想象得到的最奢侈的一餐饭：一根香蕉，奶酪配面包培根卷，还有一大杯热巧克力。

毕竟我还只是个孩子，年仅十五岁，还有很多东西要学。不过那天晚上，我算是想明白了这样一个道理：复仇永远不会带来内心的安宁。话说回来，上帝这家伙还是挺有幽默感的。

***

那晚过后，我唯一一次再见到外祖父，是在他弥留之际，他的家人们都很伤心难过。当他们把我领进他的房间里时，我扮演了我该在众人面前扮演的那个角色，放声大哭了起来。我坐到他的床边，把手放在他额头上，对着他的耳朵说："烂在地狱里吧，你这混蛋。"然后，我转向门口，告诉站在那里的家人们，我刚才低声说了句，"我原谅你。"

外祖父的葬礼上，我一直等在那里，直到所有人都走了还没离开。这时候，有个年轻人开始往墓穴里铲土。他看到我还在那儿，便笑着对我说道："你想试试吗，伙计？有些人喜欢亲自做这个。"

"该死，我太想了！"我毫不犹豫地回答道——怎么可能不想呢？于是，他便把铲子递给我，我用尽可能多的泥土填满了那个该死的洞。

那个年轻人说："伙计，要么你很爱这个人，要么你恨他入骨——不管怎样，我都很高兴你能够在这里。瞧瞧，土快填满了。"我朝坟墓吐了口唾沫。"是的，我恨他入骨，嘿。保重了，兄弟。"

说完，我转身走开了。

第九章

Home Sweep Home

家，清扫的家

对于那些权威人士，我也不好说自己对他们有什么意见。事实上，我甚至都不会公开宣称自己对他们抱持着怀疑态度。关键问题在于，在我的整个人生当中，总是会遇见被错误授予了权力的人，几乎每一天都不例外。传教士、老师、父母、警察——任何声称自己拥有正当权力的人，都对这样一种观念坚信无疑，即无论出于何种原因或目的，他们都有权教育别人应该如何去生活。我发现，通常而言，当他们这样做的时候，其实很少有说得过去的理由。

在人类历史当中的很长一段时期里，社会一直都是由掌权者们所管理的，因为他们已经成功教育了足够多的普通人，让他们相信社会本来就应该由掌权者来管理。那个时代落幕之后，他们又建立起了一整套社会制度系统，使他们的权力在新时代看起来合理又合法。

瞧瞧这些政治游戏——在这类游戏里，你相信什么并不重要，站在政坛上代表你的那个人很可能是个他妈的反社会分子。事实如此，看看那些专门负责对普通人行使权力的机构吧，十有八九，你会发现这些可爱、善良又慷慨的人们其实是被掌权者们给利用了。俗话说，谦卑之人必承受土地[1]，这也许是真的，但当土地真正降临到他们身上时，他们恐怕早已陷入非常悲惨的境地之中了。

2018 年底，有位名叫帕姆的女士雇我帮忙整理她的房子。可怜的帕姆是位非常可爱的老太太——彬彬有礼、心地善良、性情温和——不过她刚刚被这个世界彻底抛弃了。她患上了运动神经元病[2]，这种疾病发作之后，很快就让她失去了大部分行为和语言能力，做什么事情都很勉强。随着时间推移，她的病情迅速恶化——这对她而言显然是十分糟糕的，不仅如此，她的儿子还患有残疾，需要依靠她来过生活，这就让情况变得更加复杂化了。

帕姆之前一直生活在新南威尔士州农村的一个农场里，那里是福音派基督教社区的一部分。当她病得实在太厉害，无法继续在这里生活时，她不得不将自

---

1 原文为“meek shall inherit the earth”，出自圣经新约《马太福音》第 5 章第 5 节。

2 一种运动神经元持续受损的疾病，“渐冻症”是其中最常见的一种类型。

己心爱的宠物鸟以及其他一些令她惦念的东西留在了这里。

帕姆打电话给我时，她的姐妹正准备去农场一趟，帮忙收拾打包。但是，如果这位保守的基督教姐妹先过去了的话，就会在卧室里发现一些帕姆不希望她看到的私人物品——性爱方面的玩意儿。

“好的，没问题，”我回应道，“马上出发。”

从帕姆谈到她这些玩意儿时那种尴尬万分的语气来判断，我估摸着里面有些非常色情的东西。没有人会希望自己的近亲在收拾家里的银器和瓷器时，突然发现那种超级有料的色情玩意儿。哪曾想到，当我真的到了那里，找到她要求我提前收起来的物品时，却并没有什么不寻常的东西：一些性感内衣，几本情色书籍，仅此而已。说实话，任何人都不应该对这些东西感到羞愧。这种情况令我很想知道，是否有人对她说了些什么，让她如此害怕会被亲人所批判。

当我还在继续翻找、以免有什么遗漏时，突然接到了她姐妹打过来的电话，她已经知道我要对房子进行彻底的“清扫”了。

“喂？”我有些局促地拿起了电话，打算向她解释清楚这里的缘由，但她已经劈头盖脸地开始训斥我了。

“你现在千万不要去帕姆家。你他妈敢去！我一两天内就会到那儿。”

“太晚了，”我用极为无辜的语气回应道，“我已经在这儿了。”

她一点也没在意我具体说了些什么，直到我放下电话前，一直都在絮絮叨叨。不得不说，尽管帕姆是大家所能见到的最温和、最体贴的女士之一，但她的姐妹……却并非如此。

挂断电话之后，我继续收拾帕姆的东西，随着清扫的深入，我逐渐变得很情绪化。我真的很喜欢帕姆，跟她聊天十分愉快——她充满活力，还特别善良，尽管此时的她非常虚弱。眼下我来到了她的家，在这里，她度过了自己的一生，我突然意识到，她所过的生活真的很艰难。

帕姆是虔诚的基督教徒。她跟丈夫定居在这个非常孤立的福音派社区里。这里的房产，每一栋都占有大片土地，但住户却非常少。她的丈夫曾经是本地教堂的管理者，在社群中也是极为正派的一员。尽管如此，我还是得实话实说——他是个非常差劲的家伙。

帕姆的儿子出生于1964年，在童年时期，他被诊断出患有一种与小儿麻痹症相关的疾病。这种情况一开始就不应该发生——脊髓灰质炎疫苗已经存在了很长时间，该病症在澳大利亚的最后一次流行发生于这个男孩出生的十年前，但帕姆的丈夫拒绝让男孩接种疫苗。不过，这并不是什么大问题，可除此之外，他还拒绝让帕姆为他们的儿子采取任何治疗手段。

在他看来，如果自己的儿子生病了，那不过是上帝对这个家庭信仰的考验。当然，这孩子可能会死，但如果他确实死了，那同样也是上帝的旨意。在他的福音派信仰中，拯救他儿子的生命是忤逆上帝的行为。

男孩活了下来，但小儿麻痹症夺去了他的双腿。他身体的其他部分恢复得很好，他的精神也没有受什么影响，但却再也不能走路了。

在我印象中，她的丈夫在那之后没多久就离开了，留下帕姆一个人自谋生路。他如此懦弱，意味着帕姆不得不独自一人、在这片四面八方只有农场的孤零零土地上照顾自己的儿子。邻居们都很好，但他们都离她还有一段很远的距离，她既要打理好自己的房子，又要照顾好自己的儿子。显然，这一点也不轻松。

她雇我所做任务的第一步，就是把她心爱的鸟儿给找回来，它们都活得好好的。最后我把小鸟们都安置在了她儿子那里。当妈妈没有什么行动能力了之后，他不得不搬到另外一处更符合他需求的地方。他是个可爱的家伙——聪明、善良，但难掩悲伤。一想到如果不是那个烦人的专制暴君来做他爸爸，他的人生将会过得多么精彩时，我的心都碎了。

这就是我想说的。想象一下，如果有哪个男人不愿意让自己的儿子接受致命疾病的治疗，这个男人怎么好意思每天去面对镜子里的自己？假如你儿子遭受了那样的痛苦，唯一的原因就是你这个人过于专横，连半秒钟都不肯质疑自己的信仰，你怎么还好意思活着？究竟是什么样的人渣，才会干出像这样的事来？

在这样的事情发生了半个多世纪之后，我才能碰巧在某人生命的最后时刻，听到关于他们的故事。而我所能做的，就是坐在这里，听着，想着那有多么艰难。为什么没有人来帮助他们？为什么没有人直接破门而入，把他们从这种苦难当中拯救出来？

因为这样的事情根本就不可能发生。当时没有发生，今天也不会发生。每天，你都会听到女人们生活在恐惧中的故事。当然，男人也一样，但其中女人的数量是如此之多——她们在那些对家庭施虐的男人们手中遭受了太多的苦难。

帕姆的故事给我留下了极深的印象。这对母子俩在我心中始终占有一席之地。我同情所有遭受虐待的人，我很清楚那个孩子当年是怎样一种感觉：每天早上都从恐惧中醒来，因为未来的现实生活比他妈噩梦还要糟糕。我就是这样过来的，从来没有谁破门而入来救我，没有人来帮忙，现实生活不是这样运行的。

第十章

Never Smile At A Paedophile

永远不要对恋童癖微笑

有了那个钱包里的钱，意味着我再也不用回妈妈家了。这笔钱能够让我独自生存好些年。于是，自那以后，我再也没有回过家，一直在街头流浪。我先是在公园或者海滩上一连睡了好几天，然后又在那儿睡了好几周。

只要一有机会，我就会到学校里闲逛，尤其是在所有能够负担得起宿舍费用的男生们都去露营的时候，更是如此，因为这意味着宿舍里人数不齐，我可以随意在学校宿舍里晃悠，不会有什么人来管我。那段时间里，我见到了不少因为吸烟或者学习成绩不佳而被阻止参加夏令营的男孩们。从他们身上，我了解到了关于学校的一切秘密——包括钟楼的内室、古老建筑中的暗门和储藏室等等。一切都开始变得有趣起来，令人感到非常兴奋，这些秘密让我琢磨出了如何在校园里逃脱或躲避老师的办法，以及如何偷偷地从校园的一侧穿越到另一侧而不被任何人发现。

我了解到了学校的日常活动安排以及平日里的生

活节奏：了解到了老师们开会的确切时间，他们开会的地点，以及他们在跟谁开会。我可以看着送货司机和快递员，计算洗衣店什么时候收走宿舍学生的衣物。我想，我应该可以溜进去偷一件漂亮干净的衬衫，将它置换成我自己的衣服，然后让学校收走，让学校负责清洗，这件衣服最后会回到富家子弟的房间里，然后我再去换回来。

有创业头脑的孩子，可以得到无限的机会。这个学生群体对金钱有着巨大的可支配权，而且他们都很愿意为自己能够获得一点点额外的特权而支付优厚的报酬。

首先，我听说一些高年级学生晚上会偷偷溜出去参加聚会。他们会提前给自己的床单做些手脚，让它看起来就像是有人在里面睡觉一样，然后赶紧出校，搭乘出租车前往冲浪天堂的派对区。他们在那里抽烟、吸毒、喝酒、跟女孩子们大玩特玩，然后回来，装作什么都没发生过。

我清点了宿舍里的床位，弄清楚哪些孩子经常在哪几个晚上出去聚会，然后突然意识到，这里有不少多余的床位可供我随意使用。我大可以等孩子们离开后，跳到床上睡个好觉，然后在日出前溜出去，那时舍监才会开始巡视，叫醒孩子们，让他们赶紧去吃早饭。

有天早上，被我暂借了床铺的学长提前回来了，而我还在床上呼呼大睡。于是，我被一个喝得酩酊大醉、磕了不少药的大孩子摇醒，他想知道我在属于他的床上干什么。

“我之前看见你偷偷溜出去了，想着你可能会有麻烦。所以，我想确保一旦舍监过来检查时，床上会有人在。”我回应道。

这个迷糊的孩子努力消化掉了我所提供的这些信息，然后便同意了我的做法，认为我干得很不赖。我立刻意识到，在我眼前摆着的就是一个大好机会。

“我可以再给你帮个忙，”我的脑子转得飞快，“不过，你需要付出一点点代价。”

在接下来的十八个月时间里，随着我提供服务的消息传开，我摇身一变，成了这所学校里的全日制寄宿生。

我在食堂吃早饭和晚饭，然后回到宿舍，或者等学校里的哪位学长告诉我应该去哪个床位。

一些高年级学生花了很多钱让我睡在他们的床上，以防在宿舍巡逻的老师进行抽查。老师偶尔会来敲我的门，这时我就挥挥手，大喊我想睡觉。等到老师走了之后，我赶紧溜出去，跑到隔壁宿舍，为另一个学生做同样的事情。

到了最后，我甚至还扩大了服务范围，其中包括帮助孩子们偷偷溜出去，让他们不被发现地抵达冲浪天堂。为了做好这类业务，我会去船棚租一辆专门运送船艇的小摩托，然后召集一船高年级男生，把他们载到派对区。我向每个学生收费两澳元，没过多久，我就过上了体面的生活。

几个月后，当大家听说我对黄金海岸的路线也很熟悉之后，我的收入又进一步增加了。大家都知道我是个有门路的厉害家伙。

因为我那些关系还过得去的老朋友全部来自都市贫民区，所以我有很多可用的街头渠道，很容易就能获得大量酒水饮料或者其他找乐子的玩意儿。事实上，做这些生意获得的收入是如此丰厚，它支撑着我混迹TSS，让我可以潇洒地打发所有剩余时间，让我衣食无忧，甚至还给我留了些零花钱，让我可以买票看电影，这是我之前从未做过的美事。

正是在这段时期里，我第一次学会了应该如何发现眼前的好机会，并且尽可能地加以利用。比方说，我可以在街上花二十澳元买一包锡箔纸包着的大麻，然后以一百澳元的价格，卖给那些比我年龄还大但却极端愚蠢的富家孩子们。我不认为这是对他们的剥削——这只是简单的生意往来。他们要去参加派对，我帮他们搞来了想要的东西，他们的个人安全和社会名誉都不会遭遇任何风险。这本来就是富家子弟们自古以来的生活方式。

从上学的第一天开始，我就明白了一切，以阶级状况来看，我永远都不可能跟 TSS 里的那些男孩们在社会层面上平等竞争，但是，直到那一次，当校长因为我跟人打架而责备我时——这是我们第二次面谈时的主题——我才意识到他们的生活跟我究竟有多么不同。

***

对这些男孩而言，TSS 不仅仅是个机会，更是一项义务。他们进入这样的名校，只是他们的父母用来展示自己优越性的又一个身份象征罢了，与他们家车道上闪亮的豪车、令人目眩神迷的国际旅行假期并没有什么本质上的区别。而对于孩子们而言，随之而来的巨大压力本身就是很可怕的。他们从来没有机会真正去犯错，也没有机会真正摆脱父母期望的阴影。

除此之外，学校还藏着自己的秘密。可怕、该死又恐怖的秘密。我很快就会知道的。

***

在我掐住外祖父的脖子、将他推倒在地这件事发生了好几个月之后，我终于鼓起勇气向其他人倾诉外祖父这些年来对我所做过的一切。保守秘密的巨大压力，对当时的我而言，已经变得越来越难于承受。因此，我不得不找个人来好好倾诉一番。

我决定告诉X先生，他是学校里的一位老师。我跟他的关系比跟其他大多数老师都要好。他对我很不错，当其他人拒绝屈尊教导像我这样的“小慈善”学生时，他会花时间耐心跟我解释需要学习的内容。

学校里有位驻校神父，有麻烦的时候，我们可以向他寻求帮助，他对我也很好，但我就是无法完全信任神父。几年前，我曾试图向一位通过朋友认识的神父寻求帮助，但他拒绝了我，不仅如此，他还告诉我，我应该为自己告诉他的这些事情感到羞耻。他指示我，应该尽快忘掉已经发生的事情，不要再制造任何麻烦。在我看来，所有的神职人员都是同一个德行。去找神父求助，无异于从一个恋童癖的怀抱跳到另一个恋童癖的怀抱里。

所以，X 先生才是我的知己。

这天早上，我离开了学校宿舍，其他同学都还在吃早饭。我走到 X 先生跟前，询问他，我是否可以跟他聊一些很私人的事情，我告诉他，我可能需要他帮我处理一个很严重的问题。他似乎对我的情况感到十分担心，于是便和蔼地建议我，那天放学后，单独到他的办公室来。

那一整天时间里，我都在为自己是否应该过去一趟而纠结。一想到即将告诉其他人，我的家人对我做过些什么，我的身体就会感到极度不适；可是与此同时，当我想到可能要把这件事永远憋在心里时，我觉得糟糕的程度也是不相伯仲。

最后，我决定不去了。我颤抖着双手，打开自行车锁，想要逃回到街上去，这时另一个学生跑过来跟我说，X 先生想知道我在哪里。

在学校里，这个学生是难得的一个能够跟我友好相处的男孩，不过与此同时，他也有点像是那种老师们当中的宠儿，一个努力给老师们卖命的家伙。我知道，跟他争辩说自己不想去是没有用的。于是，我们就一起去了 X 先生的办公室。

奇怪的是，这么多年以来，我经常会因为接下来发生的事情而去责怪那个男孩，尽管此刻回想起来，他其实不可能知道稍后会发生些什么。

到了办公室之后，X先生让我坐下，并且试着劝说我，让我先将自己的心情平复下来。过了好一会儿，我总算能够坦然开口，慢慢讲出自己的秘密了。刚开始时，我的语速很慢，但后来整个故事就从我嘴里滔滔不绝地讲了出来。

他绷着脸听着，时不时地感谢一下我对他的信任，鼓励我继续说下去。

“终于有人能够跟你聊聊了，你一定大大地松了一口气。”等我全部讲完之后，他开口说道。现在，他总算明白了为什么我的成绩这么差，为什么我的家庭作业从来不做，为什么我参与运动和学习小组的时间如此不稳定。原来是这么一回事。

他告诉我，他这里的这扇门会永远对我敞开，他不会对保守这个秘密做出什么具体承诺，但在可预见的未来，他肯定会这样做。

***

又过去了几个星期，我开始觉得自己好多了。多年来，郁结在我胸口的焦虑之结逐渐松开。我觉得身体更强壮了；在足球场上，我的速度更快，也更有自信了，自从得知我是拿奖学金进校的“小慈善”之后，教练第一次对我的表现感到印象深刻。我的学习成绩开始提高，学校生活的其他方面也几乎都有所改善。我开始后悔没有早点信任X先生，没有早点跟他讲出一切秘密。

直到某天，某个星期五的下午，他派人过来唤我过去。当时我刚从游泳池里爬出来，一位级长走到我身边，告诉我，X先生让我马上到他的办公室去，需要在那儿谈一谈。我几乎没什么时间擦干身体，只好直接套上运动衫，所以，当我敲他办公室门的时候，我的泳衣还湿漉漉地贴在身上，不停往下滴水。

“进来吧，”他说，“把门带上。”

X先生示意我过来，站到他的椅子前面。他问我最近过得怎么样，是否需要他帮什么忙。我告诉他，我很好，事实上我真的比以前好多了。

他笑了。“很好，”他告诉我，“我对此感到非常高兴。”

这时他突然伸出一只手来，放到我的屁股上，当他这样做时，还用古怪的眼神望向我的眼睛，说：“我会永远在你身边的。”

他的做法令我感到有点不舒服，不过，我还是相信他真的想要帮助我。

然后，他又握紧了我的手，把我拉得更近了一些。“你的身体在发抖，”他说，“你是觉得冷呢，还是有些紧张？”

说实话，两者都有。但我还没来得及开口，他就把自己的手掌张开，放在了我泳裤前面凸起的那个位置。

“这就是你外祖父碰你的地方吗？”他一边问我，一边将手伸进自己裤子里，开始玩自己。“他是这么做的吗？”

我的腿瞬间僵硬了。我在最近几周时间里好不容易建立起来的全部信心和力量，眨眼之间便土崩瓦解。我开始喘不上气，感觉自己快要窒息了。我以为早已流干的泪水，此刻又回来了，无声无息地顺着脸颊淌下来。突然之间，这个没有窗户的办公室——这里的一切都跟多年前街角商店的后屋重合了：我的外祖父第一次性侵我，就是在那间后屋里。除非我大声尖叫，否则不可能有人进来，但从我眼下的状况看，大声尖叫似乎是无论如何都不可能办到的。我又被困住了，震惊不已，但却无能为力。我无法发出哪怕一丁点儿声音。

X 先生问完后，见我没有任何配合的意思，只好叹了口气，猛地站了起来。

“从现在开始，你在这所学校里必须得更加努力了，”他严厉地训斥道，“你的成绩需要大幅提高。”

说罢，他打开办公室的门走了出去，我马上顺从地跟在了他后面。

离开办公室后，我走到储物柜前，换上干衣服。我哭得很厉害，以至于有个男孩走过来问我是否还好。

“我很好，”我怒气冲冲地答道，抹去脸上的泪水，“我很好。”

我骑车离开学校，哭了一下午。我对 X 先生对我所做的事情感到烦闷且困惑，但最重要的是，我对自己居然让这样的事情再度发生，感到极端厌恶，甚至可以说是愤怒。

每当我在镜子或窗户里看到自己的倒影时，都会觉得这家伙实在是面目可憎。一张软弱可怜的脸，从反射出来的镜像中死死盯着我看——我忍不住要朝它吐口水。

在我一个人独处时，会对着镜子里的自己尖叫，仿佛我的愤怒能让自己化身绿巨人浩克，让我拥有保护自己所需的强大力量。

***

虽然我当时并没有配合，但也完全没有反抗，因此，自从那次之后，X 先生一有机会就把我召过去猥亵玩弄。我不知道什么时候就会突然被叫到他的办公室里——先是教室门口传来敲门声，然后，就会有一位彬彬有礼、惹人生厌的学生进来为 X 先生充当信使，把我带到办公室，任由我被他肆意欺凌。

这种事情如此频繁地发生，以至于我最终意识到，除非我主动去制止它，否则它就永远不会停止。在我短暂的生命中，这将是我第二次不得不面对施虐者。

某天早上，当我得知 X 先生此刻正在他办公室里时，我下定了决心：一旦现在不去做，那就永远都做不到了。我没敲门，直接冲进了他的办公室，这种行为对学生而言是明令禁止的。

他抬起头来看我，但表情几乎没有变化。只是脸上闪过了一丝不悦。

“罗宾逊，”他温和地说道，“出去。”

“去你妈的，”在无穷无尽的愤怒笼罩下，我尽可能地保持着冷静，尽可能讲清楚自己想说的每一句话，“我要去找校长，把一切都告诉他。”

听到这番话，他的脸色瞬间变得苍白。在我的脚后跟转了一圈，准备出门时，他也从桌子后面走了过来，跟在了我的身后。

前往校长办公室的路上，X 先生一直紧跟着我。

走近办公室时，我的心陡然往下一沉——校长的私人秘书刚刚从办公室里走了出来，要知道，为了避嫌，只有校长不在办公室里时，她才能够进去。

我在校长的门上敲了几下，但没有成功。办公室没有人。

X 先生见状，一把拽住我的胳膊，拖着我沿走廊一路走到一处空房间里。确定四下无人后，他把我拉到自己面前，粗暴地让我坐到椅子上。

“你真幸运，如果校长在的话，这就是今天将要发生的事情——”他龇牙咧嘴地对我说道，“如果你胆敢告诉其他人发生了什么事，我就告诉学校里所有的孩子，告诉他们，是你主动来勾引我的。我会让他们知道，你曾经被你外祖父性侵过，而且你很喜欢，因为你就是个小变态。”

他还威胁我，说要告诉学校里的工作人员，他当场抓到我从储物柜以及其他学生包里偷东西。不仅如此，他要告诉大家，我经常在动物保育室里伤害和虐待动物。

他告诉我，短期内，我将被禁止参加体育运动，而且每天都必须跟他一起留校，由他来辅导我的学习，每天下午五点之后才准走，直到我的成绩有所提高为止。

说完这些之后，X 先生打开了通往走道的门。我站起身来，浑身上下剧烈颤抖着，打算离开这里。他紧跟在我身后，装模作样地大声喊着："你这是要干什么，罗宾逊？你打算做什么呀？"

我的储物柜好像永远都找不到了，我不知道找了多久，才终于在原本的地方发现了它。我打开柜子，迅速将所有的东西塞进包里，走到自行车架前，推出我的车，骑着车走了。骑出校园很长时间之后，X 先生那嘲讽的喊叫声还在我的耳边回响。

我花了很多年时间，才意识到这一切并非我的过错。X 先生认为，我是个需要受到特殊照顾的心灵创伤男孩，这同时也意味着我是个潜在的理想受害者[1]。

---

1 指理想化的犯罪对象，通常是柔弱、顺从、不会反抗的女性，犯罪者对理想受害者施暴，自身几乎没有任何风险。

他对我所释放出来的那些善意，其实都是在培养我成为他心目中的理想受害者。他是无数受到学校和教会支持、授权的官方恋童癖之一。

当时我就下定了决心，从今往后，绝对不会再踏足学校或者教堂。实际上，自那天开始，我的童年已经正式终结了。

当我骑车离开 TSS 时，眼泪早已干涸。我将前往黄金海岸的街道，那里将是我的新家。在那里，我知道街头的一切生存规则。在那里，我可以照顾好我自己——在街头世界，我将成为佼佼者。

第十一章

Going Viral

❧

病毒传播

2018 年底，一位来自黄金海岸的记者给我打了个电话。

他说：“我听到了一些奇怪的传闻，有个家伙正在到处破坏别人的葬礼。那是你吗？”

“伙计，听起来挺像是我会做的事儿。”我回答道。

于是，我们便聊了起来，后来他撰写了一篇我作为“遗愿告白师”参加葬礼的文章。这篇文章最初的目的，是为当地新闻提供一则人文故事，但文章被放到了网上，突然之间，全世界的人都开始阅读这篇文章了。我就像参与了病毒传播一样，转眼之间就变得广为人知。

文章在网上发布后的短短几天时间里，报社就被世界各地打来的电话给淹没了，他们要求与这位“遗愿告白师”取得联系。最后，那位记者打电话给我，问他能不能把我的电话号码给出去。

在收到的所有委托请求中，有一份请求尤其吸引我的注意：一位男护士要求为布里斯班[1]医院里一个即将死去的年轻人提供服务。

托马斯·吉利斯还没满三十岁，但他已经快死了。不仅仅是英年早逝，而且还会死得很惨。他得了骨髓癌，每个跟我聊过的医生，都说这是在死亡之前将会经受最大痛苦的病症。汤姆[2]此生能够见到的最后场景，就是接受姑息治疗[3]的病房。真他妈残酷。

无论什么人，一旦去看过接受姑息治疗的病人，恐怕这辈子都不会再想看第二眼了。进入医院之后，在去找汤姆面谈的路上，我被病房里的人数之多给吓呆了。通常一间病房里只会有一两个人，但这里所有的病房都住满了人。每个人心里都很清楚，他们永远不会再离开这里。

走到这里时，我始终无法摆脱这样一种念头：天呐，这条走廊的长度，对于这些可怜人而言，岂不就是他们生命还剩下的时间吗？

有些病房里开有一扇窗户，可以透过窗户看到窗

---

1 澳大利亚昆士兰州首府，也是澳大利亚的第三大城市。

2 托马斯的简称。

3 姑息治疗是癌症综合治疗的一个重要组成部分。姑息治疗的目标，是改善那些已经确定无法治愈的病人们的生活质量。

外的城市。每天白天，随着时间的流逝，他们也许能够看到太阳照射下大大小小房屋的阴影，在隔壁建筑的外立面上缓缓挪动。大多数病房里没有窗户。有些病人拿一面镜子来反射走廊里的情况，如此一来，他们就能提前观察到将要拿着吗啡进来给自己止痛的护士，或者看到哪间病房里的活动病床被推上了走廊：通常是有人刚刚去世，需要将遗体从病房里转移出来。

无路可逃。当然，这一切都不是护士的错。做一名负责姑息治疗护理的护士，肯定是世界上最难的工作之一。在客观条件极其不对等的情况下，这些男孩和女孩们都在尽力做到最好。

汤姆的护士是个了不起的家伙。在生命行将结束的这段日子里，他差不多成了汤姆最好的朋友，是一个在汤姆生命的最后阶段仍然有本事让他开怀大笑的人。他们是无话不谈的好伙伴，所以，当汤姆提出这样一个愿望，说想让我来参加他的葬礼时，这位护士义无反顾地站了出来，促进了此事的最终实现。

汤姆这一生大体而言，是个特别爱玩的人——非常友善，非常积极，非常喜欢极限运动。极限运动恰恰也是他发现自己身患绝症的导火索：他到郊外去骑山地自行车，一不小心从自行车上摔了下来，摔伤了一条腿。于是，他之后便定期前去医院检查伤势，在医院时，医生发现他的淋巴结有些问题，因此，他们把他带去做进一步检查，结果发现他患有白血病。在治疗过程中，他们发现癌细胞已经扩散到了他的骨髓里。换句话说，回天乏术了。

如果他不从自行车上摔下来，他们就不会发现癌症。他可能会在什么也不知道的幸福中度过生命中最后的几个月，而不是经历绝望、痛苦、最终证明完全是徒劳的治疗。

汤姆的父母几乎崩溃，这也是理所当然的，但他们并没有表现出来。他的父母都是非常保守的人，极端保守的基督徒，来自一个观念非常传统的教派，尤其是在家庭方面，更是如此。

比方说，这个教派的信徒们认为女人就应该待在家里，她们一生当中最重要的事情，就是扮演母亲的角色。母亲们要明白自己该在的位置，在家里要始终对丈夫保持恭敬。我对这种观念完全无法认同。

与此同时，这类观念也让我对基督教中一些思想较为极端的教派产生了些许看法。他们奉圣母玛利亚[1]

1 耶稣的生母，基督教里的神化女性。

为神，奉一位女性为他们主要的宗教人物之一，但却不认为人世间的女性有资格享有跟男性平等的权利？这种自相矛盾的情况又算什么呢？我对任何集体组织中的屁话和虚伪都无法容忍，教堂里往往同时充斥着这两样东西。

当委托人要求我强行中止葬礼上的宗教仪式时，偶尔会有人认为我这样做是犯了渎神罪。“你怎么敢做这样的事！神父是上帝在人间的传声筒。上帝允许你对神父无礼了吗？”

“不，上帝并没有告诉我这些，可是，让那些神父强奸孩子们[1]的也是上帝吗？教会历史如此悠久，宗教审判如此残酷，难道他们是用上帝的名义犯下了数百万起谋杀？我可不这么认为。我不相信上帝，但如果上帝真的存在的话，我死的时候倒是想跟他好好聊几句。”

这番话往往会让他们闭嘴。

是啊，宗教在世界上做了诸多好事。但它也犯下了许多糟糕的错误。无论多么了不起的信仰，都没有

1 这里是指神父性侵上万儿童事件。2014 年 2 月 5 日联合国方面就娈童案发表调查报告，对梵蒂冈暨罗马天主教廷进行了极为猛烈的抨击，引发全球瞩目。

资格去强迫他人做自己不想做的事情。

我曾经毫不犹豫地站在教堂里，对神父大喊：去死吧。实话实说，这样做的效果令我感到十分满意。我会向任何一位与教会有关的儿童性侵案的幸存者推荐这种做法。这样做在心理上也是很健康的——是一种自我保护行为，就跟吃西兰花或者慢跑一样健康。本质上而言，这种行为是在拒绝赋予神职人员以道德权威，因为他们当中的一些家伙在决定要去碰孩子们时，已然失去了这种权威。

我的妻子，她在宗教信仰上多少有些虔诚，所以并不喜欢我工作中的这一部分。

“如果真有上帝的话，又该怎么办呢，比尔？”

“有又怎么样呢？”

“好吧，总有一天你会见到上帝的。如果你站在上帝面前，他想知道你为什么要让他的神父去死，你该如何解释？”

“我会告诉他：这就跟你让自己那些神父们强奸、羞辱和折磨一代又一代女性跟孩子们的理由一样。现在我可以通过天国大门了吗？怎么样？祝你今天好心情。’”

***

尽管如此，人与人之间还是需要相互包容的，只有这样大家才能共存。我没有任何权利去命令你，说你的宗教信仰是完全错误的。我又能知道什么？我是个无神论者，但这并不代表我就一定是对的。

汤姆所信仰的这个基督教教派，在他人生最后的日子里，似乎确实给他带来了些许慰藉。可是，这个教派却有着这样一条严格的戒律：禁止信徒们在公开场合表达任何情感。我想，这正是汤姆需要我这个遗愿告白师的原因。

他的家人们彼此之间并不喜欢表达出任何爱意和情感，无论这个小家庭实际上是多么和睦、多么相亲相爱，也没办法表达出来，所以汤姆才会雇用我。在他的一生当中，一直都很希望他的家人们能够有更多的交流，用交流来表达出他们心中的爱意。像是拥抱、告诉父母你爱他们这样的小事，从来都不是汤姆生活当中的一部分。

诚如汤姆所说，他心中一直怀抱着这样一份期冀，希望随着时间的推移，家人们之间的感情可以更加外露，更容易表达出来。但现在他没时间了。他只想公开地向全世界宣布，他爱自己的父母，也知道他们爱他。在他的一生中曾经努力尝试过那么几次，尤其是在生病之后，他的尝试更加频繁，然而，他总是在紧要关头临阵脱逃，因为他发现自己在真正面对父母的时候，根本就说不出想说的话来。

现在对汤姆来说已经太晚了。他正在接受临终前的姑息治疗，每次只能清醒几分钟。

不得不说，这件事对我产生了很大的冲击。我感到非常难过。倒不是说他这么年轻就死了——在此之前，我已经见过太多比我还年轻的人去世。吸毒的街头少年、在监狱里上吊的青年，还有在我面前被活活打死的人。死亡迟早都会降临到我们所有人身上；你具体活了多少年，其实并不怎么重要。我猜，像这样把真相戳穿，其实挺残酷的。

汤姆的要求，在我看来其实很简单、很纯粹。他真正想要的，只是爸爸妈妈的一个拥抱而已。

我接受了这份委托，报酬只是我平时所收取费用的很小一部分。

***

只有一小群人参加了葬礼。环顾四周，很明显就能看出，汤姆并没有多少亲密的朋友。几个工作上的伙伴，还有一些明显是他所属宗教团体里的人，但我认不出哪位可能是他最好的朋友或者爱人。在这种葬礼上，总会出现一两个在逝者活着的时候从来不曾有机会表达爱意的人。

我耐心等待葬礼仪式的片刻停顿，抓住时机，站了起来，首先向大家致歉，然后表明了来意："我叫比尔·埃德加，是一名遗愿告白师。托马斯·吉利斯托我替他向大家传达一些自己活着的时候未能说出口的话。"

我打开信封，大声朗读汤姆没能及时说出口的话语：

"感谢出席我葬礼的各位亲朋。我爱你们。以后还请大家多多帮忙，在我父母遇到困难时，帮一下他们。永远爱你们——汤姆，谨致谢忱。"

"给我的父母——妈妈，爸爸，我知道，世间最难受的事情，莫过于白发人送黑发人，好在你们给予我的生命已经足够充实，于我而言，已经没什么可遗憾的了。你们是那么爱我，爱到我甚至怀疑自己是否还能承载更多的爱。谢谢你们一直陪伴在我身边，请永远不要忘记，我爱你们，就像你们爱我一样。此时此刻，我已不再痛苦了，我会一直陪伴着你们的，所以，请不要为我哭泣，也不要太过悲伤。持久的伤痛是无益于健康身体的，现在我们大家都知道了——身体健康远比其他任何事情都更重要。”

“妈妈，爸爸，我已经给遗愿告白师留下了指示，他会给你们每人一个信封。里面是我送给你们的礼物。请好好享受，请尽可能地想起我，就像我会常常想念你们一样。你们的儿子，汤姆。”

我把信放回到信封里，放在棺材上。

如果可能的话，我想真正实现汤姆最后的请求。我想让他明白，他爱他的父母胜过这世上的一切，这种炽烈的爱，比起他们因为自己所崇尚的文化或者所归属的宗教团体而展现出来的羞耻感要重要得多。

这真的很不幸——你能感觉得到，爱就在那里，如此真实。当我还是个孩子的时候，我愿意为这种爱去做任何事。看到汤姆所经历的痛苦，在我眼中，这更像是一种痛苦的甜蜜。不是每个人都能拥有家庭，有些人永远不会知晓这种爱意。

临走前，我把汤姆写给父母的那两封信交给了他们，他们连看都不看我一眼就把信拿走了。然后我就离开了。

第十二章

Not Your Average Street Kid

不是一般的街头小孩

我从 TSS 出发，直奔黄金海岸和冲浪天堂的街巷。对我而言，这些穷街陋巷比学校和妈妈的房子更安全，当然，这只是一种相对的说法，因为这些街巷其实他妈的并不安全。

但至少我明白这里的运作规则。它们比狡诈多变、道德界限模糊的 TSS 精英世界要简单得多。在街上，你的父母是谁并不重要——只要你能找到属于自己的生存之道，所有问题都会迎刃而解。如果你不是这里块头最大的那个，你就必须是最快的，如果连最快的都不是，那你一定得是最聪明的。

街头生活艰苦难熬，不仅没什么体面可言，还会令人饱尝各种苦痛，会让你在各种各样的人面前遭受伤害。这里没有任何可资借鉴的生存指南，即使有也着实昂贵，而且也不值得去偷，因为那既不是食物也不是金钱。

对大多数孩子而言，这里所过的是一种没有多少指望的生活。但对我来讲却不是。街头生活是要靠自己来创造的——我成功地将街头经营成了自己的家。

***

我很清楚，虽然我确实是在街头流浪，但并不意味着我就必须去做跟其他街头孩子们一样的事情。我没有任何理由要成为一个没有未来，没有野心的酒鬼抑或毒虫。我跟大多数人不同，这种生活态度让我过上了相对而言非常舒适的生活。我总是能够在冬天里保持温暖，在夏日里享受荫凉。几乎从不挨饿。我教会了自己应该如何生存，我会尽力抓住每一个企图与我擦肩而过的大好机会。

第一周是很可怕的。我是个受过创伤的孩子，肚子空空，睡在公园和公厕里，哪怕睡觉也要睁一只眼，时刻警惕捕食者。在熬过了几个寒冷而不安的夜晚之后，我开始逐渐摸清这附近的一些具体情况。

凌晨三点时，面包师们会扔掉前一天剩下的奶油面包和维吉麦酱[1]卷，到了这个时间点，我都会坐在面包房后面等待。对他们而言是垃圾，对我却是饕餮盛宴。

1　澳大利亚的一种咸味酵母酱料。

有天早上，我注意到，送牛奶的人很早就会把牛奶送到各家各户的前门位置，于是，我决定跟踪他。起初，我只敢远远地尾随着他，随手抓起一瓶牛奶，趁牛奶还是冰凉的时候迅速拿走。然后，我意识到有些房子会把牛奶的钱装进信封里，直接压在空瓶下面，所以，在摸清他的路线之后，我就能赶在他前面把牛奶钱偷走。等到商店一开门，我就会拿这些钱去买热乎乎的派和肉馅饼。

天气变冷之后，我会跳进别人家的院子里，直接从晾衣架上偷衣服。

之后，我发现了黄金海岸主题公园的失物招领处，那简直就是一座尚未进行过任何开发的金矿。我会咻一下翻过栅栏，直接前往失物招领处淘金，在那里，我认领了针织套衫、帽子、太阳镜、钱包——任何我能找到的东西，每次都像是在参加幸运抽奖游戏。

“你好！”我会跟工作人员高兴地打个招呼。“我的手表丢了。可以看一下交上来的东西吗？”

事实证明，只要你下定决心，几乎可以偷到任何东西。我生平偷过最大的东西，是黄金海岸的一间公寓，设施齐全，有电有水。

在经过一栋公寓大楼时，我注意到有扇窗户上贴着一张很醒目的租赁代理标志。于是我便走过去，把脸贴在窗户上，透过玻璃往里看，想要更好地看清这个公寓的内部情况，是不是能够偷到什么东西。看了一会儿，我意识到窗户里面没上锁，便撬开窗户爬了进去，整个过程没有被街上的任何人发现。公寓里面已经配备好一切可以帮人获取快乐的好东西——贵妃椅、大床、桌子，甚至还有一台电视机。

我环顾四周，想看看有没有值得偷的东西，哪曾想到，就在我打开门准备迅速逃离时，有位邻居碰巧走了过来，介绍自己叫弗兰克。

“你一定是新来的家伙，”弗兰克说，“我会告诉你保险丝盒在哪里，这样你就可以开灯，可以使用冰箱了。”

我不知道保险丝盒该怎么用，于是他给我看了给新家供电的开关。然后他问我还需要些什么。

“不用什么了，谢谢你，弗兰克，”我说，“现在这样挺好的。”

那天晚上我在沙发上睡着了，看了看电视，对自己的意外收获感到非常开心。

第二天，我去商店偷了点东西，带回来一些床上用品，一台烤面包机和一些餐具，把我的新房子变成了一个家。

最后我在那里只住了三个多月。有一天，有位房地产经纪人——是位年轻漂亮的女士——敲了敲门，告诉我她是来确认这套房子状况的。当她问起我是谁时，我告诉她，我是房客，房子是私底下从新主人那里租来的。听到我的一套说辞，她似乎感到很困惑，并不相信还有这样的租约，但幸运的是，那时候手机还没普及，所以她说，她要先回办公室去看看文件，然后再回来找我。

在她走后，我知道自己只有十五分钟的时间拿上自己需要的一切东西，然后马上逃离这里。我花了五分钟。离开了，回到了大街上。正所谓的“来得容易，去得更快”。

***

我所赖以生存的黄金海岸和冲浪天堂，并不缺流浪儿童和贫困，但同时也充斥着惊人的财富。这里有个很知名的地方，叫天堂水域[1]。在那里，几乎每一栋滨海别墅都有一个通往水边的码头，富人们会在那里

1 是澳大利亚黄金海岸著名的富人区。

停泊他们的船。我从 TSS 的孩子们那里了解到，这些游艇大部分都是长期闲置的，很少拿来使用——如果要用的话，也只会在周末才会拿来开一开——所以在我看来，它们基本上等于是一排漂浮着的酒店房间。

我会先观察一会儿，看看是否有人在船上，然后溜上船，进入到船舱里。它们半数是不上锁的，但即使上了锁，也很容易进入。然后，我会尽情享用里面的小冰箱，随便吃些能找到的东西：小瓶酒、罐头食品、饼干、精致的开胃菜和一些熟食。我会放松放松脚部，然后睡在干净的床单上，确保自己在日出之前离开，并清理掉任何我来过的痕迹，让这个地方保持最初状态，这样我就能在几周后回到那里，再突袭一次。

有那么几次，我被逮到了，只好想办法潜水逃生。其中一个男人非常愤怒，我想，如果是被他抓到的话，肯定会把我给杀掉的。

还有一次，那个家伙肯定是从他楼上的房子里，碰巧看到我闯进他的船里了。当我正要安顿下来准备过夜时，突然听到一个男人用低沉的声音大喊道："你，船里那个。我知道你在里面。"

我僵住了，准备逃跑或者战斗，但他告诉我，他正好剩了些吃的可以给我。他说，今晚我可以把这里当成自己家，但早上就得离开。果然，当我蹑手蹑脚地出去看时，那家伙已经走了，但却给我留下了一盘热气腾腾的食物，放在箔纸里保温。早上我就离开了，但走之前，我把船擦得一尘不染，将盘子洗得干干净净。

***

一旦我熟悉了街道，掌握了窍门，往往就能找到适合睡觉的地方。有一段时间，我最喜欢的地方是电影院。那里既安全又温暖，我可以在最后一场电影散场时偷偷溜进去，躲到座位下面，等所有的工作人员都回家后，就可以在地板上躺着睡觉了。

通常也能在座位之间找到些食物：一包佳发巧克力[1]，半盒爆米花。我喜欢爆米花，但问题是，天黑后，成群结队的老鼠们也喜欢。第一天晚上，我醒来时发现他们都爬在我身上。他们来吃散落在地板上的爆米花，却发现我刚好睡在了他们的餐盘里。“太棒了，我们来吃这个家伙吧。”

真他妈恶心。一开始我很讨厌它们，但是，过了

1　是一种流行于澳大利亚和新西兰的糖果，由小而圆的巧克力球组成，上面覆盖着红色的橙色调味品。

一段时间之后，我开始了解它们的习性，并确保睡在它们的进食区域之外。我偶尔还会玩一个跟踪它们的小游戏，试图找出它们住在哪里，但老鼠们行动的速度太快了，且擅于隐藏，我根本没办法跟上。它们会在嘴里叼着爆米花的同时跑来跑去。

直到今天，我仍然很欣赏老鼠。它们聪明得要命，只要能过上最好的生活，就什么也不在乎。当你意识到这一点时，会觉得相当鼓舞人心：这是天生的幸存者，它们知道如何在世界上任何一条街上生存。

白天的时候，我可以前往大多数公共场所，然后躲到关门时间。我去了桑戴尔购物中心[1]——在当时，那是这里唯一的大型购物中心——在人们购物的时候四处闲逛，然后躲在衣架中间，等到商店关门。到了晚上，我就偷偷溜出来，把这里当成自己的家。只有一个保安在购物中心巡逻，我会等他经过，然后跑到购物中心的另一端。

商场里有一家卖美食的小精品店，我在那里吃得特别好，简直像个国王，我的嘴里塞满了香槟火腿[2]和松露巧克力，这里的一切食物都是80年代最精致的。

1 昆士兰州的一处大型购物中心。

2 澳大利亚和新西兰的一种当地火腿。

到了睡觉时间，我就找一个舒适的地方，铺着毛绒地毯，用衣架上的衣服给自己做一个小窝。

还有其他一些夜晚，我会闯入超市，感觉自己就像《小飞侠彼得潘》里走失的男孩似的。想象一下，如果你是个流浪儿，正饥肠辘辘，然后却看到这样一幅令人难以置信的景象：一排又一排的食物，满满当当地堆在眼前。我学会了如何在不触发感应灯或警报器的前提下，在超市的过道里走来走去。我会用这里的各种食物给自己准备一顿大餐，蜷缩在最暖和的地方，吃完之后也总是收拾干净。

不过，在这些地方都不能安全地连续待上好几晚。总有人能够想出办法将我赶走。

尽管如此，我还是最喜欢那间保龄球馆。它楼上有个酒吧，叫雪弗龙旅馆，在通往楼上的那一段楼梯下方，有一处小小的、进去之后只能爬行的空间，那里一直很温暖，整日都不会有人去那里。在这处狭小的空间里，我建设了一个小小的家——有一个睡袋，一盏小灯，一些食物。那里可真是太棒了；我再也不用躺在公园长椅上了。我有舒适、温暖的环境，还有食物和睡眠。

我一直很有创业精神——到处都有机会，你只需要去那些没人想过的地方看一看。

***

夏天比冬天好。在夏天里，我更容易保持干净，这对我而言很重要——几乎和寻找食物一样重要。我总觉得自己很肮脏，每次照镜子时，都对外祖父和老师对我所做过的一切感到厌恶。我恨自己的身体，恨自己的皮肤。我唯一能从羞愧中感到一丝解脱的时候，就是在洗完澡之后。

那时候，如果可以的话，我愿意一天洗三次澡。而当你露宿街头时，这从来都不是件容易的事，但至少，当天气热到可以直接跳进海浪里翻滚时，洗澡就容易多了——我发现，海洋净化身体的能力非常强——在海里洗好后，我会再到海滩上的公共淋浴下面冲洗干净。

后来，我偶然发现了冲浪这项运动。我闯入了布罗德沃特附近的一所房子，正在吃冰箱里的食物，这时房主意外地回来了。于是我从后院逃走。正当要跳过栅栏时，我发现一块冲浪板倚在上面。于是，我便顺手将它夹在腋下，翻过了栅栏。我立即开始使用那块冲浪板，直接跳进运河里，趴在上面，划着水，直到我终于来到一处安全的地方。

我一路走到海滩边，跃进海浪里，然后爬到冲浪板上，开始学习在海上冲浪，直到陆地上的一切麻烦都平息下来。

幸运的是，那天海浪并不大；我仔细观察其他冲浪者们在海浪上的一举一动，然后模仿他们，直到掌握诀窍。我花了一段时间才掌握站在上面的窍门，自那以后，我就无可救药地迷上了这项运动。

这是那段时间里能够让我感觉平静的为数不多的几个时刻。我越过汹涌的海浪，在海中一连漂上好几个小时，孤身一人，无人知晓，如同活在大海上的另一个人。在这里，我的过去并不重要。就像身处一个小泡泡当中，随着海浪上下起伏。

***

我学开车的方式和学冲浪的方式一样：我先偷了辆车，然后想办法解决问题。

偷车并不是什么难事。那些电影试图告诉我，这是一个充满紧张感的、复杂的过程：点火，然后火花四溅什么的，但事实证明这完全是胡扯。在老旧的车辆上，你只需要拿把螺丝刀，对准点火装置，转动手柄，车就归你了。再简单不过了。小孩子都能做。事实上，也的确是一个孩子教我怎么做的——另一个孩子教会了我怎么使用安全带。

其他一些街头孩子会偷走车，然后开车兜风，把车子搞得一团糟。即使他们没有把车撞个稀巴烂，也会故意破坏它们：砸碎玻璃，在座椅上撒尿。我觉得这类行为看起来相当粗鲁，而且，我也只在需要从 A 地长途跋涉到 B 地时才会偷车。我总是会先偷一辆车，开到需要去的地方，然后把车停在他们能够轻易找到的地方——除了点火装置上的螺丝刀之外，车上不会有任何被动过的痕迹。

如果不是万不得已，我永远都不会去偷东西的。为了活下去，我当时做了一大堆令我现在感到十分后悔的事情。

但话又说回来，因为我的成长方式和自身经历，对与错之间的界限已然模糊，无法修复。我所认识的几乎每位权威人物都背叛过我，羞辱过我，虐待过我。我怎么可能再去遵循法治？我做了几乎每个街头小孩都在做的事——为了生存而偷窃。

这不是一种轻松容易的生活。这些事情的后果很快就会给你带来沉重的打击。而且这类打击经常都会发生。

十六岁的时候，有个叫马蒂的家伙，让我把他的摩托车从布里斯班运到冲浪者镇。马蒂有着令人难以置信的本事，他可以跟最危险的人交朋友，并能够压制住他们。他的大部分生意都跟毒品有关，他可不是个好对付的人。所以，当他让我去运送这辆摩托车时，我接受了这份工作。

这台摩托车是一辆全新的 GSXR-1100。它能在几秒钟内从静止状态达到令人难以想象的速度。很明显，它是偷来的。也正因此，在黄金海岸的市郊，警察发现了我，并试图让我靠边停车。

当注意到身后闪烁的灯光时，我慌了。我很紧张，没有驾照，骑着偷来的摩托车，光天化日之下开在高速公路上,我不知道该怎么办。所以,我开始猛踩油门。

警察拉响了警笛，开始加速追捕我。我无法甩掉他们——逃离一辆车之后，另一辆车又会出现。很快就有三辆车跟在我后面，拉响警笛。于是我加快了速度，将摩托车推到了 180 公里 / 小时，把警察们远远甩在了后面。

我看着他们在后视镜中渐渐消失，感觉自己所向无敌，沿着弗兰克街疾驰，飞向冲浪天堂。很快，另一辆警车跟在了身后，但此时我不得不放慢速度过桥。我踩下刹车，将车速降到 130 公里 / 小时，然后是 120 公里 / 小时。我踩下离合器，轻踩档位踏板，降至三档。问题是，这是我第一次骑摩托车；不知不觉间，我滑到了一档。我在时速超过 100 公里时松开了离合器。

这次坠车宛如灵魂出窍。就像我被虐待的时候，会渐渐远离自己的身体，明明发生了些什么，却什么也感觉不到。我听到了摩托车内齿轮卡住时发出的可怕的嘎吱嘎吱声，然后我就被甩了出去，飞到了空中，摩托车则在侧翻之后滑走了。

我记得我撞到地上，不停地滚动，直到停在路边，然后抬头望向天空。我身上只穿了一条牛仔裤和一件背心，但不知为何，我没有撞到头。

我站起来检查自己有没有受伤。一点也没受伤。没有骨折，没有流血，甚至没有疼痛。我只是站在那里，想知道我怎样才能毫发无损地逃走，好在一直追着我的警车只是疾驰而过，就好像我不存在一样——他们没有看见我摔下去。

我不得不离开现场，离开那辆已经被撞坏了的摩托车，但谢天谢地，我比大多数人都更了解黄金海岸。每条街上都有我可以躲藏、睡觉和吃饭的地方，并且不让任何人知道我在那里。

最重要的是，当时，我非常了解下水道系统的通路——黄金海岸是建在一整个暴雨排水渠网络上的，在那个时期，我常常会借助下水道系统从一个街区前往另一个街区，不被任何人发现。我从摩托车上摔下来的那个位置，离其中一处下水道入口不远。

于是，我赶紧朝着那个入口跑去，这时，我听到更多的警笛声正在逼近。突然之间，我脑子里冒出了一个更好的主意：附近有个工业级大小的垃圾桶，该地区的几家企业都在使用，一直没有上锁。我打开盖子，爬进去，钻到垃圾堆里，用一块金属板盖住自己。

没过多久，我就听到外面响起一阵骚动——四面八方传来奔跑的脚步声，还有警察对讲机发出的噼啪声。我清楚地记得，有个警官就站在垃圾桶外面，告诉调度说他跟着我的脚印找到了下水道，要派搜索队去那里。

我躺在黑暗中，汗流浃背，浑身颤抖。我听见警察在我周围四处搜查。我知道，他们搜查垃圾箱也只是时间问题，但我不敢动，怕他们发现打算偷偷溜走的我。

突然，垃圾桶的盖子打开了。还记得我爬进垃圾桶时，天还很亮，可我现在已经能够看到夜空中的星星了。我大概是在自己没有意识到的情况下睡着了。也或许我在翻车时撞到了头。

总之，垃圾桶的盖子嘎吱一声打开了，一张熟悉的脸探进了垃圾桶里。这是一个住在街上的老人，总是带着一只麻袋来收集残羹剩饭。

他不是警察，这让我大大地松了一口气，我开心地大叫起来，开始往外爬。老人吓了一跳，手里撑住的盖子脱落了，又差点把我给打晕，如果我翻车时真撞到了头的话，那这已经是同一天里的第二次了。

总算从垃圾桶里爬了出来，我掸掉身上的灰尘，礼貌地向老人点头致意，然后便朝着冲浪天堂的方向走去。

在当时的我眼中看来，我恐怕真的是不可战胜的。我的肾上腺素飙升，这种好似刀枪不入的感觉持续了整整三天。最后我才发现自己全身都是淤青，并且开始意识到，身体真的很疼。

我终究不是无敌的。只是非常、非常幸运而已。

***

当然，即使是最好的运气，也不会永远存在。

有一天，我实在是有点太勇敢了，决定直接去当地的公路服务区里偷一辆车。那不是一辆非常闪亮耀眼的车，只是辆破旧的小轿车。但当我经过那里时，碰巧看见司机进去付油钱，把钥匙留在了点火装置上。

一时冲动下，我跳上车就开走了。完美的犯罪，除了两个小细节。第一，这辆车是手动的，我根本不知道怎么开；我在距离公路一百米远的地方试图换挡，结果把车给弄停了。第二，这位司机奔跑时的速度快得惊人，尽管他是我一生中见过长得最壮实的萨摩亚人[1]。

他一下子就追上了我，打开车门，把我拖到马路上，第一拳就打断了我的鼻子。之后我就被吓瘫了，什么都感觉不到，尽管他还在一下又一下地揍我。

那家伙痛殴了我一顿，才把我给放走。我躺在路边，他回到自己的车里，开走了。他只开了几百米，我就看见车停了下来，倒车灯亮了起来。

我的第一个想法是他还没有结束，他回来，是为了再痛殴我一顿。然而，当车停在我旁边时，他却朝我扔了件备用衬衫。

1 太平洋中部萨摩亚群岛的土著民族，以高大强壮著称。

“嗨，”他对我说，“把你脸上的血擦擦干净吧，伙计。”

说罢，他又从车里爬出来，坐到我旁边，向我解释他为什么要把我打得那么惨。他说，自己眼下非常沮丧——因为他正要去做一份他极为讨厌的工作，妻子怀孕了，他不得不两班倒。

“我没有钱。我的车只承担得起五块钱的油钱，可现在却有个小混蛋想把它给偷走。”

“对不起。”我隔着蒙在脸上的沾满鲜血的衬衫说道。

他摇了摇头，告诉我，“对不起”这个词，是那些无法掌控自己人生的人们所惯用的。总想抓住那些对其他人不利的机会，其实是种懦夫表现。我的行为可能会毁了别人的一天，甚至毁了他们的一生，而我却浑然不知。兴许更糟的是，我会被当场逮住，因为惹上大麻烦而被人打断鼻子。

“没人欠你什么，尤其是我。我一无所有，”他站起来，打开车门，“我希望这能给你一个教训，伙计。上帝保佑你。”

我看着他开车上路，直至尾灯消失。我感觉糟透了。

当你失意时，生活总是会更加恶狠狠地踹你一脚；

我从一个比我更需要帮助的人那里偷了辆车，而他还有工作和家庭要去顾及。

我恨自己的所作所为，自那以后，我对自己要偷什么东西、和谁混在一起这类事情变得更加挑剔，每天都在努力让自己变得更好一点点。只要有可能，我就会向店主询问是否有工作，或者主动提出用工作来换取食物，只有在迫不得已的情况下，才会去偷点东西。

***

有天晚上，我跟一个完全不认识的人打了起来，没有任何理由，就是想打架。相比之下，他的身体更加壮实，年纪也更大。就跟从公路服务区偷车那次一样，他给我上了很重要的一课。这将是我最后一次为了找乐子而打架。

我还没来得及动手，这家伙就直接给了我一拳。他打倒了我，不止一次，而是三次。每一次，我都更加下定决心要打败他，结果反而输得更惨。

最后他放下手，停止了战斗。“够了，伙计。”

之后，我们开始交谈。事实上，我们相处得很好。他告诉我，他在一家离冲浪天堂不远的拳击馆里受训，并建议我去那里练习拳击。

在那一分钟里，我起了兴致，觉得自己可以试试当一名拳击手。

于是，我优哉游哉地走进了那间拳击馆，然后大声宣布："我来了。我要成为世界上最好的拳击手。"

这时，一位头发花白、年纪挺大的拳击教练开口道："这意味着你必须训练，懂吗？如果你不训练，你就不能成为一名拳击手。"

"比这简单多了，"我争辩道，"走上拳击台，把另一个人打败，然后我就是冠军了。"

教练只是摇了摇头，然后便走开了。

他让我打了几次，我总是能赢，但他会对我解释，我的打法其实不算是拳击——他认为拳击是一种优雅的运动——而我的打法则是斗殴。

"你不能咬人，比尔。"他跟我说，"你不允许挠人或者踢人。你不能试图把别人的耳朵给扯下来。"

"我赢了，不是吗？"我抗议道。

"胜利不是一切。"

不过对我来说，胜利就是一切。

之后有一天，我坐下来算了算账，然后突然意识到，世界上所有最优秀的拳击手都要忍受多年的痛苦，在没有金钱和头衔的情况下，要经历几百场比赛才能获得晋升，直到他们的牺牲得到真正的回报。我不想为了一张支票跟一百个人决斗——我只想跟一个好手大战，然后以冠军的身份离开。

而且我亲眼看到，这项运动会把你的身体搞得有多糟。很多老前辈退休后过得都不怎么好。

我立刻就觉得拳击并不适合我。

在这些精英拳击馆里，虽然没有钱发给这帮有抱负的未来冠军们，但总是会留出一些钱来付给那些愿意陪他们对练的家伙。所以，在熟悉了助理教练的工作内容之后，我会到那里去为一些知名拳击手做陪练。

我要么尽自己最大努力去成为一名职业拳击手，除了奖杯之外，再没有其他任何报酬，要么我干脆直接来挨揍，靠这个赚钱。这道选择题压根儿不用费脑筋，我的回答是："打我几下，给我点钱。"

就这样，我找到了最适合自己的工作：人体出气筒！这是我赚过最容易的钱。我所要做的就是站在那里——闪避、迂回、阻挡，偶尔在阴影中出上一拳——拳击界的下一位大腕就在我周围四处闪躲，同时用拳猛击我。

唯一的问题是，他们偶尔会在意料之外打上一拳，然后我就会下意识地做出反应，把这个可怜的家伙给击倒。

“对不起，”我会为自己漂亮的还击道歉，弯下腰将他们扶起来，“我想，你肯定能成为一名厉害的职业拳击手。”

在这种生活能够维系下去的那段时间里，一切都还是不错的。

第十三章

The Queens Of Ipswich

伊普斯威奇[1]的女王

1 澳大利亚昆士兰州东南部的城市。

我从一次又一次的惨痛经历中，学到的一个教训就是：美好的事物不会永远存在，所以，你应该在拥有它们的时候尽情享受。曾经拥有的好时光，你也要为之感到庆幸。

有时葬礼也可以是件很快乐的事情。与其纠结于你与所爱之人失去的一切，不如好好纪念你们在一起时的幸福时光。约瑟夫的葬礼绝对属于后者。

约瑟夫雇我参加他的葬礼，去宣布几件事。这家伙很有个性。他的男友布莱恩，在镇上被称为伊普斯维奇女王。他们已经在一起很多年了，早在澳大利亚同性婚姻合法化之前，他们就互相称对方为“我的丈夫”。

他们二人非常外向，性格张扬，根本不在乎他人想法，没有人能够阻止他们玩得开心。值得强调的是，在约瑟夫和布莱恩还年轻的那个年代，两个男人作为情侣一起生活，是需要极大勇气的。在 20 世纪的整个 80 年代和 90 年代，黄金海岸的街头儿童跟青少年们，会在周末参加“殴打同性恋运动”[1]，不为别的，就为找点事儿做，打发无聊时间。那是一个极度不宽容的社会。

伴随着我们这一代人成长的既有偏见，来自那些铺天盖地的反同性恋宣传——尤其是反对男同——全社会一起努力，把他们宣传成了跟恋童癖没有任何区别的人渣。在我成长的过程中，因为那些宣传，在我心中形成了这样一种观念，即我的外祖父——那个恋童癖，性侵儿童的惯犯——跟那些碰巧喜欢其他男人的家伙们没什么区别。随着我的成长，以及受教育程度的提高，我意识到这种想法是多么无知。同性之爱也是爱情，事情就是这么简单。

约瑟夫和布莱恩一直是聚会上的焦点。在他们那个年代，约瑟夫是那种总能捣鼓出新想法的人才。千奇百怪的创意让他赚了很多钱，他跟布莱恩过着非常充实的生活。

他们一辈子都在寻找古怪离奇的东西，以及各种与众不同的玩意儿，他们总是可以从中获得不少的乐趣。所以，当约瑟夫知道自己快要死了的时候，他就想，

1 风靡于 20 世纪悉尼和中央海岸的暴力运动，不少同性恋被活活打死，一些人的尸体被直接扔到了悉尼海滩的悬崖上。

不妨将此事好好运作一下。于是，他们雇了“遗愿告白师”作为特殊嘉宾，让我打断葬礼，或多或少是为了那持续五分钟的新奇感。

不得不说，这是场很棒的葬礼。我的任务是：到场，发表演讲，然后递给布莱恩一个信封。我不知道信里写了些什么，但它的出现让布莱恩的情绪变得非常激动。有那么几分钟，他什么也不做，只是站在那里，将那封信放在胸前，泪水从脸上滴滴滚落。那是快乐的泪水，我想，但同时也饱含着悲伤。

我被要求告诉每个人都要玩得开心，并且告诉布莱恩，回家后要记得检查放袜子的抽屉。

依照约瑟夫的指示，我已经提前准备好了一切。在放袜子的抽屉里，在一排排摆放整齐的袜子和运动裤上方，放了一盒崭新的避孕套和一张便条纸。上面写着：

“再见。玩得开心，注意安全。”

第十四章

My Extraordinary Ordinary Wife

我非凡又平凡的妻子

老实说，我一直都对普通人生活梦寐以求。有栖身之所，囊中不羞涩。有个我可以信任的人，不会让我情绪失控。

最重要的是，我想去上学。我想接受教育，渴望与同龄人为伴。跟我一起在街上谋生的孩子们，年纪普遍都稍大一些，他们的经历让他们变得更加坚强。如果你需要偷东西或者攻击某人，有他们在身边是挺好的，但他们并不是你所谓的伙伴。

当时我十六岁，愈加感到无聊和孤独，我走过一处后院，看到一件南港州立高中的校服在晾衣竿上飘荡，于是就偷了过来。我穿着校服，走进校园里，发现了几个看起来跟我一样大的孩子。

“你们是几年级的？”我甚至不知道像我这么大的男孩应该读几年级。“十年级？好吧，听起来不错。我该去哪里？”

他们告诉我，他们正在去上数学课的路上，并且向我展示了课程安排和时间表，有了这些，他们就能知道什么时候应该去哪里。这一切对我而言都是新鲜的：我不知道一所普通的学校是如何运作的——在TSS，一切都是围绕寄宿学校制度建立的——但在这里，我需要跟着孩子们去上课。

我走进去，向老师介绍自己是一名新学生。她告诉我，她没料到会有新的学生，但这不是问题。

“请坐。试试那边。”她指了指教室的另一侧。原来如此，一位美丽的金发美女前面，还有一个空位置。这位美女，她一直在盯着我。我走过去，坐下来，试着表现得很酷，靠在椅子上。但我靠得太后，一不小心撞到了后面那女孩的桌子，书和铅笔散落了一地。

我只是想保持低调，却立刻把事情给搞砸了。

“认真的吗？”我身后的女孩抱怨道，“你到底在干什么？”

“对不起。”我向她道歉，看着她的时候，我立刻就被她那双美丽的蓝眼睛给吸引住了，瞬间坠入了爱河。我从没见过这么漂亮的人。

她的名字叫劳拉。我们作为学校这个更大团体中的一员，一起玩了几个月，直到有一天，我终于鼓起勇气约她出去。我觉得自己选择了一个完美的时机，期待她能马上答应。哪曾想到，在我提出约会邀请之后，她犹豫了很长时间。

“我想可以吧。”她最后还是同意了。

过了几个月，学校里总算有人意识到，我其实并不是这里的学生。所以，从此以后，我就再也不能到这里去上课了。但这个发现为时已晚——劳拉和我相爱了。严格来讲，我们算是高中生情侣。

***

劳拉是个好女孩；优等生，也是一名优秀的运动员。乳白色的皮肤，长长的金发和非常宽阔的肩膀。她是一名游泳运动员，当时正走在成为奥运会选手的路上。她的教练是前奥运选手罗比·奈，她被誉为继特雷西·维克汉姆[1]和丽莎·库里[2]之后游泳界的下一位大人物。

每天早上和下午，她都会在游泳池里游来游去，把自己最好的成绩缩短个几微秒，变得越来越好。那时她还在不断地打破各项记录，并且至今仍保持着一些从未被任何人打破的学校记录。

---

1 澳大利亚前中距离游泳运动员，1978 年 400 米和 800 米自由泳世界冠军。

2 澳大利亚前游泳运动员。库里在各项国际游泳比赛中总共获得了 15 枚金牌、7 枚银牌和 8 枚铜牌。

我显然是完全不同类型的孩子。劳拉总说我有潜力，但当时的我并没发现自己有什么潜力。

我所拥有的最具稳定性的东西，就是我的车：一辆福特猎鹰 XB[1]，是我从托尼和科米特·柯伊兄弟那里花 250 澳元买的。我认识托尼，是因为我那份人体出气筒的工作，至于科米特，他卖的是本地最好的大麻。

这辆 XB 成了我的家。我以前经常把车停在劳拉父母家附近的公路服务区里，晚上睡在那里，那里有个灌水箱专用的水龙头，我就用这个洗澡。然后换上我最干净的衣服，把劳拉带出来，跟她出去玩一整天。

并不是所有人都对我们的恋情感到开心。劳拉的哥哥，碰巧也叫斯科特[2]，说他要扭断我的脖子。他曾经追着我跑遍了整个黄金海岸，而我必须跑得尽可能快才能从他手中逃掉。

她的教练，罗比·奈，也非常讨厌我。该死，说实话，我也不怎么喜欢他。

罗比告诉劳拉，她可以做得更好，她跟我在一起只会毁掉她成为奥运选手的机会，但她不听。她不能

1　是一款全尺寸汽车，由福特澳大利亚公司从 1973 年到 1976 年生产。

2　这是作者的教名，斯科特·罗宾逊是他妈妈给他改的名字，以免回忆起他父亲。

容忍任何人对她的新欢说任何负面的话。当她周围的人试图将我们分开时，只会加深她跟那些爱她的人之间的隔阂。

回想起来，她的家人们所担心的事情确实发生了：她爱上了一只迷途羔羊。与此同时，我也爱上了这个完美的年轻姑娘。这是一个典型的异性相吸的好例子。

我最终把劳拉从她原本的生活中给偷走了。我迫切需要稳定生活和爱意，而她想用爱来弥补我童年留下的创伤。因为在此之前，我从来没有得到过任何关心和关爱，所以我如此渴望得到它们；我永远都不愿放她离开。

突然之间，这个女孩变成了我的整个世界。

劳拉激励我去做出改变——去尝试，去解决问题。我跟她讲述了我的过去，发生在我身上的事情，她是第一个给予我安慰和帮助，而不是想尽办法利用我的人。她鼓励我试着与过去和解。是她帮我找到了真正的自己。

在试图通过社会福利机构筹钱，来给我们俩找个固定的地方居住时，我意外得知了自己的真名。那个想帮我的办事员在政府人口档案里找不到跟我平时所用的那个名字——斯科特·罗宾逊——匹配的出生信息。妈妈从来没想过要合法地改变我的名字，她只是在某一天突然告诉我，我叫斯科特。是这位职员告诉了我自己的真实姓名，并给了我一份出生证明的复印件。我叫威廉·斯科特·埃德加。

我已经知道，那个在街上混迹终日，被大家称为斯科特·罗宾逊的男孩配不上劳拉。所以，那天我做了个严肃的决定：让斯科特·罗宾逊从此不复存在。

带着口袋里那点钱，我走进一家二手商店买了新衣服。全新的一切：短裤、衬衫、内衣，甚至还包括一双新的人字拖。不久之前，我会去偷这些衣服——没准我现在应该去偷些更好的衣服，但我已经不会再去做这种事了。

我走进更衣室，脱光衣服，将斯科特·罗宾逊的身份和旧衣服一起堆到地板上。从那时起，我就是威廉·埃德加——简称比尔——我再也不会跟罗宾逊一家扯上任何关系了。

***

为了劳拉，我试着将一切做到最好，但我的人生仍然岌岌可危。生存是每天都要考虑的问题。当我终于凑够了钱之后，我们找了一间公寓，正式搬到一起住了。然后她突然告诉我，她怀孕了。

得到这个消息时，我最好的朋友[1]惊呆了。他说："快跑！"

但我被这种反应给吓坏了。"我为什么要跑呢？我爱这个姑娘。我就要有自己的孩子了！"

我太兴奋了！该死，我对我们正在做的这件事完全没有概念。当你第一次抱上你自己的孩子时，你的整个大脑会直接重启，重新连接系统：你的思想、观点和一切，都将围绕着孩子重新排列。

十八岁时，劳拉生下了我们的儿子。虽然我一生中大部分时间都在危险中度过，但直到有了孩子之后，我才明白真正的恐惧是什么。我们把这个小生命带到这个世界上，现在我有责任抚育和保护它——这件事是有深刻意义的。我愿意为我的儿子做任何事，忍受任何事。我准备彻底改变自己的生活。我当时还不知道，我的生活很快就会发生改变。一些非常糟糕的事情即将发生。

***

当我流落街头的时候，我成了街头流浪儿团体当

1　根据前后文理解，此处是指死去的迈克尔。

中的一员。每天一大清早，我们倾巢而出，想办法混过白天，到了晚上，我们有时会聚在一起，在公园或者桥洞里铺床过夜。警察时不时地会给我们找点麻烦，让我们赶紧滚开，但这没什么大不了的。

有些警察是真正正派的人。如果他们当场抓到你在干一些坏事，他们会跟你讲，你这个街头流浪儿，你的饥饿和绝望都是真的，真是可怜——虽然你确实干了坏事，但是，某种程度上讲，也是生活所迫，因为你正在设法逃离眼下这糟糕的处境——说罢，他们会狠狠踢一下你的屁股，或者揪一下你的耳朵，然后就放你离开了。他们知道，我们大多数人只是想找个安全温暖的地方待着，或者搞点东西来充饥。

当然，也有例外。有些孩子把犯罪视为一种生活方式。跟我一起玩的几个人，都想成为真正的黑帮成员。其中有两个孩子，本和扎克，总是想把其他孩子们招进一个他们可以当老大的帮派里。他们干的都是正儿八经的犯罪勾当：殴打他人，拿走他们的钱包。他们将这种抢劫暴行称为“摇摇”他们。比方说，他们去抢某个人时，会说：“让我们摇摇这个家伙！”他们偷车，把车拆散成零件，然后尽可能地卖掉一切能够卖得掉的东西。

我完全不想这样做。我讨厌破坏公共秩序的行为，我讨厌帮派。一想到自己要成为他们当中的一员，我就觉得无法忍受。他们常说人多安全，但对我而言并不是这样。我一个人反而过得更好。

回想起来，这些家伙真的拼命想要组建起一个帮派，试图将街头生活变成一门生意，这种想法实在是太天真了。这样做是行不通的。

但他们的这种做法，却足以让我陷入困境。

当我还只有十六岁的时候，记得有一天，我们“摇”了某人，就为了抢他的烟。我们甚至根本不想要这些香烟——只是在找他麻烦，就是这样。我随口说想要一支烟，他不肯给我，所以我开始找他麻烦，没有任何说得过去的理由，我不过是个自以为是的坏家伙罢了。

这在我看来根本算不得什么大事，但这个人竟然为此去找了警察，他们的反应与这点犯罪行为完全不相符。全国各地的警察都过来逮我们了。这是一场名副其实的大追捕！

最后，他们在横跨尼朗河[1]的公路桥下抓到了我们。

---

1 位于澳大利亚昆士兰州东南部的一条河流。

前一分钟我们还在一起闲逛，突然就有警车从四面八方开过来。

他们逮捕了我们，把我们扔到警车里，本开始惊慌失措。

“噢，我们完蛋了。我们惹上大事了。”

扎克试图保持冷静。他的表情看起来非常平静，一直对我们念叨：“什么也别说。什么也别告诉他们。”

“有什么好说的？放轻松，”我说道，“他们手上什么也没有。我们只不过偷了些烟，不是什么该死的大事。”

我们到了看守所，他们把本和扎克关在一间牢房里，我被关在另一间牢房里。我一点也不担心。十六岁，我确信，作为一名少年犯，我一定能够顺顺利利地出去，免受一切惩罚。很可惜，我不知道的是，在昆士兰州的司法体系里，十七岁就可以被认定为成年人了，而我的生日马上就要到了。你可能还没到买啤酒的年龄，但从法律角度来看，你已经到了服刑的年龄。

我很快就发现了这一点。一个警察走过来，问我是否知道我被指控的罪名是什么。

“我偷了一支烟，”我耸了耸肩膀，“他妈的没什么大不了的。”

“你的同伙们呢？你对他们了解多少？”

我告诉他，他们只是像我一样的流浪儿。“我们一起出去玩，找点吃的，随便什么。我跟他们不是很熟。”

警察只是摇了摇头。

“嗯，你知道他们是银行抢劫犯吗？他们身上背了一张通缉令。持械抢劫。你将跟他们一起被起诉。”

“那是什么意思？”我茫然地朝警察眨了眨眼，“为什么要连我一起起诉？”

“根据《刑法》第99条的规定——’以威胁他人的方式索取财务，意图抢劫。’你是因为这个而被捕的，但既然你将要跟他们站在同一个被告席上，控方也会以持械抢劫的罪名起诉你。你将面临八到十二年的监禁。”

好吧，该死，我想。我完全搞砸了，不是吗？

***

我还在拘留所里羁押候审。没有固定住所，也没有钱去争取保释，法官认为，最好还是把我关到审判之前。

于是，我在囚室里蹲了三个月，努力想搞清楚自己以后应该怎么办。我看着其他人来来去去——警察拖着新逮住的人进来，旧的人又被拖走。有时会有律师过来跟他们的当事人聊聊，但从来没有律师来跟我谈过。

三个月过去了。当我坐在那个笼子里面的时候，十七岁的生日就这么来了又走，悄无声息。不过，在那段时间里，我清楚了拘留所的运作模式，不久之后，我已经能够认出其中的几位律师了。有一天，我看到一位名叫华莱士的律师，我知道他名声很好，是少有的几位真正在乎当事人权益的律师之一。

我向他喊道："嘿，伙计！我能跟你聊聊吗？"

他走了过来，我告诉了他当时的情况。他跟我说，如果我和本以及扎克一起受审，很可能我们都会因抢劫银行而被起诉并定罪。我也会跟他们一样。

他压低声音告诉我说："告诉你一个办法，只在你我之间，不要告诉其他任何人——无论采取什么办法，你必须坚持不出庭。记住，这是你的第一诉求。"

华莱士说，他可以在有条件保释的前提下，把我从拘留所里给弄出来。这意味着我必须要有一位合适的监护人，所以，如果我能给警察提供一个名字和地址——任何名字和地址都行——他就能把我给弄出来，直到我正式受审之前，都可以是自由身。

于是，我把自己舅舅的名字和地址告诉了他们。我舅舅完全不知道此事，不过幸运的是，警察似乎也并没有专门找他去核实。在华莱士的帮助下，我得以成功获得保释资格。我被允许暂时离开，条件是要在两周后出庭，跟我那两个共同被告人一起受审。这意味着我会因为偷了一根烟而被控持枪抢劫银行。当然，根据华莱士偷偷告诉我的办法，在出庭那天到来时，我已经逃到几英里[1]之外的地方躲起来了。

这是我有生以来做过最聪明的事情。那两个人，其中一个被关了六年半，另一个关了九年。事实证明，扎克和本在整个在押候审期间，都在不断向检方提供起诉对方的证据。如此看来，所谓窃贼的荣誉[2]，可真是胡扯八道的说法。也许在外面时还说得过去，但在拘留所里关着时，对他们这样的人而言，荣誉只是另外一种可以拿来交易的货币罢了。

当然，在那之后，我因为没有按时出庭，被发了逮捕令。华莱士建议我去自首，但我不可能这么做。我才不在乎呢。我会一直在街头流浪下去。

没过多久，几乎可以说是自然而然地，他们就抓

1　1 英里约等于 1.6 公里。——编者注

2　指窃贼不会出卖自己的同伙。

住了我。当时我在公园里，正准备用箱子和其他东西拼凑过夜用的床铺，眼前突然闪起了灯光。

警察只是例行公事，把街上的闲人赶走。如果他们在公园里找到你，他们会让你另找个地方睡觉，然后直接离开。但当时我心情不太好；我让他们赶紧滚蛋。于是他们逮捕了我，发现我身上背着一张逮捕令，所以我又被关了三个月。

我因初次犯罪被判三个月，逃避庭审，又被判了三个月，除此以外，他们还用非法闯入追加了一点刑期。

那次非法闯入事件，是因为我闯入了圣公会教堂，我通过朋友认识的一位神父就在那里任职。一天晚上，我路过这里时，突然想起我曾经向他倾诉过自己受到虐待的那些事情——他本可以轻轻松松地以上帝的名义来宽恕我，让我压抑的情绪得到解脱，但他反而为那些事情训斥我，令我蒙羞，给我带来了更深的痛苦。所以我闯了进来，摧毁了教堂，以此来报复。哪曾想到，当我接受司法系统审判时，此事却令我腹背受敌。

当时我刚满十七岁，还是个孩子，可他们却把我送进了伯格路监狱[1]，这是一座殖民时期建造的老监狱，

1　昆士兰州的主要监狱。

以其残酷野蛮而闻名，可谓恶名昭彰，这座监狱在大概 2002 年时彻底关闭了。当时他们还在这鬼地方举办了“寻鬼之旅”活动呢。

在我看来，他们之所以把我关在那里，是因为实在没办法把我送到其他什么地方去了。我无处可住，没有工作，没有食物，没有钱。劳拉已经回家跟父母住到一起了。监狱不只是关押犯人用的；这里还是遗弃穷人、精神病患者、残疾人的垃圾场，与此同时，这里也负责收押那些社会不知道应该怎么处理的可怜人。

这可怜人就是我。一个流浪儿，靠我能捡到的、能搜刮的或是能偷到的东西过活。我迟早会被关进监狱，不过是时间问题罢了，但最终，在我为生存做了这许多坏事之后——偷车、强行闯入、贩卖毒品——却因为偷了区区一支香烟而被捕。

多么滑稽！一支烟。我甚至都不抽烟！突然之间，我就被关在了世界上最凶狠、最暴力、最变态的性侵罪犯们身边。在面对这些人渣时，我能够说的话却只有：“嗨，伙计们。我偷了支烟，你是怎么进来的？”

实在是太糟糕了。

***

但是你知道吗？这还不是我在那个月里得到的最坏消息。在宣判后的几个星期里，警察们找到我之前，我其实一直躲在离南港警察局不到五十米远的一座废弃工厂里，晚上也在那儿睡觉。

有一天，在我回工厂的路上，一辆银色小轿车停在我旁边。我正要走过去，但我看到里面坐着的是我妈妈，还有我的一个阿姨。她们下了车，问我怎么样。

“我很好。”我撒谎道。即使我很快就要进监狱了，也不想让她们担心。

妈妈似乎并不相信。她问我是不是有什么想要跟她说的。我还以为她已经听说我惹上了麻烦。我正思考应该怎么跟她说时，阿姨开口了。

“你妈妈的意思是……”她似乎在努力寻找合适的措辞，“外祖父有没有……碰过你？”

我满脸震惊地盯着她。这不是我想跟她们聊的事情。实在太尴尬了。我完全不敢相信，她们竟然会问我这件事。

“有的，”我一开口就觉得惊讶无比，我竟然说出口了，“这么多年以来，我一直想告诉你这件事，妈妈。

但你从来就不相信我。”

我把一切都告诉了妈妈，并质问她为什么从不为我辩护。

“每当我说外祖父坏话时，你就会生气，还打我。”

她什么也没有回答。实际上，她连一个字都没说。她跟阿姨直接回到了车里，把车开走了，留下我一个人，像一只迷路的小狗一样傻站在街上。

我感到恶心、愤怒和绝望。回到废弃工厂里，我将身体蜷缩成一团，哭着睡着了。

几天过后，我决定到妈妈那里去看看，她还跟我的兄弟姐妹们住在一起。但当我到那里时，我发现他们正在收拾东西。准备再次搬家。

我在厨房里找到了妈妈，问她是否需要帮忙收拾，并问她要搬到哪里去。我希望，不管这个新家在哪里，都能留下一个属于我的位置。她看着我的眼睛，告诉我，她要搬去跟我的外祖父一起住。

我很确信，我的心脏在那一瞬间几乎停止了跳动；我发现自己呼吸困难，完全喘不上气了。很多想法和情绪在我脑海中飞速掠过——彼时彼刻，我完全不能理解她刚刚告诉我的这件事。就在几天前，我才刚刚向她证实，她的父亲，我的外祖父，多年来一直在性侵我。而现在呢，她告诉我她要搬去跟他一起住。

突然之间，我开始试着把所有事情相互联系起来。她让我跟外祖父一起去钓鱼。每次她都让我跟他单独待在一个房间里。而每当我想鼓起勇气告诉别人发生了什么的时候，她都会把我打得哑口无言。

她知道。她一直都知道。

最糟糕的是，她是要从他那里拿钱的，他给予她的一点点施舍，让她每天不必工作就能继续生活。我的亲生母亲，她把我出卖给了一个恋童癖。不是一般的恋童癖，是她自己的父亲。

性侵最严重的时候，一套三居室的房子里住着八个成年人。我想知道，他们怎么可能不知道在我身上发生了些什么？

多年以后，我的其他一些亲戚证实了这一切，然而，从她告诉我要搬去跟外祖父一起住的那一刻起，我就抛弃了对自己母亲的全部感情和尊重。在她心中我曾经倾注过无限爱意的那个位置，我曾在孤苦伶仃中怀有无限期冀、希望有一天她也会真正爱我的那个位置，事实上什么都没有，空空如也。这一切令我彻底失去了跟这个女人之间的所有情感联结。一切就这样消失了，再也不会回来了。

彼时彼刻，在那间厨房里，我感到前所未有的愤怒。我真想朝她脸上吐口水。可是与此同时，又有一些别的情绪控制住了我的行动，在真正反应过来之前，我已经一言不发地走出门去了。

她对我而言已经死了。不管监狱为我准备了些什么，都不会比以前发生的一切更糟。

第十五章

Final Request

❧

最后的请求

有不少花钱聘请“遗愿告白师”的委托人，其实提前很多年就雇了我。他们中的一些人远没有走到人生的尽头——都是些身体健康的年轻人。也许他们只是想要为自己的葬礼购买一份保险。以确保最后的坦白忏悔不会在意想不到的情况下，跟着他们一起被埋进坟墓里。

他们会给我一个信封，里面装有他们的秘密，然后他们就继续过自己该过的生活，因为他们知道，我最后一定会遵守约定，在他们的葬礼上将信封里藏着的秘密给念出来。协议的一部分，是这些秘密的细节会一直封存在那个信封里，直到他们死后才允许公开。

在我的办公室里，我有一个又一个密封在信封里的秘密。直到在葬礼上朗读这些信的时候，我才能读到其中内容，不过通常而言，当我正式同意接受一份委托之前，也必须对将会发生什么事情有些基本的了解。

我参加过的一些葬礼变成了派对，有些则是忆苦思甜型的，但也有一些葬礼，基本上可以说是寡淡如水，有些人死后甚至无人为他们送行。

有些人雇用我，是因为他们有着根深蒂固、足以令寻常人震惊的悔恨。他们终其一生都会坚守一些会毁掉别人生活的秘密。

有几次，我跟一些这样那样的人坐在一起时，他们告诉我，他们希望我能来中断他们的葬礼，他们透露的一些事情令我直起鸡皮疙瘩。有个人向我透露，说他一生中做过不少坏事。他是那种最糟糕的性变态者——他喜欢残忍的虐待，喜欢偷窥，以及各种兽交行为。我认为他所透露给我的只不过是冰山一角。

他是个该死的混蛋，更何况他的罪行还牵扯到了他的家人们——他是个经常虐待家人的丈夫和父亲，会在精神和肉体上折磨他的孩子。最后，他的女儿死了，家里的其他人也不再愿意跟他有任何瓜葛。

除此之外，他要忏悔的一切，都装在一个信封里交给了我，将会在他的葬礼上念给聚集在一起的哀悼者们听。

说实话，我有点害怕。我可没指望这家伙死后能讲出什么好话来。

那天，我早早就到了，等待着，耐心等待着。但是，没有人来——连一个人都没有。

神父对着一排空椅子做了简短的、陈词滥调式的演讲。仪式结束之后，我站起来，将信封放在棺材上，走了出去。我的任务完成了。

如果我们的人生任务，是完成一趟让人们在乎你是死是活的人生，那这名死者显然是彻底失败了。

***

还有一些人，他们在社会的夹缝中沦落飘零，究其原因，往往只是因为他们一不小心犯下的小过错。有那么多的人被那些本该照顾他们的人利用、虐待，然后抛弃，最终走到了生命的尽头。

朱迪在这个世界上没有任何亲朋好友。她是那些刚刚被完全抛弃的人之一。在她年轻美丽的时候，还有人关心过她，不过现在他们已经不在身边了。现在一个人也没有了。她是一名专业的“按摩理疗师”，在黄金海岸的“摩擦与拖拽按摩店”工作，这家店在沿黄金海岸的破旧旅馆当中非常有名[1]。

她曾经是一名瘾君子，虽然现在只有五十三

1 这类色情按摩店都是跟当地廉价小旅馆长期合作的，实际上就是挂按摩店名头的妓院。

岁——只比我大一岁——但她看起来已经像是八十多岁的老人了。她在晚年时改过自新，戒掉了毒瘾，但在康复后的相当长一段时间里，仍然保持着一些唯有在吸毒者们身上才会表现出来的那种神经质一般的旺盛精力。

她的身体被静脉注射的毒品和随毒品而来的疾病给毁掉了。肺气肿、心脏病、血管钙化、血栓。最重要的是，她现在已经是癌症晚期，活不了多久了。

当她知道自己不久于人世时，开始担心该如何处理自己的骨灰。她发现，一旦你死后没有近亲，也没钱给自己办个像样的葬礼，你的后事就得由市议会来负责。你会被草草火化，除非有人自愿过来取你的骨灰，否则骨灰将会被撒在公共土地的花园里。

朱迪讨厌这个方法。她生命中的某些经历，使她害怕成为国家监管的对象，即便在她死后也一样。但是，她真的没有一个朋友可以过来取她的骨灰，她不知道该怎么办。

她就是因此而找到我的。有一天晚上，她在网上搜索接下来即将发生的事情，“你死后将会怎样？”

“我在谷歌上搜索了各种各样的东西，”我们见面时，她对我说道，“比如‘死后是怎样的？’‘除了被埋在地里腐烂之外，还有什么别的选择呢？’”

朱迪认真思考了很多种选择，有段时间里，她考虑过要使用一种种植箱，把遗体跟种子一起埋在那里，随着时间的推移，你的身体会自然分解，为大树的生长提供养料。但到了最后，她还是决定要火葬。

“我想去海里。随便哪里都行，”她告诉我，“我是双鱼座，水象星座。”

除此之外，她的要求很简单。她想让我来打断她的葬礼，告诉神父，闭嘴，坐下来，因为她是个无神论者，她可不想给这些在她离世之后假惺惺地过来关心她的有组织教派留什么面子。在忍受了一辈子的胡扯八道之后，朱迪再也不需要他们了。

她的人生太艰难了，再也不能忍受任何欺骗。是这样的，我能与她产生共鸣。人们会告诉你，因为我们做出了选择，所以才能一路走到现在。是啊，但有些人根本没得选。有些人则是被迫做出这些选择的。人类不是该死的农产品，不能放在篮子里按类分售。

她一直住在大街上。她不得不去乞讨、借东西、偷东西。我知道那是种什么感觉。

她的肉体，她可以出卖它，这样她就能赚到足够多的钱来维持生计。这没什么可耻的。这种生存方式是有尊严的——远比你用你那些自以为是的道德生活观念来评判别人要有尊严得多。

我很同情朱迪，真的。如果我没有十分幸运地遇到劳拉——没错，她拯救了我——让我走上了现在这条人生道路的话，谁知道我现在会在哪里。在这个世界上，朱迪一无所有，我不打算按照常规标准来收费。我同意免费接受这项委托。

朱迪已经活了半个多世纪，尽她所能地生存下来，真正拥有的只剩下回忆。她有这样一个信念：只要有机会，你就应该尽力去尝试一切你能去尝试的事情。在活着的时候，你应该创造尽可能多的回忆，因为它们是你唯一可以带走的东西。

她不想跟我分享那些回忆，因为那对她而言太珍贵了。她希望自己在来世都能珍惜这些东西。就如同她留给下辈子的荣耀箱[1]一般。

她想跟我具体聊聊的，是她曾经的一些主顾。那些经常光顾她旅馆房间的名人。比方说，当地的政客们，工作日里为保守党造势，周末却付钱给她，对她进行性虐待。还有那些经常过来拜访她，并利用这个

---

1 原文为 Glory Box，澳大利亚方言，指女性为结婚做准备时用来存放衣服和其他物品的家具。类似于嫁妆箱。

机会向她吐露心声的已婚男人。她认为自己既是妓女，又是心理治疗师；她比他们的妻子更了解这些男人。

以下就是她对我所提出的最后要求：让那些偶尔跟她同床共枕的主顾们知道，他们的秘密是安全的。请他们喝一杯。她特别喜欢给别人买酒喝。她一生中最大的乐趣之一，就是请大家喝上一轮，然后再请喝下一轮。

所以，葬礼结束后，就由我去取她的骨灰。不久之后，一个可爱温馨的早晨，我把骨灰撒在了主海滩区[1]水域的吃水线那儿，这位置在冲浪天堂的郊区。我说了几句话；在场人员只有我、劳拉以及我的狗。

之后，我去了一间旅馆，那是她从事性工作时、名气十分响亮的几间旅馆当中的一间。正值中午，里面的酒吧里很安静，只有一个无聊的酒保，以及一桌穿着铁路工服的工人。我想知道他们当中有没有人认识朱迪，是她的客户还是酒友。他们会想念她吗？或者注意到她已经不在了吗？如果他们知道，他们会在乎吗？

按照朱迪的遗愿，我给他们买了一轮啤酒，走到

1　澳大利亚昆士兰黄金海岸市的一个沿海郊区。

了他们桌旁边。

“这瓶啤酒是朱迪·杰克逊提供的，”我向众人宣布，“现在她已经去世了，带走了你们所有的秘密。”

他们有点吃惊，但还是很感谢她提供了啤酒。“干杯！”他们说，向朱迪·杰克逊敬酒，她信守诺言，带着秘密离开了这个世界。

这一整件事都令我感到难过。有太多的人从来没有得到过好好生存的机会。他们被施暴者彻底摧毁，被煤气灯操纵[1]，人生的正常发展受到了阻碍。世界上还有数十亿这样的人，朱迪只是其中之一。他们中的大多数最终都结束在同一个地方，那显然不会是你想去的地方。

1 指煤气灯效应，指对受害者施加的情感虐待和操控，让受害者逐渐丧失自尊，产生自我怀疑，无法逃脱。

第十六章

Boggo Road

伯格路监狱

我曾经骑着一辆偷来的摩托车，躲过了警察的高速追捕，我曾经被职业拳手猛揍了一顿，但这与入狱的第一天相比，根本算不得什么。

我全部的感官都在加班加点地运行。我能听到、看到、闻到周遭的一切人和事。每个细节都非常清晰。与此同时，我不仅不能去直视任何人，也不能让任何人发现我的腿正在不受控制地颤抖。

当他们把我装进囚车里时，那一刻，超真实感[1]真正地显现出来了。我从骨子里都能感觉得到，这就是现实，我既不能逃跑，也不能躲藏，更无法脱离危险。我用来活命的所有招数——我的机智，我的速度——对被锁在囚车座位上的我而言，都没有任何用处。

车里还有其他八名犯人，年龄跟背景都不一样。其中三人是在出庭后返回监狱，其余都是像我这种刚

1　法国哲学家让·鲍德里亚将超真实感定义为一种无法区分现实和模拟现实的状态，类似电影《黑客帝国》中的现实概念。文中基本等同于“超现实感”。

刚被判了刑的新犯人。我是他们当中最年轻的。其中一位老前辈打量了我一下，然后向我们这些新来的人打了个招呼。

“你们知道在监狱里要怎么做才能赢得尊重，对吧？你得去找你能找到的块头最大的家伙。从第一天起就正式表明立场，发表谁都能听懂的宣言。”

另外两个犯人大笑起来，但他们都表示同意。我跟其他几个新来的犯人都吓坏了。我们在监狱里到底会遭遇什么？

卡车减速，停在了监狱门口。我们可以听到狱守在询问车上有多少名囚犯——他们的年龄、名字，诸如此类的细节。然后，外面传来了伯格路监狱大门打开时发出的那种刺耳的金属碰撞声。

伯格路监狱在澳大利亚全国都是臭名远扬。从 19 世纪 80 年代一直到 20 世纪 80 年代，这里都是布里斯班市的主要监狱，很不幸，我就是在这里服刑。那时，它因恶劣的生存条件、骚乱、绝食、迫害囚犯和暴力行为被人们所熟知。

这座监狱被分为初建于殖民时代的一区监狱，以及更现代但也同样残忍的二区监狱。如果你人在那里，就知道它们被称为一监狱和二监狱。这两个监狱的官方名称都是布里斯班监狱，但每个人都叫它“伯格”——囚犯、警察，甚至连管理这个地方的狱守都这样叫它，这些狱守被称为“螺丝钉”。

为什么他们被称为螺丝钉？这来自一则非常古老的俚语，是从这些狱守用螺丝钉把监狱操场钉死[1]的那个时候开始流传的。他们总是试图钉死我们这些囚犯，以这样或者那样的方式。

卡车开到操场里，停了下来。我们可以听到大门在我们身后再次关上时发出的声音，然后，卡车门被打开，我们这些囚犯一个接一个地走了下来。我们被要求沿着黄线站成一排——黄线就画在卡车开进来的断头路上——立正，听他们按名单清点人数。

一位狱守站在我们面前，拿着名单点名。当叫到你的名字时，你必须说“先生！”并且敬礼。在等待他喊我名字的时候，我右边的犯人——也是个新手——决定把自己在监狱里学到的第一条守则当作福音来无条件执行。于是，他就这么毫无征兆地出手，殴打了他能看到的块头最大的人。

不幸的是，这位块头最大的家伙并不是犯人，他

1　原文为 screw，与螺丝钉（screw）为同一个词，一语双关。

是一名狱守，大约有 6.5 英尺[1] 高，120 公斤重。不过，这一拳打得很地道，令那名高大的狱守一下子摔倒在了柏油路面上。

“螺丝钉”马上从四面八方跑过来，扑向那个出拳的人，用警棍死命打他。

我害怕自己会被卷入混战之中，便打算偷偷溜走，但我左边的囚犯突然抓住了我的手腕。

“别动。”他低声说道。

我听了他的话，我们都一动不动地站着，看着“螺丝钉”用木棍和靴子砸向那个躺在地上的家伙，直到他失去知觉。在他停止抽搐并被拖走之后，我们剩下的人都还站在原地，盯着地上的血迹，纳闷刚才究竟发生了些什么。

我转身去感谢我的新朋友，此刻，他正以十分严肃的态度注视着我。他告诉我，监狱是个很危险的地方，对一个年轻、稚嫩的孩子而言更是如此，他还警告我，在接受别人帮助时要非常小心——每次发生这种“好事”，实际上都要欠下必须偿还的人情债。

我点点头，告诉他，我会接受他的建议。

1　1 英尺约等于 30 厘米。——编者注

“真是个聪明的小男孩！”他笑了，“现在，把你的鞋脱下来给我。”

我惊呆了，低头看了看自己的脚。我穿着一双漂亮的沙滩鞋。我很喜欢这双鞋，但却从来没有想过会有人强行要将它从我脚上抢走，也从来没有想过别人会想要它。不过，此时此刻，在我看来，脱鞋已是必然，再也没有其他选择了。这家伙势在必得，肯定要把它从我脚上拿走，就算在这里的柏油沥青路面上洒更多的血，也不会带来任何正面效果。

就在我脱鞋子的时候，我还试图同他争辩。“你穿都不合脚的。我穿十一码，”我据理力争，“你看起来像是要穿十三码。”

他咧嘴一笑，告诉我，这不是给他的；他想把这双鞋送给一位女性朋友作为礼物。说完，他拿起我的鞋子朝他那边的操场走去，而我却在思考，在一处戒备森严的男子监狱里，他所说的“女性朋友”究竟是什么意思。

你是否曾经做过这样一类噩梦：开学或者开始新工作的第一天，你却发现自己忘记穿衣服了？这就是我赤脚站在伯格监狱灼热沥青上时的感觉，我完全不知道接下来的几个月时间，我到底应该如何熬过去。

当一名狱守开始询问我的名字和出生日期时，我感觉自己非常脆弱。在他给我的名字打了钩之后，便让我沿着黄线走去接待处。在那里，我接受了检查，脱光衣服，搜寻违禁品，然后被要求洗澡，穿上属于我的囚服。

我注意到，在发放囚服的柜台后面工作的都是囚犯，而不是狱守。实际上，狱友们在监狱里负责大部分基本的办公室工作。这帮人在这里所做的事情，官方的正式说法是确保我们穿着得体，而非官方的说法是——他们其实是专门来吓唬、恐吓我们这些新人们的。

当他们把囚服递过来时，会对着我们这些年轻漂亮的囚犯抛媚眼，吹口哨，让我们知道自己有多好看，将来会有多受欢迎。他们觉得这很有趣，甚至偶尔还会开怀大笑。

轮到我取衣服时，我直直地盯住他的眼睛，说了些看似轻松的玩笑话。他把我的囚服递过来，对我说："祝你在这里过得愉快。"就好像我是在办理酒店的入住手续一样。

我礼貌地谢过他，转身走进了更衣室，但他却突然叫住了我。

“你不穿鞋，走不了多远的。给你，这双鞋应该挺适合你。”

他扔给我一双新鞋。我不知道他为什么对我这么好。

***

送我们来监狱的那辆卡车，在早饭之后就开走了。在我们刚被分配到一处小操场和一排牢房后不久，就餐的警笛声就响了。犯人们全部被押往监狱主食堂。我们这些新来的人都站在那里，昂首挺胸，面无表情，尽量不跟任何人有眼神接触，但也尽量不让人觉得我们在害怕些什么。

我知道，我此刻所表现出来的肢体语言，自然而然地就会决定别人对我所持的看法。如果伯格路监狱中的恶霸和掠食者们察觉到了我的恐惧，那么在接下来的几个月里，我肯定会过得很不愉快。事实上，眼下的情况比我想的还要复杂，我害怕得都快要尿裤子了。

我无法控制地对面前这一排排的囚犯感到害怕。一间屋子里同时有这么多罪犯的场景，是会令人产生压倒性的恐惧的。我还记得，当时有种十分清晰的感觉——现场所有的目光都投向了我。事实上，这并非妄想症——他们确实都在盯着我看。事后看来，他们可能只是对将要跟他们一起生活的新囚犯感到好奇而已，因为监狱里也没有什么其他事情能够打发无聊。但显然，对我而言，我觉得那房间里的每个硬汉都在别有用心地打量着我。

我拿起一只托盘，战战兢兢地沿着服务台加入了队伍。当我打好饭，转身进入食堂时，我的手抖得厉害，甚至连餐具都因为抖动而在托盘上吱嘎作响。

接下来才是最可怕的时刻：找座位。

监狱里的人互相之间拉帮结派的情况十分严重，食堂里就像有一张看不见的图表，上面分布着各种各样的小团体和派系，以不同种族与不同信仰为分隔。比方说，每张桌子旁坐十个人，这十个人就是一个又一个不同的团体：这一桌可能全是越南人，另一桌可能都是太平洋岛民。这里是澳大利亚土著，那里是光头党暨白人至上主义者。除此之外，还有黑帮，其中还包括飞车党："猎人"和"叛军"[1]们正守卫着自己的桌子。

我必须得找个地方坐下。可是，我到底该怎么

1　一种桌面游戏，这里是指飞车党派系的名号。

选择才好。我没有加入任何帮派，而且我也完全不想加入。

我随便走到一张空了座位的桌子前。这里有两个大家伙——其中一个脸上有泪滴文身，另一个在光头上纹满了蜘蛛网。就在我要坐下时，泪滴大哥看似漫不经心地将自己的胳膊搭在空椅子的靠背上，同时一直盯着我，观察我的反应。

我明白，面对眼下这种情况，我的处理方式将会影响到我作为一名狱友带给大家的整体印象——这一刻的行动将决定我在接下来好几个月的监狱生活中会受到怎样的对待。

照我看来，目前有以下几种选择：第一种选择，是坦然接受对方的拒绝表态，离开这里，去寻找另一个空缺的位置。但如果真这样做的话，我就会表现出性格上的软弱一面，说明我的要求很轻易就可以拒绝掉，任何人都可以告知我该做什么、何时去做。这不是我想要的，尤其是在监狱里这种高压环境下。

第二种选择，直截了当地让泪滴大哥把自己的胳膊拿下来，这样我就可以坐在那把空椅子上了。但如果他明确表示拒绝，那么我要么跟他打一架，要么还是只能默默走开，一旦我不想打架，依旧会被视为软弱。

第三种选择，是将那张空着的椅子直接拉出来，不管那只椅子上是不是搭着手臂，赌赌运气。不过话说回来，我觉得这样做从长远来看，可能是有害无益的，因为其他囚犯可能会将它理解为欺凌行为，这可能会让我卷入到更多我根本不想参与的争执之中。

权衡再三，我还是采取了第三种选择。我拉出椅子，放下托盘，直接坐下来吃饭。

“你不能坐在这儿。”泪滴大哥瞪着我说道。

“放轻松点，”我瞪了回去，“我吃完就走。”泪滴大哥话不多说，伸手抓住了我的托盘，顺着桌子向自己的方向拉了过去。

这一刻的气氛非常紧张，我也赶紧抓住托盘，将它给拿了回来。这样反复了几次，最后托盘从桌子边缘掉了下去。你只有一次进餐机会，因此午餐就这样没有了。不过说实话，那天我因为焦虑，连续吐了很多次，所以本来也不需要吃东西了。

在刚开始的几天里，用餐时间都过得非常不舒服。第四天早上，我刚拿起早餐托盘，泪滴大哥就上来了，把它从我手里打了下来。

“那好吧，”我忍无可忍，摆出战斗的架势，“我们他妈的来打一架吧。”

泪滴大哥挥了挥手，让我平静下来，不要犯浑。他解释说，这其实是在帮我。我手里拿着的早餐里面全是碎玻璃，这是给另一个囚犯准备的。

早餐总是令人感觉恶心——要么是撒了豆子的吐司，要么是用粉末做成的炒鸡蛋——但厨房里的家伙们会更恶心，他们要么冲着食物手淫，要么在里面放上碎玻璃。如果你碰巧跟一个已经被标记为目标的囚犯一起吃早餐，你很有可能就会吃到专门为他准备的被污染的早餐。泪滴大哥并不喜欢我，但他也不想让我吃别人的玻璃。

自那以后，我再也没碰过炒蛋了——我早餐只吃吐司面包。总之，在我向那些当时站在一旁的监视者和潜在的鸡奸犯们证明，我绝对不会从打斗中退缩之后，每个人都相当尊重我，从此以后，他们再也不介意我坐在餐厅里的哪个空位置上了。

监狱里的规则和外面基本一样。不要碰别人的东西，尊重他人的空间和环境，除了你的直觉之外，不要以任何标准来评判他人。只要你遵从自己的直觉来行事，大多数时候，你就不会被置于一个让你感到害怕的情境当中，即使你只是坐下来吃午饭也一样。

***

监狱里最难的事情之一，就是要严格按照规章制度来作息。从小时候起，我就发现自己很难忍受安静，所以，整天坐在那里什么都不做，对我而言简直就是一种折磨。实话实说，有些囚犯确实满足于整天坐在那里盯着墙看，但他们并不是我，我需要做点什么，否则我真会发疯的。

过了一段时间，在我了解监狱的基本情况之后，我得到了一份“跑步者”的工作。这种工作只有在监狱里才有。基本上，就是一名囚犯被允许在监狱里自由走动，这样他们就可以给住在监狱里不同区域的犯人们传递各种消息。这份工作不仅需要“螺丝钉”的许可，还需要获得犯人之中头号人物的许可。因此，这可不是一份可以掉以轻心的工作。如果你搞砸了，将会受到来自法律和罪犯的双重惩罚。

作为一名“跑步者”，我能够在一监狱和二监狱之间自由移动，将消息传递给朋友、兄弟、帮派成员等等。人们会把消息写在一张小纸片上交给我，然后，我会把小纸片折叠起来，藏进自己嘴里。一旦我被哪个没被买通的狱守拦下并搜身，我就会把纸片直接吞下去。起初，信息来得又快又密。不过我从来没读过它们，觉得这不关我事。我只是很高兴自己能够有事情做。

这份工作让我能够在监狱里自由活动，也为我赢得了监狱里那些把握实权的掮客们的尊重。一旦“跑步者”获得了囚犯和狱守的信任，他的生活就会比一般的囚犯过得精彩得多。

况且这也是个宝贵的收入来源——监狱可不是个便宜的地方。行为良好的囚犯可以选择做些微不足道的工作，比如洗衣服之类的，但报酬少得可怜。讽刺的是，在这里，犯罪是使生活过得舒适起来的唯一途径。

一周中最忙的时候永远都是购买日，在这一天里，犯人可以从监狱商店里购买咖啡、茶、饼干、香烟和其他物品。你的家人跟朋友们会在你的商店账户里存一点钱。

我很快就了解到，如果你买了香烟，尤其是温菲尔德[1]或者万宝路的香烟，那对很多人而言就是黄金。在监狱里，我们可以用香烟来交换任何东西。

---

1 澳大利亚香烟品牌。

购买日也是大多数债务需要清偿的日子。对于那些人畜无害的目标而言，这是注定要被敲诈勒索的一天。我很快就学会了应该购买什么，何时购买，如何购买，以及如何不让别人知道我的财务状况。如果你有钱的消息传出去，那么马上就会有比你更厉害、更可怕的人物向你提出条件——向他们支付保护费，否则就等着被殴打、强奸以及再次殴打。

我个人的钱很少，但在监狱里工作赚的钱，足够买两周的茶或咖啡。我从来没有欠过任何人的债；因为我见过那些无法偿还债务者的下场。

当然，在我坐牢的那段时间里，我传递的“消息”通常不会是圣诞问候或者午餐邀请。运送违禁品占据了这份工作的很大一部分空间。

同一监狱里的人可能会走到我面前，突然把什么东西吐到我手里：“把这个交给二监狱的吉米。”

就这样，我得把它放进嘴里，如果我被抓住了，就把它给吞下去。

我小跑到另一边的操场上，吉米会在那儿等我——谁知道他是怎么知道要来找我的——我再把它吐到他手里。然后他会吞下去，过不多久，整个人都会变得兴奋异常。

这些东西一多半都是些药片，但还有一小半是液体状的危险品，装在那些很容易破掉的小包装里。致幻剂、可待因[1]、快速丸[2]，有时还有海洛因，以及各种疯狂的合成替代品。

有几次我被狱守拦下，被迫吞下了那些东西。但我没意识到的是，你吞下的东西都是要付钱的。

第一次时，我不得不去找雇我的人，告诉他，我被拦下了，他说："好吧，这是你欠我的，不是吗？"

"我该怎么付钱呢？"我抱怨道，"除了别人给的鞋，我他妈什么都没有。"

"那就把你的鞋给我。或者是一罐美禄。不管你有什么，你都得付账。"

"好吧，好吧。"

这意味着我不得不出去多跑几趟，来偿还上一次的债务。用赚到的钱，我慢慢地升级了：一包烟换一罐麦洛，然后是一本色情杂志，等等，直到我彻底融入这个复杂的监狱货币体系里。

这是幸运的，因为当我走进伯格路监狱时，身上其实已经背负了大量的债务。有一天，我在监狱里遇

1　一种镇痛止咳剂。

2　甲基安非他明，一种毒品。

到了我的老朋友马蒂，他是黄金海岸的毒贩，我撞坏了他的摩托车。他因为一些严重的暴力犯罪行为被送进了伯格路监狱。他见到我时一点也不开心，我用了些花言巧语，花了一大笔钱，才重新获得了他的青睐。作为一名消息传递者，肯定是有助于解决这类关系重塑问题的。

久而久之，我自然就成了那个“能够让大家得到快乐药品的家伙”，监狱里的几乎每名狱友都认识我。虽然我只是想低着头，保持低调，但似乎突然之间，所有人都在说:“嘿，这就是那个跑步者。你要去哪儿，小家伙？”

我会跟他打个招呼，但不会多说什么。我的腮帮子里塞满了该死的镇静剂之类的玩意儿，一路小跑着，正要去找某个家伙。

时不时地，我不得不吞下一则“消息”，然后整个人就开始变得高度兴奋。有一次，我在操场中间晕倒了，一名“螺丝钉”不得不将我从地上拖起来。

“这是怎么了？”他问道，“你在干什么？”

“就是……你知道的……享受。”我发出怪笑声。

“享受什么？”

“噢。没什么，你知……天气。”

“你他妈的可真是个疯子，”狱守摇了摇头，放我走了，“滚开。”

当然，狱守们实际上知道发生了什么事。否则你以为那些违禁品一开始是怎么流入监狱的？但你永远不会知道，哪些狱守参与了，哪些没有。因此，这是一份危险的工作。如果你带着一小袋毒品被错误的狱守抓住，那你的刑期就会一下子增加好几年。

但我还是很享受这份工作。因为这份工作只需要熟练运用好的口才就能做好；除了好口才之外，我显然也没有任何其他可以利用的资本。我当然可以去打架，但总有人比你更厉害，或者下手更脏。

总而言之，在监狱里做“跑步者”是份不错的工作，不过在我看来，却也太容易令人丧失理智。所以我最后决定要停下来。

我找到值班的监狱负责人，告诉他，我的“跑步者”生涯结束了，不过在此之后，我还必须得到监狱里的头号人物吉米的批准。吉米个头很高，肌肉发达，整个人却表现得很温和——那种温和让我知道，我正在跟一个真正危险的人打交道。当一个家伙不需要在监狱里表现得特别强硬时，你就知道他是你绝对不应该冒犯的人。

我走近吉米，告诉他，我跑步的日子结束了。他听了之后，想了想，建议我把这周干完。他的话很有说服力。我觉得再跑一周是个不错的主意。

***

监狱是个界限模糊的地方，你在里面待的时间越长，界限就越模糊。通过紧张局势、相互摩擦和来之不易的尊重，囚犯和狱守学会了合作。有时，“螺丝钉”和囚犯之间的区别也变得模糊起来。

囚犯组成了帮派，帮派中间形成了等级制度。久而久之，他们发展出了一整套错综复杂但又能够被社群广泛接受的、对待其他囚犯的行为守则，老前辈们能够熟练运用这套守则来维持和平，解决年轻冲动的狱友们之间产生的各种争端。

相对应的，狱守们中间也形成了自己的传统，和大家一致认同的行为守则。在其他任何一个世界里，这些守则都会被认为是完全不道德的——在任何一个他们几乎没有权力可以滥用的地方，他们的行为必定是非法的。

我知道有一名“螺丝钉”，他最喜欢看到的就是监狱暴乱，因为这给了他拿出自己霰弹枪的借口。有一次，我无意中听到他向另一名狱守解释说，能够冷血射杀暴徒的诀窍，是瞄准他脚的前面。这样一来，你就可以用霰弹枪子弹打烂暴乱者的腿，还可以有足够的理由声称，这一枪其实是为了示警。

请记住，监狱里充斥着违禁品：毒品、武器，在现代社会里，还会有手机。在伯格路这种安全级别最高的监狱里，每次探视都会受到严格监督，还能免费获得一次脱衣搜身的机会，如果没有得到狱守的允许，大量非法物品是不可能经由囚徒人群进入监狱的。狱守们赚取可观的利润来补充他们的工资，而囚犯们也能得到他们想要的东西。一名囚犯的影响力越大，他们就能安排越多的物资偷运进监狱。

我碰巧和街头艺术家韦恩·“好马”·瑞安同住在伯格路监狱。瑞安因为持枪抢劫银行被判了十一年。他之所以能赢得“好马”的绰号，是因为他完成了一次“赛跑”，在去年成功地从伯格路监狱逃走了。现在他回到了监狱，但他的恶名使他成了监狱里的名人，不止一名“螺丝钉”跟他有关系。

有一天，我在监狱的健身房里锻炼。有个我很熟悉的囚犯走了过来，他是个叫伊万的新西兰人，我偶尔会跟他一起锻炼。

“兄弟。你有两个选择。你可以马上躲远点，不要停下来，不要回头看，你也可以直接躺到地板上，别碍事。”

“伙计，”我说，“你他妈的到底在说什么？”

他握了握我的手，说他一直很喜欢我，让我多保重。说罢，他就朝着体育馆附近的监狱洗衣房那边走了。

我很困惑，不知道他到底在说些什么。环顾体育馆四周，似乎并没有发生什么不寻常的事情。我把脑袋探出门外，外面的一切就跟往常一样——洗衣店的卡车上装满了待运走的脏床单和制服，几个囚犯在球场上锻炼。

于是我也继续锻炼，确信我的这位新西兰朋友终于在监狱生活的压力下彻底崩溃了，开始胡说八道了。哪曾想到，就在几秒钟过后，我躺在了地板上，双手捂着头。枪声开始在监狱中回荡。

警报响了起来，我听到了走廊里的喊叫声，接着是狱守冲进洗衣房时，他们脚上所穿的靴子发出的低沉轰响。接下来，我听到了洗衣店卡车启动的轰鸣声，几秒钟后，传来了可怕的金属碰撞声。我站了起来；我们这些在体育馆里的人统统瞪大了眼睛。到底是怎么回事?

我走出去看了看，但有个拿着塑料防暴盾牌和手枪的狱守突然走了进来，命令我们所有人躺回到地板上。

我们乖乖躺下，在狱守身下等着，直到枪声完全停止，最后警报声也停止了。

这时，有个在厨房工作的犯人探头进来看了看，我赶紧问他外面发生了什么事。

"'好马'跑了。"他笑着说。

原来韦恩·瑞安和其他七名囚犯用手枪劫持了洗衣店的卡车，然后用它作为攻城锤，撞开了监狱大门。这是第二天各大报纸的头条新闻，对监狱方面而言是极大的挑衅。

越狱发生后，所有囚犯都被关在自己的牢房里，我们中的许多人被带进审讯室，询问我们对越狱计划是否知情。我个人认为，最后肯定没办法查清任何真相。能够把枪弄进来，只能说明一件事：这是内鬼干的。有至少一名狱守帮助了他们。据我们当中少数几个据说知道内情的人所知，那个强烈要求彻查韦恩·瑞安从哪里弄到这把枪的狱守，其实就是给他带来这把枪的同伙。

每个人都有自己的报价，事实上，大多数"螺丝钉"开价都很低廉。给合适的狱守支付适当的金钱，他们几乎可以对任何事情视而不见。大多数人都非常乐意在恰当的时候离开，尤其是在囚犯之间需要算算总账的时候。

***

暴力是监狱生活的很大一部分内容。狱守们哪怕受到最轻微的挑衅都会痛打囚犯，以此来传达“必须尊重他们手头所掌握的权力”这则讯息。其他犯人会用拳头、刀子和其他简易武器对你穷追猛打，而这些简易武器往往最为令人恐惧，你不知道是该害怕，还是该为他们的聪明想法所折服。

一把简单的牙刷用在正确的人手中，可能会是致命的——囚犯可能会花上无数个小时，在水泥地板上摩擦牙刷柄，把它磨成一把小刀。用一次性剃须刀的刀片和一些胶带，你可以做一柄小斧头，刚好足够大，你在院子里经过某人时，可以悄悄地割开他的喉咙。

监狱让我见识到了一些最难以想象的暴力行为。有些甚至不需要施暴者直接对受害者下手。除了把碎玻璃——来自水杯底部——混到别人的炒鸡蛋里之外，他们还会把它们塞进受害者的牙膏里。他们把剃须刀片藏在肥皂块里，你完全不会注意到刀片，直到你开始用那块肥皂擦洗皮肤。

这些举措特别适合用来针对那些因为对儿童犯下恶劣罪行而被关进来的囚犯。被称为“岩石蜘蛛[1]”的恋童癖犯人受到其他几乎所有人的强烈排斥。“岩石蜘蛛”是监狱里等级最低的人。

有一天，外面风雨交加，我在购物柜台前等待服务时，注意到有一组八名囚犯，正由同样数量的狱守押送着，从监狱的一个地方转移到另一个地方。我心想，这种待遇，意味着那帮家伙肯定特别危险，我应该避开他们，怎料突然之间，监狱里发生了骚乱。公共区域的所有囚犯都站了起来，大声辱骂并恐吓这批正在转移的囚犯，狱守则在他们周围圈起了一道护墙。

我问排在我前面的人发生了什么事。“岩石蜘蛛。”他吐了一口唾沫。“地球上的败类。恋童癖。”

***

我瞬间感到极端愤怒。那时候，我很难控制住自己对恋童癖的怨愤。果不其然，这些都是被认为有安全风险的囚犯——换句话说，他们在一般的监狱人群

1　澳大利亚俚语，指恋童癖。

中时刻都会处于危险状态。恋童癖和腐败警察，这两者经常会成为监狱里治安维护者们的目标。

有人甚至可以同时是这两者。

大卫·摩尔，“戴夫警官[1]”是 20 世纪 80 年代布里斯班警察局公共关系部门的一名警官。他经常会出现在《超级星期六》[2] 和《袋熊》[3] 等广受欢迎的儿童电视节目里，我还记得他跟木偶阿格罗一起出场，警告孩子们提防陌生人危险。后来，他所犯下的儿童色情相关罪行被曝光，并且因为跟一名十六岁男孩发生性关系被捕，并被判入狱。

无巧不成书，在操场对面偶然看到戴夫警官的几天之后，我就跟他共处一室了。

因为我只有十七岁，所以被关在二监狱中，这里是监狱里戒备更为森严的区域——受保护的囚犯也被关在同一区域。

我被叫到接待处，在那里，他们命令我先坐下来，等待一会儿叫我的名字。我旁边坐着另一名囚犯。他

---

1 第二章中曾提到过。

2 *Super Saturday*，澳大利亚一档儿童电视节目。

3 *Wombat*，澳大利亚一档儿童电视节目，由布里斯班 BTQ 第七频道在 1979 年至 1990 年期间制作。

什么也没做，只是呆呆地望着天空，一脸茫然。突然之间，他用一种完全没有看我的方式，低声讲起话来。

“伙计。嘿，就是你。你知道坐在那边的那个是谁吗？”

“不知道，我才不在乎呢。”

“他就是那个恋童癖。你知道那档儿童节目吧。他就是里面那个跟孩子们玩耍的警察。”

我立刻明白发生了什么。有人安排我接近戴夫警官，这样我就能狠狠揍他了。这种事在伯格路监狱里经常发生。就像我之前所说的，狱守是可以被贿赂——或者说得体面点——是可以去“请求协助”的，只要提前跟狱守说好，就能让一名囚犯得到机会，尽情去殴打另一名囚犯。因为我刚好住在监狱的同一区域，也因为我毫不掩饰自己对恋童癖的强烈仇恨，所以我被安排来“照顾”这个人。

当监狱里较高级别的老大想要让你痛打某人时，通常会有一些奖励——现金、毒品，甚至只不过是商店里的普通玩意儿。我就见过有人因为区区一罐美禄而被揍成肉酱。事情就是这样。

如果你拒绝痛打别人，也是会有后果的。我认识一个硬汉，他拒绝接受监狱里的安排，不肯打人，结果他因为自己的和平主义态度遭受毒打，还被轮奸了。

但实话告诉你，我甚至愿意免费去暴打这个该死的恋童癖警察。他出现在电视上，警告孩子们不要跟陌生人说话，与此同时，他自己却在猥亵他们。

我看了看坐在我身边的这名囚犯。他微笑着向我点了点头。情况很奇怪，仿佛那个微笑是驱使我行动的动力似的。如果他没有微笑，那我什么都不会做。

我冲了上去，戴夫警官被我一肘击中头部，摔倒在地。在“螺丝钉”赶来时，我只来得及再打出一拳，但是，请相信我，这一拳打得相当不错。当狱守把我拖走时，那个给我指出戴夫警官的囚犯笑了。

“兄弟！你现在在乎了,对吧！”他冲着我大声喊道。

他的大笑声一直在接待处回荡，一直到我被拖进“螺丝钉”带我去的那个房间里时都还能听得到。他们把我打了个半死。他们用警棍重重地殴打我的腿，把我打得浑身是血，遍体鳞伤。

不过，“螺丝钉”们打人很有经验，不至于弄断任何骨头；因为他们需要我足够健康，来应付接下来即将发生的事情。打完之后，他们把我从操场拖出来，进行单独监禁。

第十七章

❧

H. M. C.[1]

1 The Hunters Motorcycle Club（猎人摩托车俱乐部）的首字母缩写。第十六章中曾经提到过，是飞车党派系的名号。

2018 年底，我接到新南威尔士州北部一位女士的电话。她说，自己是一位生命即将走到尽头的老绅士的看护人，她从克里斯汀葬礼上的一位哀悼者那里听说了关于我的事，那一次，我替克里斯汀坦白了她对自己最好朋友的爱意。

打电话给我的这位女士说，她有个病人，罗德，已经病了很长时间了。他很痛苦，但在她把我的事告诉罗德之后，他高兴极了。她在电话里跟我说，罗德此生有一些遗憾，包括一两件他一直都想要纠正的大事，但现在他的生命已经快要结束了。

“好吧，”我回应道，“我可以帮忙。”我询问那位老绅士想在哪里见我，看护人详细说明了情况。

“那个……”她问我，“你了解飞车党吗？”

***

猎人摩托车俱乐部，这是一个有着半个多世纪历史的、作风相当老派的摩托车俱乐部，从来没有在政府部门正式登记过。他们有多达两千名硬核成员，在澳大利亚各地都有区域分会。就算你对这些猎人们并不熟悉，很可能也曾在新闻中见到过他们的身影，电视屏幕上，他们会在机场里打架，或者因为毒品、暴力袭击以及持有武器的指控，在律师的陪同下走进法庭里。

猎人们很少跟媒体打交道，当他们公开发声时，会坚称自己只是一群喜欢大型摩托车的大家伙，经常一起出去玩，享受生活中美好的事物。

警察可不这么看。几十年来，他们一直在追捕猎人们，声称他们是一个复杂且有组织的犯罪团伙，背后有各种肮脏的非法企业。尤其是黄金海岸分会，长期以来一直是重要的执法目标。

在过去几十年里，为了关闭俱乐部，澳大利亚各地政府推行了一系列狡猾的法律。其中最极端的是昆士兰州，2016 年，被称为“摩托车禁令”的法律出台，使那里成为世界上第一个摩托车司法管辖区——禁止公开展示摩托车俱乐部的旗帜，限制骑摩托车的人外出聚会，禁止俱乐部成员开设某些类型的企业，并对与骑摩托车有关的犯罪判处强制性监禁。

当这些法律在昆士兰州生效时，大批帮派成员不得不离开这个州。这其中就包括我的新委托人罗德，他是猎人俱乐部黄金海岸分会的一名正式宣誓成员，身穿迷彩衣，胯下骑着大型哈雷摩托。

如今，罗德已被驱逐到一座小镇上，他一生中最美好的时光就在他的后视镜里。过不了多久，他就要被迫离开他的猎人兄弟们，前往天堂了，他曾发誓要对这帮兄弟们终生效忠。

我开着车，前往新南威尔士州——距离我在黄金海岸的住处不到一个小时的路程，但我却正在跨越一条罗德无法跨越的无形之线。

当我抵达他们给我的地址时，我脚下的路已经由混凝土变成了砾石，变成了灰土。一条老旧的土路通向一块私人用地。这地方没什么闪亮崭新的东西；只有一间旧棚屋，两辆大篷车，周围摆了些露营椅和火炉，这些设施让你知道，这是一处为那些不适应正常社会生活的人们专门准备的家，他们因为这样那样的理由，无法适应社会。

棚屋——由大块防水板和大块铁板拼凑而成——外面有条门廊，门廊上坐着个大胖子。他看见我，向我招手，于是我便把车停好，走到土路上跟他打了个招呼。当我走近时，他没有站起来，但他挥手让我更靠近些，好让我能够听清楚他讲话。

“我抽到了达乔·艾珍[1]，”他对我说，几乎就是在耳语，“这可不怎么好。”

达乔·艾珍。大奖·癌症。没错了，我想。

近距离打量罗德，这是个令人望而生畏的家伙，一位真正的摩托车骑手，密密麻麻的文身在他手臂上蜿蜒盘旋，从衬衫下面一路攀到他脖子上。每根手指都戴着厚实的银戒指，脖子上挂着条粗粗大大的项链，指关节上有伤疤。以任何标准来衡量，他的身型都极为庞大，我本以为他会发出洪亮的声音，但他的声音竟如此轻柔，不仔细听的话，根本就听不清楚他到底在说些什么，因此，我不得不让他多重复几遍，凑过去俯身倾听他的故事。

他告诉我，他快死了。估计要不了多少时间了；他做了化疗，放疗，尝试了所有可行的治疗方法，但这一切只会让他的病情变得更加严重。过去两年里，他病得很厉害。现在他已经准备好要离开这个世界了。

当你病得极其严重时，你唯一想做的其实就是离开。你想摆脱痛苦，摆脱挫败感。你不想成为爱你的

1 原文为 I' ve got Jack Dancer，此处罗德将“癌症（Cancer）”说成了“舞者（Dancer）”，原话的意思是“我抽到了大奖，癌症。”

人的负担。罗德此生最大的遗憾之一就是——假如他在知道自己身患绝症之后，什么都不做，只是去尝试跟疾病一起生活的话，那他人生的最后几年时光肯定能够过得更快乐些。

这时候，他的专属护士，也就是那位打电话叫我过来的女士，从小屋里走了出来，向我做了自我介绍。她非常可爱；是你能够在新南威尔士州的边境地区找到的那些年轻人当中的一个。完完全全的嬉皮士，喜欢生活在黄土地上，远离城市的喧嚣，跟蝴蝶和蜜蜂一起玩耍。现在，在罗德最后的日子里，由她来尽职尽责地照顾他。

我们聊天时，她给我们每人倒了茶。等我们准备就绪，罗德开始谈正事。

他告诉我，他想跟他的哈雷摩托车葬在一起，他想雇个值得他信任的人来确保这件事一定能办到。我向他保证，这件事我可以做到。然后我问他，还有什么需要做的。

“那个——”他说，“我是同性恋[1]。你可能相信，也可能不相信。我真的不在乎。我才不管你怎么想。

1 不少飞车党派系是持极端保守主义立场的，严格禁止成员中出现同性恋行为。

我只想知道，在这件事上，我死之后，你能为我做些什么。”

他想让我打断他的葬礼，让他的朋友和同事知道他是同性恋。他其实是双性恋，多年以来，他跟很多女人调过情，但成年之后，他更倾向于喜欢男人。

不管怎么说，在他生命的最后几年里，他跟另外一个男人有过一段极其炽烈、爱意满满的稳定关系，但他一直没办法将此事告知摩托车俱乐部里的兄弟们。所以，以下就是他所提出的重点要求：我要闯入这样一场葬礼，这场葬礼的来宾席上坐满了全副武装又满怀悲伤的摩托车骑手，我要打断这场葬礼，站在他们中间，告诉他们，眼前即将入土为安的那家伙，他其实是个一辈子都没出过柜的同性恋。

“好的，伙计，”我说，“没问题，我能办得到。”

我告诉他要花多少钱，也告诉他我不愿意做什么——因为他有一长串的要求、一大堆的牢骚和抱怨。他希望自己所提出的要求每个都能顺利达成。比方说，他想解决掉一个敌对帮派的车手。再比方说，有个过去曾经偷过他摩托车零部件的分会成员，他想让我去跟他对质。

我拒绝了他。我耐心跟他解释，说我有自己的规矩。基本上而言，我会用心帮助他完成自己故事的最后一章。但如果要我在葬礼上大张旗鼓地去解决那些乱七八糟的事情，为过去的恩怨挑起一系列新的争吵，那我就只会让自己变成一个人见人厌的讨厌鬼——我会变成那种一开始就惹出大麻烦的傻瓜蛋。

罗德吃了一惊。“你他妈的是什么意思？”他问道，“这可是我的葬礼，你不能在我自己的葬礼上告诉我该做什么和不该做什么。”

“我当然可以。办事的人是我。我才是遗愿告白师，而你是埋在土里的那个。如果你不喜欢我的规矩，我们就不必合作。”

我站起来要走，他笑了。发出气喘吁吁、断断续续的轻笑。

他说：“好吧，噢，不，不。这很好。坐下来吧。”

这只是谈判的一部分。跟任何一个强硬的人打交道都是一样的——在一开始时总会有些玩笑话，有些考验你真实性格的交流过程。彼此之间首先必须相互信任，然后才能互相尊重。

罗德不想聘请一个软弱到无法兑现承诺的男人，所以，刚才那一点点挑衅只是种考验而已。他想看看我是否有胆量去执行他真正想做的事。

我很清楚，要不是因为现在命悬一线，罗德早就自己动手了。我能看出这家伙在属于他的那个年代里肯定经历过一些疯狂的事情，在他飞车党生涯的黄金年代，显然也参加过一些暴力活动。从体型上看，他跟你想象中那些飞车党暴徒完全一样，与此同时，他身上也有许多我未曾预料到的地方：他阅历丰富，受过良好教育，游历甚广。

如果说监狱是一个地下世界的话，罗德则是另一个地下世界当中的一员，那里有着完全不同的准则。那里的一切都是由不成文的规矩限定死了的。那天我们聊到的很多事情，我其实并不怎么了解——分会、兄弟、摩托规则，方方面面——不过话说回来，我多少也了解一点。还记得当时我不小心说漏了一点我自己知道的、关于猎人们的消息，罗德马上就抓住了这点。

“你是怎么知道的？”

“噢，我在伯格路监狱遇到过几个猎人。我在那里待过一段时间。”

“胡说八道。”

“我与查理·梅因，还有可可一起待过一段时间。”

“没听说过。他们是谁？”

“查理·梅因是伯格路监狱的首席猎人。可可是叛军的摩托车骑手。”

“你经常见他们吗？”

“不。好多年没见过了。”

“你知道他们死了吗？”转眼之间，他就卸下了自己假装不认识他们的伪装，“这两人十年前都死于车祸。”

我摇了摇头。“我只是从伯格路那里知道他们的。”

“噢，是吗？你当时是哪个操场里的？”

“H院。我当时只是个孩子，所以在那个受保护囚犯专属的场子里。”

“一监狱还是二监狱？”

“二监狱。”

“噢，好的。那里的淋浴怎么样？”

这是个刁钻的问题。二监狱是监狱殖民时期建筑的一部分。基本上像是史前建筑。它没有正常的自来水，就像它没有一个推着饮料车的服务员一样。

罗德正在运用我自己在侦探工作中经常运用的策略。当我询问别人时，如果我觉得他们有问题，我就会问一些根本不存在的人或事。比方说，我会问问戴夫·罗素的事儿，但戴夫·罗素其实只是我瞎编出来的一个名字，但如果对方开始说戴夫·罗素有多厉害，我就知道都是在胡说。我会让他们继续说下去，但是，自那时起，我就知道他们不能够信任了。

在那种情况下，我会选择离开，并且拒绝接受委托。我猜罗德也在做类似的事。

“没有，”我告诉他，“二监狱里没有自来水。那是个肮脏透顶的糟糕地方。”

“该死！你真的在那里！”

“是啊，我他妈告诉过你的。”

我现在很不耐烦。我是去帮罗德处理事务的，不是来跟他讲我的故事的。相信我，根本没有多少关于伯格路的回忆是值得去记住的。

罗德跟我只聊了四十五分钟，最后我们当场达成了协议。他叫来了他的护士，她拿了一台笔记本出来——我们就在那里现场拟好了协议书。然后，他走了进去，从他的动作来看，显然非常痛苦。等他出来的时候，将一万块澳元放在了我的手里，现金支付。

我开始数钱，他的眼睛都快掉出来了。

“认真的吗？该死的誓言——人与人之间的信任都在哪儿？”

“伙计，我不相信任何人。”

“那我要怎么才能相信你？”

“我才不管你信不信我。我要么做，要么不做。如果我食言了，那么我们就会落得同样的下场。”如果真有死后的世界存在，我最不想要的就是听到门口有动静时，兴冲冲地跑过去，结果却发现一位带着铁链、脾气暴躁的大块头幽灵摩托车手正在那儿等着我。

“兴许你是对的，”他说，“如果我当初对人类能够少点信任，就不会把自己生命中最后的一段时间，浪费在这些只会令我病情加重的无用治疗上了。”

“好吧，活到老学到老。”我开了个玩笑。

“不会是我。我死定了，不会继续学习了。”

“呃，随你便。”

我们握了握手，事情就算是办好了。

开车回去的路上，我把这捆钱随手放在了我旁边的副驾驶座上。一万澳元，就在我手边。

一找到机会，我就把钱直接存进了银行里，并且通知了我的会计。我不想知道罗德的钱具体是从哪儿来的，但我需要书面记录，这样就能确保我这边的一切都是光明正大的。把钱装进口袋里总是很容易的，可是对我而言，重要的是这一切在道德和法律上都是堂堂正正的。一位将死之人信任我，所以我不能搞砸任何事情，这很重要。

现在唯一要做的就是实现我委托人的愿望了，而且还要小心注意，不要被一群对挚友秘密生活感到失望的、悲痛的摩托车骑手们给当场解决掉。

***

在我们见面后不久，罗德就去世了，虽然我们之后又通过几次电话，但我再也没见过他。

葬礼其实挺有意思的。当然，确实有点吓人，不过对我而言最糟糕的事情无非也就是打架斗殴罢了，况且我还一直都很享受打架。

我最关心的依旧是葬礼时应该穿什么。自我第一次做遗愿告白师以来，都会选择穿些舒适自然的衣服，但在一个大多数哀悼者都披挂俱乐部旗帜、身穿皮革马甲的摩托车骑手葬礼上，着装方面是否应该满足什么特殊要求呢？

最后，我觉得我的常规制服就可以了：西装加马甲，但不穿西服外套，也不打领带。这是非常体面的服装，我想，既然所有摩托车手都会穿马甲，我当然也要融入其中，虽然我穿的是漂亮的定制西装马甲，而不是皮革马甲。另外，如果事情真搞砸了，这也是一套很容易打出重拳的轻便服装。

当我在葬礼现场现身时，确实显得比其他哀悼者们要突兀。人们普遍对我的到来感到些许困惑。这家伙是谁？当他们问到我是谁时，我却含糊其词，只是咕哝了几句，什么罗德老同事之类的套话。这倒也没错——他的钱在我银行账户里，无论什么时候都非常安全。

仪式在墓地上举行，坟墓边上属于直系亲属的位置那儿摆了椅子，但却没有任何人坐在那里——除了一束束鲜花，座位上空无一人。周围有几个女朋友，不是一两个，而是一大群，罗德在人生当中的某几个阶段跟她们交往过。

我不知道罗德的家庭故事是怎样的，为什么那些椅子是空的，不过我猜，罗德真正的家人，始终都是他在猎人俱乐部里的兄弟们。他所在分会的全部成员都来了，也有其他分会的人专门过来悼念他。

这些非法的摩托车俱乐部，有各种复杂的规矩——如何正确且有礼貌地佩戴徽章，在其他分会前应该采取怎样的行为举止才足够体面。他们有各自的级别，各自的正式头衔，比如纠察长等等。我坐在那里，手足无措，如履薄冰，完全无法融入整体环境之中。

一直等到仪式正式开始，我才站起身来，缓缓地走到人群最前面，做了自我介绍。

“对不起。我叫比尔·埃德加，是一名遗愿告白师。你们即将听到的消息，来自你们的朋友与同志，罗德，他让我替他读这封信。”

我将手伸进马甲口袋里，取出罗德给我的信。

“嗨，傻瓜们。我死了，你们竟然还在这里。好好享受自己剩下来的时间吧。死亡可真是一场该死的、可怕的冒险。我只能选择接受，说实话，我现在也没得选了，不是吗？”

“我死了，不过还有些事要告诉你们。正如你们当中一些人的内心深处可能知道或者怀疑的那样：我是双性恋。我爱上了一个男人，那男人现在就站在你们当中。”

我抬头一看——眼前发生了一阵骚动。来宾们当中有些人显得很震惊，有些人则看起来不太高兴。

没有别的路，只能向前，于是，我继续读了下去。

“我知道你们都在四处张望，想弄清楚他到底是谁。不过，除非他亲口告诉你们，否则你们永远都不可能知道。但我现在想让他知道，我全心全意地爱他。不，不是大卫——他现在可能就站在后面，脸上带着笑，欣赏你们那副可笑的模样。不是大卫，你们可以停下了，别看大卫了。”

“滚开，白痴，”有个看起来很硬汉的家伙冲着我吼道，“你他妈是谁，竟敢到这里来说这种废话？”

好在这时有另一位摩托车手走上前来。“不，听着。这是罗德的要求。听听他想说些什么。这听起来很像是他会干的事。是他叫这家伙来的——他就是这么说的。”

我的心情发生了些许变化。如果说一秒钟前，我还觉得有点吓人的话，那么现在一下子就变得很放松了。除了这个人之外，其余的哀悼者都非常投入，当我朗读这封信的剩余部分时，他们的反应一直都很正面。

“那些关心我的人，我爱你们。那些没有关心我的人，我们地狱见。是时候去拜访过去的家人和朋友们了，大家好好生活，安全骑行，做真实的自己。在有些事情上我不太真实，但我就是这样的人，我喜欢这样。记住我，记住，大家都要无怨无悔地活。”

就是这样。罗德在他死后获得了最后一次欢呼。他的消息有着重要的意义——对他而言，终于能够坦然面对真实的自己，对哀悼者们而言也是一样。我们都知道，生命不长久。罗德说得很对，那个脾气暴躁的混蛋，他真是太对了。

在葬礼的最后，依照罗德的要求，我们将他跟他的摩托车——那辆漂亮的 1.2 升排量哈雷戴维森“胖男孩”摩托车一起埋葬了。严格来讲，在昆士兰州掩埋车辆是违法的，因为车里的机油、汽油和化学物质会污染地下水。但我做出了承诺，所以摩托车就应该被埋在地下。

在葬礼之前，我找到了那些负责填土的人，付给他们几百澳元，让他们在葬礼结束之前都不要出现。其中一位白发苍苍的老人告诉我，这不是他第一次这么做了。

猎人们帮我把摩托车推进墓穴里，在接下来的时间里，它将一直放在棺材上。然后，每位骑手开始轮流往墓穴里铲土，每个人都干得很起劲。进展如此之快，乃至于当负责填土的那帮人再次出现时，工作已经完成了。罗德跟他的摩托车一起下葬了。办完事之后，我就离开了那里。

***

一周后，罗德的爱人打电话给我。他说，自己是通过我所开展的另一项业务“摆脱收债人”找到我的，很感谢我没有在葬礼上揭露他的身份。总体而言，他认为这场葬礼仪式很美好，很有趣，也很感人。

他说，当他临终时，大概也会做同样的事情。我们聊了一会儿，然后，他开始变得非常情绪化。失去罗德让他觉得很难接受，他仍然无法相信，他们在一起那么多年，竟然能够一直对身边最亲近的人们保守他们俩互相深爱的秘密。

他说，我做得很好，真的。“可是，不得不说，现在已经是 2018 年了。你敢相信吗？我们竟然还得生活在对出柜的恐惧之中。”

他告诉我，他一直都想出柜，公开自己跟罗德一起的生活，但他们一直没能找到合适的办法。正因为此，他们俩一直无法在公开场合成双入对，对此他真的感到很难过。据他所说，罗德的生活方式跟他骑摩托车的风格一样，完全不会有任何恐惧，从来不曾在任何事情上退缩——除了这件事以外。

当这个可怜家伙在电话里对我哭诉时，他真正想控诉的其实是当今主流社会无法真正包容同性恋现象这一客观事实。但他同时也感到很欣慰，因为至少罗德在自己死后，敢于向全世界展示这一面。

挂断电话，我坐在那里思考了一会儿。可悲可叹，就跟那部电影一样，《断背山》，不过具体到这件事情上，恐怕应该叫《断背骑手》——我猜《断背黄金海岸》可能更好。我为罗德的经历感到难过，这是肯定的，也为他的爱人难过，但同时也为其他所有未曾出柜的男人们感到难过，因为他们实在太害怕自己出柜之后，周围的人会做出什么反应。

我认识很多这样的人，无论是在平时交往上，还是在我的侦探工作中。那些永远保持低调的同性恋们，甚至为了掩饰自己的真实性向而假结婚。这就开启了一个背叛循环，不仅对他们娶的女人撒下弥天大谎，也对他们自己撒谎。

每个人都有自己的秘密。大多数人都会随着自己的秘密一同被埋葬。现在回想起来，我很高兴罗德能够跟大家分享这个秘密，让他可以带着帮派兄弟们最好的祝愿一同入土，当然，同时入土的还有那辆极为漂亮的哈雷摩托车。

第十八章

Run For Your Life

为你的生活奔波吧

关单人禁闭可不是件好事。他们将这里称为“洞窟”是有原因的。

被单独锁在一个小房间里，无事可做，也没有人可以交谈，没有任何形式的人际交往，这是种很特别的心理折磨。人类是群居动物——我们生来就不是这样过生活的。意志最坚定的人可能可以坚持几天，最多一周也没问题，但如果时间再久一些，他们就会开始崩溃。

跟自己的思想独处那么久可不是什么好事。尤其是当你跟我一样，有许多困难的事情要考虑的时候，就更是如此了。

在我被单独关押的那段时间里，有个叫帕蒂·奥康纳的狱守头儿来找过我。这个人简直就是监狱机构的化身——说话带有浓重的爱尔兰口音，身材非常高大，是个冷酷无情的大“螺丝钉”。他从我所在的牢房旁边拉过一把椅子，坐了下来。我看见，在他的膝盖上放着一张叠得整整齐齐的纸。

“我认识你父亲，比利，”他告诉我，“我很了解他。是真的非常了解。”

说罢，他把那张叠起来的纸递给了我。我将它展开：在一张黑白照片上，有一张跟我十分相似的脸正在盯着我。这是我有生以来第一次看到爸爸的照片。

我知道爸爸曾经进过监狱，但并不知道他还来过伯格路监狱。那时候，我对他一无所知。我只知道在我还是个婴儿的时候，他就不常在家，只是偶尔才会回家住一住。最后一次离开是在我三岁的时候。

妈妈总是告诉我他已经死了。她恨他，也恨我，因为我有着他的名字。随着我慢慢长大，长得越来越像他之后，她也越来越讨厌我。所以，跟妈妈聊关于爸爸的事情，从来都不会有什么美好的回忆，我很快就忘记了跟爸爸相关的一切。

此刻，看着眼前的照片，我意识到自己曾经见过他，那还是在很久以前。有一天，是在上小学的时候，有个男人突然出现了，就在学校门口来来回回晃悠，看着我玩耍。那天下午，我正走在回家路上，他把我叫了过去，单膝跪下，仔细看了看我的脸，然后拍了拍我的头。

“你要为你妈妈着想，做个好孩子。”他讲完这句话就离开了。那就是我的爸爸。他那时一定是快要进监狱了，而且他肯定想着再也见不到我了。

要不是帕蒂·奥康纳给我带来了这张照片，我可能一辈子都不知道他长什么样。

我们聊了好一会儿，帕蒂给我讲了关于我父亲的一切。他是出了名的硬汉，刚开始时是国王十字街夜总会的保镖，后来成了一名拳击手。他被称为“爱尔兰人”，是个著名的左撇子拳手——因为他能在用右手在上方快速出拳的同时，还能依靠左手的力量在下方大力出击。

以职业拳击手为起点，他很快就作为各个工会的谈判监督人[1]崭露头角，然后又开始为遍布澳大利亚的各种有组织犯罪行动卖力，接下来，他成了一名职业杀手。再然后，在黄金海岸啤酒花园发生一起恶性事件后，他背上了敲诈勒索和严重殴打他人的罪名，最终将他送进了伯格路监狱。

在这里，他是最可怕的人之一。帕蒂告诉我，他会负责管理他那一方的监狱，为爱尔兰派系维持秩序，

1　原文为 standover man，其中的 standover 为澳大利亚俚语，“恐吓”之意。“谈判监督人”意为工会谈判时站在工会代表身后吓阻对方的角色，必要时要出手打人。

确保每件事都能够公平进行，没有人会不按规则办事。弱者得到了保护，那些最令人讨厌的事情也能够处理得当。

依照帕蒂的说法，他简直就是个监狱传奇。

“那是你老爸的牢房，就在那边，2202号。”他指了指走廊对面的另一间牢房，跟我被关的这间一模一样。

“你父亲是位真正的绅士。他尽职尽责地维护着这里的秩序，”他说，“帮我个忙怎么样，比利？”

“要我干什么？”

“以后不要落得跟他一样的下场。”

说罢，他站起身来，离开了这里，将那张照片留给了我。

我感到羞愧。我知道他们总是说，有其父必有其子，但我衷心希望我能离下一间该死的牢房远一点。如果这就是我所树立的榜样，我还能指望我儿子在生活中走多远？

***

我被关押在伯格路监狱的那段时期里，劳拉总是会来看我，通常她还会带着我们的儿子。下次见到她时，我会告诉她，不要再带他来了。我不想让他靠近这里。

如果三代埃德加家族的人都被关进同一个监狱，我会对此感到极为内疚。如果这种事情真的发生的话，一切就完蛋了。与儿子分离这件事，对我而言是难以形容的痛苦。我进监狱的时候，他才八周大。我错过了他人生前两年的生活，因为我把一切都搞砸了。劳拉基本只能靠自己去抚养孩子。

我让她不得不去经历的这些事情实在是太可怕了。我永远都不知道，为什么她如今还愿意跟我在一起。每次她来探望的时候，孩子都会长大不少。看看，我都对她做了些什么啊，真要命，真是太难受了。

但是你知道吗？这一切也在激励我成为一个更好的人，在我未来的人生中，我一定要做些什么，要成为一个可以令她引以为豪的男人。

没有她，我不可能活下来。她教会了我，要将自己所有的负面情绪——怨恨、伤害、绝望、愤怒——转化为积极的情绪。所有这些情绪最终都成为我继续努力的动力，让我振作起来，直到我出狱。即便事情进展不顺利，她也不允许我自暴自弃。

“比尔，如果你放弃了你自己，你就是放弃了我们，”她来看望我时，这样对我说道，“如果事情进展不顺利，那就再好好加把油，他妈的重新振作起来，这样就好。”

所以，我从来不曾放弃，都是因为她的缘故。她很美丽，是个不可思议的女人，当我身陷囹圄时仍旧义无反顾地支持着我。她教我如何摆脱困境，继续前进。这是我必须要做到的事情。

走出探视室后，狱守们会在我旁边找碴，押送我回牢房时，他们会故意走在我的两边，说些阴阳怪气的话来恶心我。

“你的妻子现在被困在布里斯班了。这么晚了，不能坐火车回家，”其中一名狱守说，“我可以照顾她，保证让她玩得很开心。”

另一个狱守也插话了：“那个小男孩，你带他去麦当劳，给他买个芝士汉堡，然后再给他妈妈找点刺激。”

是啊，我是可以暴跳如雷，当场展开反击，但劳拉的建议却一直在我耳边回响。于是我一笑而过，快步走开。

这种做法奏效了。渐渐地，这成了我的应对策略，也是我打算在余下的刑期里远离麻烦的方式。

***

但在伯格路这样的地方，不惹麻烦可不是那么容易的。想要避免冲突几乎是不可能的——如果有人知道你不想打架，他们就会找你打架。那些无期犯人会攻击你，强奸你，偷你的晚餐，偷你的香烟，没有任何值得一提的原因，只是因为他们觉得实在太无聊了。

正因为有这类情况，一些人虽然因为相对较轻的罪行入狱，但却在为自己据理力争时发生暴力冲突，结果发现自己又被判了数月乃至于数年的刑期。比如西蒙这个家伙。

有一天，我在监狱操场里，像往常一样慢慢散步——在操场里一遍一遍绕椭圆形的小圈，尽量多呼吸些新鲜空气，做做运动。这时候，我们这边来了个新家伙，就跟往常一样，我跟操场里的每个狱友都开始悄悄打量他。

他就是个典型的新人。虽然没那么吓人，但看起来也不怎么软弱。他也开始在操场上晃来晃去，就跟我一样。这个新人引起了我的注意，于是，我们互相打了个招呼，聊了起来。

在接下来的四十分钟时间里，直到狱守命令我们返回牢房之前，西蒙给我讲述了他一生的故事。他甚至都不是因为正经的犯罪行为入狱的，纯粹是运气不好。他因为没有及时支付停车费和超速罚款而被捕，并被给予入狱服刑三个月的选择，只要服刑，就可以免交这些钱。对他而言，入狱三个月似乎是最好的选择——他没有工作，妻子跟孩子住在政府提供的廉租房里。他们可能会失去继续租住的资格，因为已经拖欠了太多的房租。

当时的我非常想念自己的家人们，因此，我为这个可怜的家伙感到难过。我决定多关照关照西蒙。我花了些时间介绍这里的情况，让他知道自己应该坐在哪里，应该避开哪些人。

更重要的是，我给了他一条他应该会觉得很有用的信息：我知道监狱里有些人，他们虽然被判了三个月，但最后却只待了两周就出狱了，因为监狱里人满为患，他们被提前假释了。照我看来，这个消息应该能够安慰到西蒙。果然，听完之后，他明显振作了些。

那天晚些时候，西蒙被叫到名字，他被带出我们这边的牢房，分配到了另一间牢房里，他将在那里完成自己的三个月刑期。

哪曾想到，五个月后，我又见到了西蒙。他现在看起来饱经沧桑，他的眼神已经跟那些经历过难熬苦难的人们的眼神一样了。原来他刺伤了另一名犯人，然后又因为毒品被逮住，转眼又被加判了六年。

多年后的一天里，我打开报纸，看到西蒙再一次因为暴力犯罪被加判六年。我想起了自己多年以前在操场里遇到的那个没交停车罚单的男人，还有他可能再也见不到的家人们，不由得打了个冷战。

***

在我服刑期间，我了解到，其实并没有所谓的典型犯罪者。我在监狱里遇到过不同种族、信仰和国籍的人。好的、坏的和丑的。其中一些是普通人——水管工、电工、建筑工人、卡车司机——他们是错误决策和坏运气这两者之间可怕结合的受害者。更不必说那些除了在错误时间出现在错误地点之外、什么也没做过的人了。

其他罪犯则是完全邪恶的。残忍到足以让你天天做噩梦。

不过以我的经验，无论这里这些犯人的背景如何，大多数犯人在服刑期间，只是想好好打发时间，并不打算再引起任何冲突或者麻烦。监狱向我引荐了一些有决心、有勇气、有自我价值的人。有些人一辈子都不会再次犯下新的罪行，要么是因为他们真的在为自己的罪行悔过，要么就是因为他们已经被监狱里的那段日子给吓坏了，无论如何都不想再来一次。

通过一些格外艰难的方式，你会发现，监狱里永远都有比你更大、更强、更快、更聪明的人，这些人很快就会教会你沉默是金。监狱可以成就你，也可以毁灭你，甚至有时候，它能够在一天之内同时做到这两点。

但这就是它能够教给你的全部，不会更多了。实话实说，这个国家的司法体系存在着严重缺陷——监禁是解决复杂社会问题最原始也最简单的办法，它本应是万不得已时才会采取的最后措施，可是在这里，它通常都是首选措施。

我从来都不建议将监狱作为一个生活偏离正轨的人改过自新的途径。事实上，是劳拉救了我；是她的爱跟我的儿子救了我。如果不是他们母子俩，我恐怕会继续在监狱里来来回回传“消息”，殴打别人，陷入由无穷无尽的复仇、流血和胡扯八道组成的死循环当中去。

有些人本来可以过上完美的生活，却因为犯了太多错误而最终在监狱里度过了他们该死的一生。而有些人，他们甚至都走不了“一生”那么远。

就在我即将刑满释放的一个月前，我被他们从戒备森严的伯格路监狱转移到了一座叫伍德福德的劳改场。这是一处低安全性的监禁机构，没有什么特别的安保措施，主要依赖犯人的自觉。囚室常常是敞开着的，你可以随意进出，只要你表现得不错，尊重狱守和其他囚犯，你就能过得很舒服。

你有机会大口呼吸新鲜空气，在阳光下从事农场劳动，在牢房里待了那么久之后，这简直就堪称奇迹。甚至连这里的其他犯人们也更容易相处——大多数情况下，只有当你被认为不会对自己或者他人构成任何危险时，你才会被送进劳改场。这里面关着的基本上都是多年前遭受过暴力殴打的老犯人，或是被认为有良好出狱前景的年轻人。

此刻，有个小伙子，年纪大概十七岁左右，走进了伍德福德的操场。他是新来的，显然相当害怕。他在心里想着，一旦有人斜眼看他，他就马上狠狠揍这个人一顿，这样就可以给人们留下深刻的印象。毫无疑问，为了避免成为受害者，他从一开始就被灌输了要提前占据统治地位的古老智慧。不幸的是，在他还没踏进伍德福德的大门之前，就被人给盯上了。

和小伙子一起进来的还有另一名犯人。因为他名声在外，所以我对他多少有所耳闻——在监狱系统里，他被认为是个完完全全的精神病。虽然他只有二十岁，但已经在监狱里度过了大半生。他就跟我在监狱里遇到过的任何一名犯人一样，不好惹又很刻薄。

据说，他因为谋杀了自己的兄弟姐妹而被判无期徒刑。他徒手杀死了他们，精心布置了一番，然后把父母带过来，给他们看自己的作品，问他们是否高兴，因为现在家里只有他们三个人了。

我记得很清楚，第一次听到这个故事时，我觉得这一切实在太变态了，哪怕对于这个充斥着各种恶心肮脏故事的地方而言也是如此。

眼下这个精神病就站在监狱的操场上。谁知道他是怎么被送到伍德福德来的。他看着这个新来的年轻人——这孩子跟所有新犯人一样，不停走来走去，努力让自己看起来很吓人，其实是在思考他现在的处境，以及他将如何应对监狱生活。

精神病走到他身边，开始在他身边闲逛，从操场一端的大门走到另一端的便利设施区域，来来回回，走来走去。过了一会儿，两个人似乎开始了聊天，才闲聊了一小会儿，突然之间，话只说到一半，毫无征兆的情况下，精神病一把抓住那个年轻人的脑袋，将他拖进了厕所里。有那么几秒钟，你可以听到他在尖叫呼救，然后又是一声令人作呕的撞击声，在整个操场里回响。那个孩子彻底安静了下来。

我站起身来，准备去厕所那儿看看，这时有人抓住了我的胳膊，强行将我扭过来，面对着他。这是我认识的一个叫伊恩的家伙，一位头发花白的老者——身材魁梧，身上有许多文身，眼神如同混凝土一般，空洞又坚毅。

我没有跟伊恩说过多少话，他总是一个人待着，不怎么跟人讲话。我很惊讶，竟然是他阻止了我。我们面对面站了一会儿，凝视着对方。他轻轻摇了摇头，告诉我不要插手。

我很生气。我让伊恩滚蛋，让我去帮忙，但他就是不松手。

“你只有不到一个月时间了，”他非常平静地说，“如果你不想在这里度过余生，就回你的牢房去，比利。”

说罢，他松开了我的胳膊。我很清楚，他是对的。

我回到了牢房里，这个白天剩下来的时间，都被我拿来思虑当时究竟应该做些什么才好。

那天夜里，我听到新来的那个孩子被押送回他的牢房，那间牢房就在我对面。九点半左右，我听到牢房里传来一声尖叫，接着是一阵喘不上气的窒息声，以及一连串非常响的撞击声，声音越来越弱，直到最终停止。我从床上一下子跳了起来，开始敲打牢房门，大声喊狱守。

好长一段时间都没有回音，然后，有个狱守独自从外面大厅走了进来。突然间，警报声响起，狱守们从四面八方蜂拥而入。那孩子的牢门开了，我看到他们把尸体搬了下来——他用床单弄了个套索，上吊自杀了。

我看着他们对他进行抢救，一名狱守死命捶打他的胸口，另一名狱守向他嘴里吹气。抢救持续了几分钟，直到两名狱守互相抬头看了看对方，其中一个摇了摇头。

他们在尸体上盖了条毯子，大约十五分钟后，他们用担架把他给抬了出去。整个监狱里的人都看着，看着狱守抬出那个可怜孩子的尸体；那天早些时候，当他在监狱厕所被性侵时，我们都选择了袖手旁观。

我转过身去，感到极度恶心。泪水从我脸上不断滚落下来，止也止不住。这是我第一次在监狱里哭。当我被“螺丝钉”殴打，被拖去单独监禁，或与家人隔离时，我都没有哭。但我为那个年轻人痛哭流涕，因为我当时选择了转身，拒绝去帮助他。

***

第二天早上吃早饭时，食堂里鸦雀无声。我们都沉默地坐着，仍在回想之前发生的事情。我们得到消息，这年轻人留下了一张纸条，说他在被强奸后，无法容忍自己继续活下去。我坐在那里，消化着这则消息，早餐一点都吃不下去，就在这时，强奸他的精神病走进了餐厅里。

“软弱的废物男同，”他大声宣告道，“世界上到处都是这样的人。”

他环视了一遍房间里的每一个人，然后平静地坐下来吃早餐，表情怡然自得，仿佛是在哪家酒店的餐厅里享用精美早餐似的。

愤怒战胜了我，彼时彼刻，我只想走到他面前，在狱守把我打倒之前，尽可能多地给他制造一些痛苦。叉子被我紧紧攥在手里，我意识到，我的手正在不停颤抖。我的脑海中充斥着极为真实的画面，想象着该如何用这柄叉子来对付这个精神病——在他做出任何反应之前，很容易就能挖出他的一只甚至两只眼睛。然而，在餐厅另一头，伊恩的存在再次引起了我的注意。他又轻轻地摇了摇头。不要。

我冷静下来，离开餐厅，回到牢房里。但我确实感觉不太好。

这类暴力行为的循环发生，对一些人来说是不可避免的。几个星期后，操场上发生了一些骚乱，我看到伊恩打翻了精神病，把他拖进了厕所里。他抬起头时，看到我在看他，脸上闪过一抹微笑。

有一名狱守看到了这一切，他做了个小心翼翼望向别处的动作。显然，狱守也知道我看见伊恩这么做了，他笑了。“因果报应，”他对我说，“可真是奇妙无比。”

***

我需要赶紧离开这个鬼地方。刑满释放之前的最后一段时期，分分秒秒都过得特别慢，日子似乎没完没了。我的大部分时间不是在健身房，就是在监狱的图书馆里，“图书馆”这个词乍一看去似乎还挺不错。

但其实它的情况非常糟糕——所有的藏书，都是像《白鲸》和《了不起的盖茨比》这样的经典作品。其中一半的书页不翼而飞，封面也被撕掉了，甚至就连《圣经》都有缺页——如果卷烟纸用完了，书页是卷香烟的理想选择。

不过，现有的这些书籍已经足够让我好好锻炼阅读能力了，并且——慢慢地，逐渐地，我总结出了一套不错的方法，可以用来弥补我的阅读障碍。

总而言之，监狱里最后的几周都在读书——读书，数日子，然后是数分钟。终于，到了某个星期天，也就是我即将刑满释放的前几天，一名狱守来到院子里，大声喊着我的名字。

“快收拾行李，比利小子！”他喊道，“你可以提前回家了。”

我简直不敢相信自己的好运。囚犯在星期天被释放是前所未闻的。大多数其他犯人都为我感到高兴，尽管有些人语带嘲讽，他们宣称，会在月底前再次见到我。

我收拾好东西，准备离开监狱时，伊恩向我走了过来。

“人生苦短，比尔。”他一边说着，一边向我伸出手来，我跟他握了握手。“以后好好做你想做的事，但不要让自己再次回到这里来。”

又过了四个小时，我才被正式释放，因为我必须先回布里斯班的伯格路监狱走一些流程。我一到那里，就知道了提前获释的原因，可不是什么好消息——劳拉的母亲意外去世。出于怜悯，我被提前释放了，这样就能够在她悲恸万分时陪在她的身边。

走完流程之后，在一名狱守的陪同下，我来到了自己第一次进入时的那扇大铁门前。我还没有走到门口呢，有个犯人突然朝我扔了双鞋。

“我穿不合适！”他喊道，“这是十一号的。”

我看了看那双鞋，突然意识到这就是我来时穿的鞋；我第一天进监狱时就被人给抢走了。我望向那名送鞋过来的犯人，朝他点了点头，脱下我的囚鞋，换上来时的鞋。

此刻，我的心脏在胸口怦怦直跳，嘴唇很干，手掌上满是汗水。我敢肯定，将会有什么事情发生，要么就是会有什么人突然过来——这一切都将阻止我顺利离开这里。

我看到帕蒂·奥康纳警官正在朝我走来，但他只是来送别的。“别再从这条路回来，可以吗，比利？”

然后，监狱的大门便吱吱嘎嘎地打开了，在一名囚犯眼中，它展露出了最美丽的一幅画面：自由的阳光。

没有经过牢狱之灾的人，可能无法理解自由的阳光照耀在自己脸上时的那种感觉。在监狱里，阳光是一种奢侈品——就像一种商品，只在我们仅有的、少量的锻炼时间里才会分发给我们。每逢这种时候，我都会站在院子里，凝望监狱围墙外的一小片蓝天，无比渴望自由。现在，布里斯班明亮的阳光穿过大门，欢迎我回到这个世界上。

帕蒂护送我穿过大铁门。到了另一边，我弯下腰，解开鞋带，在二十分钟内第二次脱鞋。我把这双鞋整整齐齐地摆放在我脚边的大地上，然后只穿着袜子，正式告别监狱。

“你他妈的在干什么，比利？”帕蒂喊道。

“就是这双鞋把我带到了这里，”我头也不回地喊道，“如此一来，它就永远不会再把我给带回来了。”

直到今天，我还能听到帕蒂的笑声在我耳边回响。

第十九章

Regrets, I've Had A Few

❧

遗憾，我也有过一些[1]

1 本章标题来自 Frank Sinatra 的名曲 *My Way*。

现在我们来想象一下“自由”。如果让你来选择某个具象,用某个象征来表示“自由”,你会选择什么?是在荒芜礁石上放着的一块冲浪板,还是一辆正在高速公路上飞驰的摩托车?船怎么样?世界上没有什么比拥有一艘船更能说明我是自由的了。

当然,实际情况要比这复杂得多。自由是把双刃剑。它可以成就生活,也可以毁掉生活,就看你怎么对待它了。

通常来讲,当一个人住在船上时,它有两层意思。其一是代表你生活美好,努力工作,投资得当,把辛苦赚来的钱花在了一艘休闲用的船上。你用它来享受快乐的退休生活,在朋友和家人的环绕下,晚年时光过得充实无比。

其二则是你把自己的生活完全搞砸了。有这样一种老人,整天住在船上,纯粹是因为他把自己的生活弄得一团糟,再也没有什么能够将他留在陆地上了。

杰克逊就属于后者那种。

在入院之前，他一直生活在一艘三十八英尺长的破旧单桅帆船上，这艘船停泊在昆士兰州某座乡村小镇的湖边。他是那种生活中除了秘密什么都没有的家伙；如同隐士，可能有很多事情要逃避。

我想，我大概很少遇到有这么多遗憾的人。他恨这个城市，恨镇上的人，恨陌生人，恨我，当然最恨的还是他自己。总而言之，是一个充满怨恨的老头。每当我遇到一个人，马上就能知道他们是不是讨厌鬼，而第一印象很少会是错误的。如果我不能很快判断一个人的善恶，在我年纪还小时，不可能在街头待上那么长时间。

有些人力图寻找每个人的优点，他们认为，即便是最坏的坏人也会有些可取之处。而我恰恰相反——我的耳朵会竖起来，仔细寻找关于某人的第一个不良印象，一旦我感觉到它了，我就会专注于此，努力将它给挖掘出来。

杰克逊想让我联系他女儿，他跟她之间的关系疏远得不能再疏远了。我不知道他具体做了些什么，但不管是什么，绝对不是什么好事。她对他恨之入骨。不想跟他有任何联系，也不愿跟他说话。他想让她知道，他快死了，但她根本就不在乎。

为什么会有这么深的仇恨，杰克逊从来没有告诉过我，但我怀疑他是那种很常见的糟糕父亲，会虐待子女的父亲。世界上到处都是他们这种人。

我不能说跟他见面是件多么好的事，也不能说我离开时对他眼下的困境感到尤为同情。但他所提出的要求似乎是没有任何恶意的：他希望自己的财产能够归他的女儿，他想让我把这一切带给她。

他在这个世界上拥有的也只有这艘船，还有他在船上的一点点可怜财产。不可能值多少钱，但他想让她拥有它，在我眼中看来，这确实是件合情合理、值得去做的事情。

他递给我一个信封。外面写着他女儿的名字：梅尔，里面装着船契跟他的遗嘱。我拿了他的钱，跟他握了握手，然后就离开了。

***

我们见面后不久，杰克逊就去世了，于是，我开始执行他的遗愿。

梅尔的电话号码、电子邮件地址，以及她的住所和工作地点都很容易找到。第一步，我试着通过电话和电子邮件联系她，但她只给我回了一条短信：“别烦我。”

我倒是很乐意照办，但我在杰克逊临终之前已经郑重给出了承诺，没有什么能够阻止我去完成此事。

梅尔定居在昆士兰北部的一座旅游小镇上。我在一家不知名的廉价汽车旅馆里订了个房间，开了二十个小时的车到那里，一到就瘫倒在了床上。

初升的太阳唤醒了我，伴随着一座旅游小镇特有的声音——海鸥声、海浪声。我有梅尔的家庭住址，但假如可以的话，我并不想直接去她家里打扰她。于是我冒险开车去了她工作的咖啡馆。

当我抵达时，早餐高峰期刚刚结束。那是一家可爱的小咖啡馆，有点复古，20 世纪 80 年代的装修风格，棋盘格地板。我小时候曾经在这样的咖啡馆里待过无数个小时，把此地视作一处远离街头的庇护所，直到他们意识到我根本不付钱，便把我给赶了出去。

里面有五名工作人员，四女一男。我坐了下来，等着有人过来问我需要点些什么。其中一名服务员过来后，我点了一杯拿铁，特别烫的。从外表上来看，分辨不出这里的哪位女士是杰克逊的女儿——在这些年轻女人身上，我完全看不出我所见过的那个瘦骨嶙峋老人的模样。而且这里所有的员工都没有佩戴姓名胸牌，只穿着一件印有咖啡馆名字的衬衫。

当那名男服务员给我端来咖啡时，我想他应该可以提供我所需要的信息。

“梅尔今天不工作吗，伙计？”我问他。

他抬起头来。“她在的，就在咖啡机那儿，”他说，“也许是因为她戴着那顶傻帽子，所以你没能认出来。”

我瞥了一眼咖啡机那边，看了看那个正在忙活的女人。她戴着一顶粉色帽子，我看不清她的脸。

“噢，对的，她在那儿，”我朝他笑了笑，“你说得对，那确实是顶傻帽子。谢谢你的咖啡。”

我边喝咖啡，边观察梅尔，看了好几分钟——观察很重要，因为我只有一次机会。她很年轻，金发碧眼，对跟她有接触的人都很友好，但是，从她那张脸上，我一眼就能看出她曾经在生活中饱受过折磨。她的下巴位置探出两道深深的皱纹，表明她在自己年轻的一生中，已经承受过极大的痛苦，以及非常辛苦的工作。

她的口音很重，浓厚的昆士兰口音，听起来有点粗鲁，但其实她对顾客总是彬彬有礼，言语得体。她跟船上那个坏脾气的混蛋完全不同，真的。

为了确认她的身份，我将手机改成了私人号码，在没有顾客等候、并且她有机会接电话时，我拨通了她的号码。她将手伸进口袋，看了看手机，发现是未知号码来电，便把手机直接放回到了口袋里。直到此时，我才确定自己找对了人。

我拿着自己的咖啡杯，站起身来，走向柜台。

“打扰一下。”我开口道。

“有什么事吗？”她一边说着，一边低头看了看我手里的那杯咖啡。“你的咖啡有什么问题吗？”

“咖啡很好，谢谢。”我回答道。说罢，我将那个信封放到柜台上，然后又把手里的咖啡杯放在上面。“祝你有美好的一天。”

任务完成了；我头也不回地离开了。不管信封里的内容，是让梅尔高兴、悲伤还是愤怒——无论她是打开了信封，或是直接把它扔进了垃圾箱——这些都与我无关。我完成了杰克逊的遗愿，现在他可以安息了。

我急着回家。我想念我的家人们，要开上很长一段路才能回到他们身边。我不想浪费任何时间。我讨厌离开他们太久。

第二十章

Real Life

现实生活

走出监狱的那一刻，我就知道自己再也不会回来了。我直接回到了黄金海岸，劳拉和我妹妹住在那里。当我回到家时，她已经在沙发上睡着了，于是，我就直接躺在了她的旁边，抱着她。她看到我，吓了一跳——当然，她见到我非常开心，但她妈妈的突然去世令她崩溃不安。

劳拉最终还是留在了我的身边，在我蹲监狱的整个过程中，她的心一直陪伴着我。她一直都是我的生命基石，是我的灵感之源，但我们眼下即将迎接我们两个都还没有准备好的崭新挑战。

当我住在监狱里时，她和我们的儿子一直跟她父母住在一起，但我们以后不能继续这样下去了。我出狱后，我们尽了最大努力去建立一个家。我们搬到了拖车公园的拖车里暂住，但我们连拖车的租金都付不起，所以最后干脆搬进了帐篷里。

我在黄金海岸的工作机会很少。没有多少雇主愿意雇一个没有教育和工作经验，刚从监狱里出来的年轻人。如果没有阅读或写作技能，没有身份证件，我甚至没办法拿到驾驶执照，这让我失去了大多数有劳动合同的工作机会。

遭遇了诸多挫折之后，劳拉和我决定勇往直前，换个地方重新开始。我们开着她的车——是一辆白色达特桑 180B，装有黑色乙烯基车顶——就这样上路了。我们决定去一座叫艾尔利海滩的小镇，它位于布里斯班和凯恩斯[1]之间。那辆车太破旧了，我们走不了太远。

我们实在是过于贫穷，除了在当地的拖车公园里搭个帐篷之外，甚至找不到别的住处。这跟无家可归相比也就剩一步之遥了，但即便是这样的安置也几乎是不可持续的。周复一周，我们都要勉强凑钱来支付搭帐篷所占用的那块泥巴地的租金。

那段时间真的很难熬。人们都说婚姻有起有落，但那时候我们俩的婚姻绝对是落的部分远远大于升。

我们尽了最大努力让生活运转起来，靠福利金勉强度日。付了租金之后，我们就只能买最简单的面包和牛奶，别的什么也买不起。有那么几周时间，我们的钱完全不够用。

---

1 Cairns，位于北昆士兰州，是澳大利亚最受欢迎的度假目的地之一。

我还记得我们在艾尔利海滩度过第一个圣诞节前夕的那段日子。有一天早上，我们正在当地的一间超市里购物，突然意识到我们没有足够的钱来置办基本的圣诞杂货。我们不得不在给儿子买吃的还是买尿布之间做出选择。我站在那里，一手拿着一条面包，一手拿着一袋尿布，试图决定我们更需要哪一个。与此同时，我们很难不注意到满载着圣诞火腿、蛋糕、布丁、水果和蔬菜的手推车正在我们身边来来回回地经过。

我们的儿子拿起一块巧克力棒，在糖果货架旁跑来跑去。这时收音机里正好播了一首他很喜欢的圣诞歌曲，于是他便停下来，跟着歌曲的节奏跳舞。

看到这一幕，我不禁微笑起来，但当我转向劳拉时，她却泪流满面。她在我眼前崩溃了。她跪了下来，用手捂住嘴，不让自己抽泣出声。

我抱住她，试图安慰她，但却完全没办法真正抚慰到她——此时此刻，她已身心俱疲。我刚刚出狱，她的妈妈去世了，我们一贫如洗。我们没有钱，甚至无法给儿子买个小小塑料玩具作为圣诞礼物，甚至连他手里拿着的巧克力棒都买不起。

我们的儿子只有两岁，但他知道什么时候、有什么事情不对劲。当他看到母亲泪流满面的模样时，直接将巧克力棒扔到了地上。他朝着我们走来，劳拉紧紧地抱住他。他试图拭去母亲脸上的泪水，但他越是努力，劳拉的眼泪就流得越多。

过了一会儿，我们都冷静了下来，付了钱，回到了帐篷里。

我当时对自己的感觉也不太好，但是，该死，我根本不知道自己具体应该做些什么。我只知道，我爱我的妻子和孩子，我要想办法照顾他们。我向他们保证，我们再也不会挨饿或者一无所有了。我向他们保证，事情会有所改变，并且一定会有所改变。

我跑遍镇上的每一家商店去找工作，但一无所获。

直到回到拖车公园时，我的运气终于来了。有一群道路工人正在前面一条尚未铺好的马路上施工，工人们坐在树下，在正午的炎热中寻找些许荫凉。

我走过去，询问是否有工作空缺。

有个人站了起来。他身材高大，体格结实，由于每天都在烈日下工作，皮肤晒得黝黑。

“你会用铲子吗？”他问。

“当然会。”

“嗯，那边就有一份现成的工作，”他指着那边的一大堆碎石说道，“去铲吧。”

显然，他们用来铺路的山猫牌机器[1]坏掉了，但碎石需要在下一批材料到来之前全部铲走——就在大约三小时后。

我把短袖衫脱下来裹到头上，开始铲碎石。我拼命地铲，直到天黑才停下来。

当老板过来看我的时候，瞥了一眼我做的活儿，然后咕哝了一声。他没有说“干得好”，甚至没有问我的名字。他只是说：“六点见。”

第二天早上，我六点就到了，然后是后天，大后天。

第四天，老板递给我一个装满现金的信封。

“我还以为你已经跑掉了呢。”他说。

“为什么要跑？”

“大多数人只会工作一两天。对他们而言，这里天气太热，石头太硬。”

“不，那显然不是我。我的家人应该过上更好的生活。如果这就是代价的话，那我只好承受了。”

他眯着眼打量了我一番。“你叫比尔，对吗？”

“是的。”

“我叫迈克。但别以为我们是朋友。”

---

1 Bobcat，澳大利亚的建筑设备公司。

“不需要朋友，迈克。只是工作而已。”

迈克听了哈哈大笑，走开了。我继续铲，但迈克回头说道：“今天够了，比利。干得不错。周一见。”

就这样，我找到了一份工作。信封里有六百澳元。迈克付了我一周的工钱，尽管我只干了四天。我以前从未遇到过这种慷慨的行为。这简直难以置信。

我收拾好工具，回到了拖车公园里。劳拉和我们的儿子正在游泳池里玩，我也跳了进去，像个小孩一样溅起水花。我们都格外开心。

游完泳，我们出去给儿子买礼物，然后去鸡肉店买了眼下家里正急需的鸡肉和薯条。伙计，这是我吃过最棒的圣诞午餐。

我知道，如果我能在接下来的两周里继续工作，就能赚到足够的钱，租一间够我们三个人住的小公寓，而我也确实做到了。我每周工作四五天，铲除石块和碎石，要不了多久，我们就可以从公寓搬到一栋漂亮的小房子里去。

每天清晨，当我离开家去上班的时候，我都会在当地的一间杂货店里买个苹果。在回家路上，我会再来一趟，给劳拉跟我们的儿子买些需要的东西。日子一天天过去，我跟店主约翰诺成了朋友。每天早上他都会扔给我一个苹果，然后在回家路上给我冲杯咖啡。

有一天，约翰诺突然打破常规，邀请我在早上喝杯热咖啡。我刚在家里喝了咖啡，但出于礼貌，我接受了，想着我会尽快喝完。但他提出了一个让我吃惊的建议：眼下他的店里正需要帮手。只要我愿意到他的杂货店里帮忙，每周在店里工作三天，可以付我一整周的薪水。

我实在太高兴了——如此一来，我就可以在室内工作，有空调，有我能付得起的一切新鲜食物。夫复何求啊？

***

当约翰诺决定关店时，我已经为他工作了大约十二个月。他想花更多时间在自己那块私人土地上，跟他的家人们住在一起。

以前的我可能会认为这是失业，是生命中偶然遭遇的一次挫折，但是在那个时候，我已经有了把握，有足够的经验来经营属于自己的杂货店了。于是，约翰诺关门一周后，我单独开了家店。所有东西都是靠赊账买来的——食物、架子，甚至第一个月的房租。但是在那之后，过不多久，我甚至能够在偿清债务的同时，还有闲钱再去添置些新的存货，这将使我的杂货店与附近其他商店相比更具竞争力。

就在那时，劳拉发现自己又怀孕了。我们欣喜若狂，我向她求婚了。坦白讲，这不是第一次了，但她以前总是拒绝我。后来她告诉我，她首先需要我先想办法弄清楚自己到底是谁。在此之前，她觉得我还没准备好结婚。

在我们经历了如此之多的酸甜苦辣之后，我猜，她应该认为我已经准备好了。最后她说：好的。

我们举办了一场小型的结婚典礼，在劳拉父亲那艘船停靠的码头上举行。虽然总共只有七个人，但这一天仍旧是场彻头彻尾的灾难。噢，实在是太可怕了。

婚礼那天早上，我非常紧张，我的兄弟试图让我平静下来。他让我吸点大麻，说它能够让我彻底放松心情。

我不知道我为什么鬼使神差地就答应了；我根本不喜欢大麻。

那天发生的一切我都不记得了，除了劳拉穿着婚纱的清晰回忆之外，就再没剩下些什么了。我当时简直是一团糟。

劳拉真的被这整件事给伤透了心，但是从整体上来看，这并不是我所做过最愚蠢的事情。

***

一切都挺顺利，生活美好。我们有一栋漂亮的小房子，劳拉很能干，让这里成为一个幸福的家，我们有朋友，还有自己的生意。更棒的是，劳拉怀上了我们的第二个孩子。

然后，毫无征兆地，艾尔利海滩变成了一座鬼城。

这几乎是在一夜之间发生的。全国的航空公司开始罢工，这意味着没有人可以飞进或者飞出，这是衰落的开始。

我们周围大大小小的商店纷纷关门，人们成群结队地离开这里。那些在汉密尔顿岛[1]附近建造度假村、当初携家带口搬过来的商人们，不得不收拾行囊，搬到本州的其他地方，寻找新的机会。

我们竭尽所能地坚持了很长时间，但是到了最后，我们的杂货店就跟镇上的大多数商店一样，被迫关门歇业，我们在艾尔利海滩的美好生活也就此宣告结束。

是时候做出另一个改变了，再三考虑之后，我们

1 Hamilton Isalnd，圣灵群岛中的一个岛屿，位于澳大利亚昆士兰州。

决定搬到南澳大利亚州[1]去。

没有什么能够阻止我们去做自己想做的事情，不过，在去那里的路上，当我们经过悉尼时，我们暂时停了下来，去探望了一下劳拉的妹妹，同时也能让劳拉在这里生下我们的女儿。总之，在悉尼，我们只是去医院生了个孩子，然后就上路了。

现在想想，这可真是太疯狂了。我们到底在想些什么？我到底在想些什么？劳拉分娩后才过一两天，我们就动身去了南澳大利亚州，我相信，正是这些颠沛流离的日子导致了她的产后抑郁症，抑郁症在此后几年里一直困扰着她。我又把事情给搞砸了。

***

刚到南澳大利亚州，我们就爱上了巴罗萨山谷[2]。我在阿德莱德[3]附近找到了一家水果店，店主正在寻找经营者；我通过电话申请了这份工作，第二天，我去参加了面试，很快就得到了这份工作。我们搬进了一

---

1 South Australia，南澳大利亚州是澳大利亚中南部的一个州，覆盖了这个国家最干旱的一些地区。

2 Barossa Valley，南澳大利亚州的一处山谷。

3 Adelaide，澳大利亚第五大城市，也是南澳大利亚州首府。

栋漂亮的房子，后院有一排果树。我几乎每天都在工作，而劳拉则在照顾我们的孩子。但我在店里工作的时间很长，意味着我从来都不在家。不认识任何人、附近没有任何家人所造成的压力，加剧了劳拉的抑郁。

六个月后，我们回到了黄金海岸。

***

我的女儿满两岁了，这一路走来都很艰难。在那两年里，劳拉一直在跟产后抑郁症做斗争，而我也一直在工作。我做了我能找到的所有工作，但总是有几个星期，什么工作都找不到。无论我多么努力，我就是无法给我的家庭以保障。

再然后，有一天，我找到了一份工作，需要我离开家人三个星期。当我再次回到家时，发现了一张纸条。劳拉离开了我。

这是一个毁灭性的打击。她之前根本没有告诉我，她要走了，我也完全没有看出她要离开的迹象。她搬到了凯恩斯，跟她的姐妹住在一起。

我坐在租来的客厅里，拿着这张纸条，我觉得这证明我再次辜负了我的家庭。

“天呐，我都做了些什么？”我自言自语道，“我失去了妻子和孩子。”

这真的是情感上的剧烈打击，最糟糕的感觉。我不敢相信这就是我的人生。

***

出于某种原因，劳拉离开之后，更多的工作却接踵而来——这该死的、可悲的迟到好运，现在我终于可以养得起我的妻子和孩子了，但他们已经不在这里了。

劳拉联系过我几次，告诉我她很好，孩子们都很好，但我还是挂断了电话。我再也不想听到她的消息了。

我充满了愤恨，对她，对我自己。这种愧疚感是压倒性的。我完全自我封闭了。夜以继日地工作——白天干重活，一整晚都在夜总会里当保镖。我唯一能做的事情就是去上班，然后回家，盯着电话。电话一直响，但我却不接。离开我的孩子，不能每天跟他们讲话，这是非常困难的事，但我仍然拒绝接听电话。

就这样，三个月过去了。然后，有一天，我拿起了电话。那是我五岁的儿子。

“爸爸？别挂电话。”他说。

我永远不会忘记。我简直不敢相信。有那么一小会儿，我只是把电话贴在耳朵上，坐在那里，听他说话；他说自己一直在凯恩斯上学，他很想我，没有我，妈妈很伤心。

“你什么时候来看我们？”他问。

我没有回答。我做不到！我说不出话来。我听到他说：“妈妈，他不跟我说话了。”

那时，我崩溃了。

“伙计，伙计。我就在这里。我听见你说的话了。”

他告诉我，他爱我，我也这么说，我非常想念他和妹妹。

然后他把电话递给妈妈。

我听到他从电话旁跑开，去跟妹妹玩了，我记得自己当时在想，他不恨我，真好。

劳拉过来接了电话。她和她的姐妹一道，在凯恩斯找了个住处，还找了份工作。她在整理自己的情绪。一切都好。

“但我还少了些什么，”她说，“少的是你。”

“我做不到，”我告诉她，“我不能去你那里，然后再次失败。我就是做不到。你已经在往前走了。我必须接受这一点。”

“比尔，”她说，“别傻了。已经三个月了。我不可能在三个月的时间里，远离自己的丈夫，还继续往前走。”

虽然花了些时间，但她说服了我。让我相信，我需要离开黄金海岸，凯恩斯将会是个新的开始，一个全新生活的机会。

我意识到我们必须试一试，努力让我们的家庭重新团结起来。

挂断电话，我马上就准备出发了。我住的那处拖车公园的街对面，是个专门负责拆卸旧汽车零件的有人住的院子。每天经过那里时，我都会看到那辆老旧的勇士汽车[1]，停在外面的坡道上。

当我走进去的时候，驾照还剩六天的有效期。车辆价格用记号笔写在窗户上：580 澳元。我手上有 500 澳元。

“你愿意收 500 澳元现金吗？”我问那个拆零件的人。

“没问题。”他说。

“你认为它能开到凯恩斯吗？”

1　美国克莱斯勒公司普利茅斯分部 1960 年到 1976 年间制造的一款车型。

“我估计可以走四分之三的路程，”他笑了，“然后你可以从那儿搭便车。”

“这对我很有用。”我们达成协议，握了握手。

这是我拥有过的最好的车。优秀且卓越。在一度快要放弃时，它带着我一路开到了劳拉家的大门口。简直就是奇迹。

我进去了，走到她在的那个房间里。当劳拉看到我时，马上放下手头所有事情，直接朝我飞奔过来。我们紧紧拥抱了一下，然后立即就去接孩子们了——全家团聚的时刻终于到了。看到孩子们之后，他们一直哭个不停，不过实话实说，我也哭得停不下来。

我们在一处拖车公园里、在一栋小型可移动房屋里找了个暂居的地方，在那里一起住了几个星期，后来，我们找到了一栋不错的房子。搬了进去，以那里为起点，开始重建我们的生活。

***

正式离开黄金海岸之前，我四处忙着跟我的老伙计们告别。一起在夜总会里混过的几个小伙子，告诉我凯恩斯有很多保安工作可做，他们说，我应该到那里的一些俱乐部去试试看门工作。

他们说，凯恩斯有个俱乐部叫特罗波斯，在一处殖民时期建成的、历史悠久的酒店里，那是个声名狼藉的背包客聚集地。这几个小伙子赌咒发誓，说我一定能够在那里找到工作。但一位老前辈鼓励我说，一定要有更高远的目标。

“如果你真的很擅长做这些事情，比尔——好吧，你确实挺擅长——那你就应该去国际游乐场俱乐部。那是全昆士兰最好的夜总会。”

于是，我就把它作为了我的首要目标。在去凯恩斯的路上，我一直在想这个叫国际游乐场俱乐部的地方。我已下定决心，要在那里找到工作。无论如何，我必须得到那份工作，努力，步步高升，真正有所作为。

当我抵达凯恩斯市区边界的时候，已经许下了一大堆相关愿望，包括在几年内成为那家夜总会的经理。我对管理夜总会了如指掌，我的脑中已经形成了这个想法，一旦有了动力，就很难阻止我去做任何下定决心要去完成的事情。

第一天，在见到劳拉之后，我就直接去了国际游乐场俱乐部。到那里的时候，我看到有个人爬上梯子，正在更换前面招牌上的灯泡。下面站着一名保镖，扶着梯子——这是个大家伙，胸前挂着名牌，上面写着

“杰弗瑞 141”。我马上走过去跟他搭话。

“嘿，伙计。杰弗瑞，对吗？我是新来的，正在找工作。”

“这里没有工作。”

“你是大班、领班还是老板？”

“不。我是门卫。”

我不想听到这个。这混蛋帮不上什么忙，而且他还抢了我的饭碗。

我向梯子顶上的那家伙打了个招呼。“你呢，伙计？知道这里有什么工作吗？”

“谁在问？”他喊道。

“是我！我叫比尔，刚从黄金海岸来。你是谁？”

“我是这里的老板，布雷特。”

“你是老板？”我笑了。他站在梯子上，那么高的地方，我还以为他一定是个门卫呢。“这个人在下面扶着梯子，而你在上面冒生命危险？这可真有点问题，布雷特。我听说这是凯恩斯最好的夜总会，但我显然来错地方了。”

“你是什么意思？”

“好吧，这么说吧，布雷特。如果我走到杰弗瑞面前，一招把他打晕，你会给我一份工作吗？”

"不会。这里没有工作。"

"嗯，你确实需要一个新的门卫。至少你现在需要能够安全地从梯子顶端下来。你草率拒绝之前，不好好考虑一下吗？"

"啊哈，比利！你可真是个有趣的家伙，不是吗？"店主笑了，开始顺着梯子往下爬。"我也许能给你找点事做。穿白色长袖衬衫，打黑色领带。晚上八点见。"

我在那扇门旁边工作了六年，几乎每晚都在那儿。

布雷特其实是个非常酷的人，自那次吵架之后，我们一直相处得很好。他每周付我四百澳元，这实在令人感到难以置信。在 20 世纪 90 年代初期，这可是一笔不小的财富——要知道，我们房子每周的租金只要七十五澳元，其他东西也很便宜。突然间，我们拥有了我们一直梦想的美好生活，而且是从白手起家开始建设的。

我爱凯恩斯。记得第一天来的时候，下起了倾盆大雨，一场真正的热带风暴。我抬头看了看被香蕉树覆盖的山，树木在风雨中弯着腰。然后，太阳出来了，树木迅速变得干燥了，又重新挺立了起来。眼前这令人难以置信的景象，对我而言，似乎是个幸运的征兆。

如果我再走近些，仔细观察观察那些香蕉树，我就会发现，上面爬满了跟你脑袋一样大的蜘蛛。这时候，也许我就不会再觉得这些树跟幸运有什么关联了——尽管我并不怕什么蜘蛛。除此之外，那里还有大到可以吞下整只小袋鼠的蛇，但它们也不会打扰到我。至少它们在行为上是绝对诚实的。我在生活中遇到过的一些人，他们恐怕还应该从蛇的身上学习一两样优点。

当时的凯恩斯，有点像是狂野西部。一切都处于蛮荒状态——操，极其野蛮。不过，这里的另一个特点是一切都很短暂。人们来来去去：背包客、嬉皮士、FIFO 工人[1]。你会看到一张脸两三次，然后这张脸就从你的生活中永远消失了。即便你某天晚上跟人起了矛盾，他们第二天很可能就已经滚到了哪艘游轮上，或者被送进了丛林里，于是你就再也见不到他们了。

非常有趣。就跟黄金海岸的那位老前辈向我承诺过的那样，国际游乐场确实是澳大利亚最好的夜总会之一。大部分晚上，我们这儿都会有几个名人过来玩，几乎每天晚上，我都会被凯恩斯最漂亮的女孩子们团团包围——模特和演员在这里拍照，来自世界各地的

---

1 主要在澳大利亚矿区工作的一类工人的统称，指长时间离家、到与世隔绝的地方长期工作的工人。

美女背包客，穿着布料很少的衣服，到这里寻求冒险。

劳拉第一次来看我上班时，她对那些在俱乐部门口跟男人们调情的年轻漂亮女孩并不感兴趣。她知道，我不会跟她们发生任何关系。我们一直都彼此信任。我们十六岁的时候相遇，一路走到了现在。她是我最好的朋友，也是我一生的挚爱。我不会做任何伤害她的事。我的意思是——并不是说我不喜欢那时受到的广泛关注，这些关注能让我有个好胃口，但我总是选择回家吃饭。

如果一个优秀的女人对你而言还不够，我也不会对此妄加评判。但劳拉确实是我唯一想要的女人。我们在一起三十多年了，我很确定，她是一位值得共度余生的人。

第二十一章

Home Improvement

家居装饰

大多数人都害怕死亡。我从来没有遇到过在生命最后时刻不会因为自己即将死去的现实而崩溃的人。即便是那些非常虔诚的人，那些百分之百确定自己将永远活在上帝国度里的人，也不想离开这个世界，不想离开自己的家人。

但那肯定不是特里。他虽然不想死，但他也不害怕。这个人对死亡并不恐惧，可以说是一点恐惧都没有。他当然想活得更久一点，但他已经八十八岁了，过着自己想要的生活。没什么可遗憾的了。

他结了婚，曾经有个可爱的妻子，组建了一个小家庭，但妻子早逝，特里没有再婚，他在第一次婚姻建立起来的稳定基础上，开始过起另外一种全新的生活——他离开了自己的一大群孩子和孙辈，开始过起冒险家的生活来，他在这个星球上做了他想做的一切事情。

现在眼看生命就要结束，他唯一害怕的只有一件事，所以他打电话给我。

“我家里有些东西需要你帮忙处理掉，”他对我说，“没有什么违法的东西，只是些私人物品。但如果被我的家人们发现了，他们肯定会把我扔到一个该死的无名墓穴里去。”

特里住在新南威尔士州北河地区的一座小镇上。在他生命的黄金时代，他是那种典型的 20 世纪 80 年代小伙子——快节奏生活，快钱，白鞋子，开襟一直开到肚脐的彩色衬衫。他这一生都是这样，直到他快九十岁还是这样。最近他摔了一跤，被送进了医院，入院之后，他就很清楚地知道，他已经不可能再回家了。

他从当地医院转移到堤维德岬[1]一家更大的医院里，在那里度过他最后的时光。即便在弥留之际，他依旧是聚会上的焦点，顽皮和外向的程度出乎所有人的意料。他很快就跟照顾他、负责对他进行姑息治疗的护士成了最好的朋友，而那位护士通过员工休息室的八卦聊天听说了关于我的故事，就是她叫我来帮忙解决特里的事情的。

时间不等人，他的孩子们正在从州际公路开过来

---

1 Tweed Heads，位于澳大利亚新南威尔士州最北部的城镇。

看他的路上。他太害怕了，如果他亲自回家处理掉那些秘密，他可能会摔断臀部的骨头，甚至导致心脏病发作。

就特里所知，他的孩子们认定他只是个和蔼可亲的老头。但事实证明，直到最近，特里还享受着我们普通人可能会描述为“极端活跃”的社交生活。

“伟哥是我遇到过的最好的东西，”在我们第一次见面时，他对我说道，“也许对整个人类种族而言都是如此。”

他就是这样的人——完全自成一格。

老实说，刚开始时我并不喜欢这家伙。他告诉我，他想让我扔掉的是一些与性有关的东西。我的第一反应，是这个肮脏的老家伙藏了些儿童色情片，但他向我保证，不是这样的。他有些非常私人的东西，非常害怕他的家人们会偶然发现它们。

我请他解释一下，于是他就开始讲了起来，在听了几个小时这家伙的故事之后，我忍不住喜欢上了他。

特里曾经是个很讨女人喜欢的男人，也是个很讨男人喜欢的男人。他涉足过你能想象得到的各种性爱实验，而且还远不止这些。

退休之后，他觉得做一个孤独的鳏夫并不适合自己的天性，所以他自学了如何使用互联网。他对“克雷格列表网”[1]这种类型的网站非常熟悉。一个他之前从未想象过但却一直渴望的世界突然向他敞开了大门。彼时彼刻，这个尚算中年的男人解开了自己亮粉色衬衫的扣子，敲打着键盘，他被自己的发现给惊呆了。

他告诉我：“我这一辈子都对乱七八糟的玩意儿感兴趣。但我从没想过，居然能够在网上找到跟我有共同爱好的一帮人。我心中暗喜，或许我会被年轻女孩子们淹没——所有这些四十岁女人都想认识一个经验丰富、跟她们有相同癖好的老男人。”

直到现在，在他临终之前，你仍旧能察觉到，他对自己在网上发现的那个世界是多么惊讶、多么感激。当时的他可以说是大开眼界，惊讶地发现所有这些在他成长过程中被认为是怪异和错误的古怪玩意儿，居然都是完全正常的。不管你喜欢什么，总能找到一大帮同好。

他并不后悔，但他始终不想让他的孩子们知道此事，不想让他们知道他喜欢在卧室里跟那些年轻的男

1　分类信息网站，创办于 1995 年。

女同伴们做些什么。他要我去他家，找回那些东西，烧了它们，然后带着证据回来。他没有给我详细的清单。相反，他还告诉我，房子后面有个房间，需要用到一把特殊的钥匙。

“好的。我能在那里找到些什么？”

“就是一些平常的性用品，”他说，“还有些东西更……麻烦一点。”

***

我来到了特里的住处，这里乍看起来并没有什么特别之处可言：一栋建于 20 世纪 70 年代的错层建筑，红砖修砌，坐落在一条都是这种房屋的街道上。当我把车停下时，特里的邻居，一位中年女士走近我，问我是不是特里的儿子，问他过得怎么样。

我回答得很含糊。

“他很好，”我告诉她，“情绪很好，希望能够早点回家。”

她看起来似乎如释重负，并且表现得非常关心特里的健康，所以，我问她是否介意在听到特里的进一步消息之前，好好照看一下这栋房子——吓走窃贼，给植物浇水，诸如此类的事情。她说她很乐意帮忙。

我用特里给我的钥匙进去了，关闭了那套相当高级的家庭安保系统，迅速地搜查起这栋房子。同样，没有任何异常之处可言——可以是任何一位有点小钱的退休老绅士的家。客厅里有大电视，漂亮的沙发。

房子的一部分看起来就跟《鹧鸪家族》[1]里的房子一模一样，不过相比之下，房子的后部区域却比其他区域看起来更现代些——在过去的某个时期，应该是在翻修过程中，他们在原先的建筑后方又加盖了一套卧室。

我回到那里，走下楼梯，来到一条走廊上，走廊尽头是一扇普通的门，但门锁很复杂。看来就是这里了。特里告诉我，我可以在厨房水槽下方、一罐防蝇喷雾的后面找到开门的钥匙。钥匙果然在那里：挂在一尊造型奇异的裸女小雕像的钥匙环上。

我用那把钥匙打开了锁，推开门，走进了另一个世界里。

这是我第一次进入性爱地牢。不得不说，完成得真的挺不错。跟我想象中完全不一样。如果有人让我

1　1970—1974 年间播出的美国情景喜剧。其中装修风格比较老派。

通过想象来描绘老男人建造的性爱地牢，我可能会想象出一些非常邪恶的东西——黑色的墙壁，没有灯光，昏暗肮脏，极度恶心。但这里完全不是那样的——是个非常雅致的房间。一切都一尘不染。许许多多的假阳具上没有一粒灰尘。

墙壁是用可爱且柔和的颜色粉刷的，好几盏吊灯，勾勒出雅致的氛围，照亮了不同的地方，每个角落都很干净整洁。

特里凭着一己之力，将房间重新装修了一遍，他做得非常棒。墙上用来固定手铐的 D 形拉环深深地嵌进砖里，没有开裂，也没有对灰泥施加过多的压力。看起来，特里也有本事在另外一种人生中成为一名出色的建筑工。我站在那里，想象这个可爱的老人走进班宁斯五金连锁店[1]，询问穿着绿色围裙的员工，他在哪里可以找到绳子和锁链。

这些链子上挂满了童话般的灯串，所以乍一看，它们就像你在时髦的咖啡馆里看到的那种装饰彩灯。我看着它们，心里想着："噢，这很好，是个好主意，也许我也应该在自己的客厅里装上这种灯。"在我意

1　Bunnings，澳大利亚一家家用五金连锁店。

识到自己正在胡思乱想之前，时间已经足足过去了一分钟。

事实上，房间里的几乎所有东西都是有伪装的，看起来似乎人畜无害，拿起来才知道其中大有乾坤。比方说，我拿起一盏自己以为是灯的东西，直到找到开关时，才意识到它其实是一根振动棒。

整个房间的设计就是这样安排的：假如特里的孩子们偶然发现了这个房间，第一眼看去，他们可能会觉得这是个退休改造项目。你知道的："噢，糟糕，老爸疯了，他在卧室中间放了个秋千。"

这是我第一次接触性爱秋千；我从来没在那些满是浪荡客的俱乐部里待太久，对性虐待也没有任何特别的兴趣，所以我站在那里，挠了好长时间的头，想弄清楚这个挂在天花板上的大玩意儿到底应该怎么操作。你应该把你的脚、你的手，或者其他什么东西放在哪里才是正确的。

我的下一个想法是，我到底应该怎么把这东西给弄出去？我可以将秋千从支架上拧下来。但是在此之后，它就变成了一个非常巨大的累赘。它不能折叠，而且就跟你挂在后院树上的轮胎秋千一样坚固又沉重。我要怎么小心翼翼地把它给弄到车道上，然后放进我的车里？

当我接受这份委托时，还以为自己要处理的是几本色情杂志，也许还有一两只小巧可爱的性玩具。总之不会有我装不进手提箱的东西。

哪曾想到，这里各种性玩具的数量之多，简直令我瞠目结舌。我想过把所有东西一次性装进垃圾袋里，但那样子可不太好看——某个陌生人从某位病人的家里出来，拖着一只大垃圾袋，里面装着一大堆奇奇怪怪的东西。

最后，我突发奇想，从洗衣房的橱柜里找了些大床单过来，将它们统统捆了进去。这些情趣用品总共装满了三张大床单，每张床单都被捆成了一个大袋子，并且在顶部扎了个死结。

假如我之前在外面遇到的那位邻居还在望向这边的话，她将会看到我大汗淋漓地把这些装满性玩具的大袋子拖到自己的车上。我看起来肯定像个变态的圣诞老人——我正走在去给这一年里所有最淘气的男孩女孩们送糖果的路上。

与此同时，这也让我感到十分好奇——这位邻居似乎是位挺可爱的女士，她显然很喜欢特里。有多少次，她坐在他厨房的桌旁，一边喝着好茶，一边跟特里聊天，却完全没有意识到，她离澳大利亚最豪华的性爱地牢其实只有几米远。

也许正是因为她清楚这一切，所以才那么喜欢特里？你永远都不会知道答案。

在我离开之前，我注意到邮箱里塞满了邮件，于是我顺手将邮件给收了起来，打算在工作完成后交给特里。我想，我们现在算是朋友了，为什么不呢？

回到家，我点燃了焚化炉，用我的手机拍下了销毁每样物品的过程，一件又一件。实话实说，眼睁睁看着这些给特里的人生带来诸多欢乐的东西被付之一炬，我的心中百感交集。你还记得《星球大战》电影里达斯·维达的头盔融化、悲伤音乐缓缓响起的那一幕吗？想象一下那个场景，不同之处在于，这里有一个巨大的黑色性爱秋千。

第二天，我去拜访了特里，给他看了视频证据，证明他的秘密已经被彻底埋葬了。他大喜过望，说自己现在终于可以安心离去了。

特里告诉我，他的儿子刚到镇上，打算去家里，在那间空着的卧室里过夜。当他抵达时，他会在这个小镇的郊区找到一栋漂亮的房子，邻居们都很友好。他很可能不会对房子后面那间有着明亮柔和墙壁的空房间产生任何想法。

谁又真会有什么想法呢？在我看来，这件事给我们所上的一课就是：当你爱着的那些人还在你身边时，永远不要低估他们。他们可能比你想象中有趣得多。

第二十二章

Playpen International

国际游乐场

作为凯恩斯唯一一处足以容纳超过两千五百人的场地，国际游乐场每天晚上生意都很繁忙。而繁忙，意味着战斗。

在我上班的第一个晚上，门卫同事们都问我是否已经戴好了护牙套。当时我还觉得他们问得挺荒谬。谁他妈没事戴着护牙套在夜总会的门口工作？结果到了第三天晚上，我特地准备了两个护牙套，以防第一个牙套被哪个香蕉农夫直接打进我喉咙里，这帮家伙每个都醉得一塌糊涂。

有些夜晚非常难熬——简直难熬到令人难以置信的地步。我好不容易赶走了一个到处惹是生非的家伙，然后另一个家伙就会开始新一轮的闹腾。年轻人们喝得大醉，开始打架，打碎玻璃，侮辱女性，这大门口的位置最后干脆直接变成了打架的擂台。

有些人就是喜欢打架。那些以暴力为乐的粗暴家伙们，他们到夜总会去就只是为了跟门卫打拳。不过，这对我而言倒也没什么问题：我曾经也是他们当中的一员。

***

事实上，我真的很喜欢打。不只是打人，也包括被打。他们说，这就是你不能去打职业拳击的原因，因为你既享受赢，同时也享受输。但我真的是实话实说，因为这确实就是我对疼痛的直观感受——我喜欢那种身体受到伤害的感觉，这是我生命中为数不多的、真正能够抓住的一些东西。

后来的心理治疗让我意识到，我在无意之中学会了一种能力，将享受痛苦作为应激机制来保护自己：在我的整个成长过程中，唯一能够从妈妈那里获取关注的时机，就是她打我的时候。你知道这有多么恶心吗？我看到妈妈拔下烧水壶的插头线来抽我，而我心中的一部分居然在想："她爱我，爱到要狠狠伤害我。"

我用这种能力去吸收巨大的痛苦，而且还不是付之一笑，而是去欣赏它。有人会狠狠揍我一拳，打断我的鼻梁，我反而会坐在地上说："这一拳打得不错，节奏优秀。你的肩膀用得很好。挺不错"

然后我会站起来，把打我的家伙撕成碎片。

为了搞定我，你必须打出一些致命伤害——打断一些骨头，挖出一只眼睛——否则我是不会停手的，我也一定会搞定你。我可真是爱死这种感觉了。

别误会我的意思，我是真的被痛揍过好多次，但这样也真的挺有乐趣。

有那么几次，我从地上摇摇晃晃地爬起来，心想：“妈的，我是怎么倒下来的？”

有人会走过来，对我说：“伙计，你脸上挨了肘击，我们还以为你死了呢。你还好吗？”

我的牙齿总是掉得到处都是，血液会顺着我的喉咙流进去，然后我说：“感觉棒极了。我们再来一次。”

***

在游乐场俱乐部，如果有人走到门口问谁想要干架，我会像外出散步的小狗一样直接冲上去打一架。

“啊！我啊！我急需打一架！我们开始吧！”

这往往会让他们重新考虑考虑：“不，你有病，赶紧滚开。”

那我就很失望了。“噢，你确定吗？试着打我几拳。打断我的鼻子，看你喜不喜欢。”

至于老板，他很高兴看到我这样做：“你脑子有病，他们都不愿意跟你打。”

他会在每天早上六点来俱乐部，只要门口没有任何麻烦，他就感到很开心。“你这样对生意很有好处，比尔。只要没人想打架，就不会有意外，不会有警察，不会有骚乱，不会有忧虑。你可以在这里工作一辈子。”

随便哪个混蛋都能用拳头来结束一场战斗，但化解危机所需要的却是完全不同的另一套技巧。幸运的是，我一直都很会说话，在街头，我学会了用巧舌如簧的方式来解决各种各样的问题。它帮我摆平了很多麻烦，多到我都记不清具体有多少了。

***

通过这份工作，我认识了各行各业的杰出人士，从西装革履的专业人才到警察，再到铁路工人。

我还见到了这里所有的乐队。任何能够吸引到观众的巡演艺人来到凯恩斯时，都会在游乐场俱乐部表演，由我来负责他们的安保工作。比方说，我见过天使乐队[1]、厄运领袖乐队[2]、空气供给者乐队[3]、拥挤的房子

---

1 The Angels，澳大利亚摇滚乐队，1974 年在澳大利亚阿德莱德成立。

2 Hoodoo Gurus，澳大利亚摇滚乐队，1981 年在悉尼成立。

3 Air Supply，成立于 1975 年，由澳大利亚和英国成员共同组成的摇滚组合。

乐队[1]、罗斯·威尔逊[2]和银椅乐队[3]，等等。

他们当中的大多数都很有趣，尽管部分乐手会有点自以为是。还记得有个摇滚乐队的主唱特别讨厌，这家伙对所有在他眼中看来地位低于他的人，都非常傲慢无礼，而这基本上就等同于除了老板之外的夜总会全体工作人员。他在一场慈善募捐会上表演，口口声声说是为了帮助解决青少年吸毒问题，但他却在后台当众吸毒，并且还命令周围的所有人也跟着这么做。我就不提他的名字了，但他是个极其糟糕的混蛋。

吉米·巴恩斯[4]则刚好相反。他是位十足的绅士，彬彬有礼，对每个人都很友好。在后台没有任何问题，即使有，他也没让我们知道。能够做他该做的事，他感到很高兴。他在演出前做的一切事情都是简单又高效，公事公办，但不是以那种粗鲁莽撞的方式来做事，实际上，他所做的一切都有着专业人士的素养。

---

1 Crowded House，摇滚乐队，成立于 1985 年的墨尔本。

2 澳大利亚创作型歌手、音乐家和制作人。老牌摇滚组合 Daddy Cool 和 Mondo rock 主唱。

3 Silverchair，澳大利亚摇滚乐队，1992 年在新南威尔士州的纽卡斯尔成立。

4 一位出生于苏格兰的澳大利亚歌手、作曲家和音乐家。他的个人表演生涯以及在摇滚乐队 Cold Chisel 的主唱生涯使他成为有史以来最受欢迎和最畅销的澳大利亚音乐艺术家之一。

吉米可能是我见过最棒的主唱了。他让三千名尖叫大喊的听众们自发组成了一个合唱团，每个人都跟着他一起唱。夜总会现场挤满了人，安保人员也做好了准备，准备迎接一个无比热闹的夜晚——换了别人，我可能会对额外的忙碌感到愤怒，但看着吉米·巴恩斯时，我一点都不生气。这可能是凯恩斯这座城市的夜总会历史上唯一一个没有发生过任何打斗的夜晚。唯一被要求离开的，是个喝醉了酒的乐队管理员，他在骚扰一名酒吧女郎；吉米后来亲自前去责备了他。他成为传奇是有原因的。

***

20 世纪 90 年代中期，某个周五傍晚，我守在游乐场俱乐部的门口，这时，有个家伙穿着人字拖出现了。人长得不错，看起来也很友善，但我们有严格的着装要求，要求任何时候都需要穿不露脚趾的鞋子。

“穿着这双鞋可不行，伙计。”我告诉他。但他只是对我眨了眨眼。

“真的吗？”他说。

“这是为了你好——那里的地板上都是碎玻璃。”我告诉他。然后，我耐心解释道，如果他回家换上更讲究些的衣服，我很乐意免费放他进来。这是我向客人们展示“并非所有门卫都是坏家伙”这个道理的一种方法，我努力让他们的夜晚尽可能过得愉快又安全。

但这家伙还是盯着我看。

“或许你应该仔细看看你正在跟谁说话？”他提议道。

我不知道他是谁，也不太在乎他的态度。他看起来是有点眼熟，我猜他大概是我之前在门口碰到过的某个自大狂妄的背包客。

我刚想把他推到一边，准备让排在他后面的人进来时，有个女孩走了过来，请他签名。我突然意识到了他是谁：他是方·基默[1]，世界上最大牌的电影巨星之一。他在城里拍《莫洛博士岛》[2]，而我刚把穿人字拖的蝙蝠侠挡在了游乐场俱乐部外面。

我转向方，告诉他，既然那天我已经让另一个穿人字拖的人进去了，此事就不提了。当然，其实并没有这个人存在。

我护送他进了夜总会，并通知店内保镖们照顾他，

---

1 Val Kilmer，美国演员、制片人，作品包括《笑破铁幕》《壮志凌云》《大门》《永远的蝙蝠侠》等。

2 又名《冲出人魔岛》，1996 年上映。

让他多喝几杯酒。

八卦总是会在凯恩斯这样的小城市里迅速传播开来——当基默在游乐场俱乐部的消息传开后，人们蜂拥而至。那个星期五，我们度过了一年中最忙碌的一个夜晚。离开时，他握了握我的手，感谢我的好意。

在定期接待方·基默和《莫洛博士岛》其他演员及工作人员的几个月之后，我被邀请到片场去吃早餐。这实在是太棒了，能够看到好莱坞电影拍摄的幕后——所有这些漂亮人儿，他们在这里四处奔波，澎湃的活力在空气中噼啪作响。

还记得那时候，我正在跟一群工作人员聊这部电影——显然这部电影已经出了些岔子——另一个人非常兴奋地走了过来。

“马龙在这里，”他低声说道，“马龙·白兰度[1]就在片场。”

我十分激动。马龙·白兰度是一位具有标志性地位的演员——他是真正的男子汉，传奇中的传奇，全能硬汉。我是看着他演的经典电影长大的，每个六七十年代的年轻人都想成为他那样的人。

1　美国演员、导演。作品包括《欲望号街车》《教父》《现代启示录》等。

我在片场待了好几个小时，希望能够见到他，但却没有他的踪影。到了该离开的时候，我失望地走向片场出口。

出去的路上，我遇到了一位坐在轮椅上的老人，在朝着各个方向奔涌的人海中，他就像是一座性情乖戾的小岛，任性妄为但又寂寥无声。

“早上好。”他冲我咕哝道，似乎还说了点别的，但他的声音太低沉了，我听不太清楚。

“早上好，”我礼貌地回应，不想对一位上了年纪的绅士无礼，“今天肯定会很热。湿度非常大。”

这似乎让那个人显得更加沮丧，他又喃喃说了句我听不懂的话。

“好吧，再见！”我说完便走了出去。

就在我离开的时候，剧组里一个经常来夜总会的年轻人走过来问我：“他说了些什么？”

“谁？”

“马龙·白兰度啊，还有谁？”

“我怎么会知道？”

“你刚跟他聊过，比利。他就坐在那儿。”

我很震惊，不是因为我刚跟马龙·白兰度聊过，而是因为他太……老了。我期待的是电影里那个男子汉——比现实生活中的所有男人都更英武，无比强壮，充满活力，充满力量。而我见到的这个体重超标、脾气暴躁的老男人，竟然还在抱怨天气，这可真让人觉得有点难以面对。

尽管如此，我发现片场里的每个人都对他很尊重，因为他们尊重他在影坛的地位，以及他曾经的英雄形象。但这件事始终还是令我感到很高兴，因为我在整个过程中都对这位传奇人物很有礼貌，并且还是他主动向我问好。

那么这一课就是：永远不要以貌取人。

***

随着时间的推移，我在“如何专业又谨慎地监视他人”这件事情上的名声逐渐累积，所以人们开始找我去做其他一些类型的安保工作。在接待过银椅乐队之后，我被选中，前往协助他们在凯恩斯以西库兰达镇[1]举办演唱会时的现场安保。

在公共场合安保领域变得越来越有名之后，反过来也引导我陆续接到了一些私人安保委托，并让我遇

1　Kuranda，位于澳大利亚昆士兰州马雷巴郡阿瑟顿高地的一个小镇。

到了不少非常独特又有趣的现场状况。

肯·多恩[1]在北昆士兰开了他的第一家画廊，由我来担任他的贴身保镖，确保他与街上骚扰陌生人、无家可归的醉汉们保持距离。

最让人印象深刻的一次任务，可能是作为一支精英安保团队当中的一员，协助保护比尔·克林顿和希拉里·克林顿及其顾问的安全。这是个非常了不起的例子，可以说明我已经走了多远——不到十年前，我还被单独囚禁在伯格路监狱；而现在呢，我跟特勤局一起工作，克林顿总统正在里面忙碌。

我至今还留着总统飞机上专用的书式火柴盒。

1　澳大利亚艺术家。

第二十三章

Confession

❧

忏悔

几乎每个雇我来中断葬礼的人，都是因为他们藏了一些自己实在没办法说出口的事情，大多数时候是个秘密——要么是因为内容实在羞于启齿，要么就是活着的时候没有勇气开口。相反，忏悔就不是什么秘密，忏悔只会用来表达逝者从未找到过合适语言来表达的那些遗憾或哀伤，仅此而已。

实在太遗憾了。很多时候，当我在葬礼上站起身来、打开那封信时，我跟在场的每一个人都清楚地意识到了这份遗憾。如果他们还活着的时候，有足够勇气去分享这些不为人知的真相，人生会变得多么不同啊。

约翰·斯科特是个很有趣的人。给你举个例子，感受下这家伙是多么有趣：他的棺材是专门定制的，做成了一块冲浪板的样子，下面还设计了波浪起伏。因此，看起来他只是在自己的冲浪板上小睡了片刻。他很有个性，是个从来都不会循规蹈矩的家伙：赌徒、酒鬼、骗子、大话精。这一大串头衔对于他的女友和前妻而言都算不得什么新鲜事。他之所以会雇我，只是为了在他的葬礼上向她们道个歉。

我手里拿着信封，站起来向众人致辞。

“我叫比尔·埃德加，是一名遗愿告白师。约翰·斯科特请我来打断他的葬礼仪式，并大声宣读以下内容。”

“如果你们听到这些,那我一定是已经死了。首先，感谢大家尽心尽力地来参加我的葬礼。致我的女朋友莎莉，我是如此爱你，真希望我们能够白头偕老。可惜命运打了一张我们从未预料到的牌。以后也请记住我。我永远不会忘记你。永远爱你的，约翰尼[1]。”

“致我的前妻苏，很抱歉，我伤害了你。我为自己对你所造成的一切痛苦和折磨，为自己所讲出的一切谎言，为自己对你做过的一切令我感到愧疚无比的错事，为自己酗酒赌博的劣行向你致以歉意。我本可以成为一个更好的丈夫，但是我没有，我对此真的觉得很抱歉。请原谅我。苏,你找到了一个好男人,吉米，你值得像淑女那样被他捧在手心里。我只希望你们俩能幸福美满地生活下去。对了，大家都知道你怀孕了

1 约翰的全称。

吗？还是说这应该是个秘密呢？无论如何，请过得开心点。”

“我雇了遗愿告白师，不是为了向大家致悼词，而是为了告诉你们所有人，我爱你们，不管怎样，我都会尽力做到最好，即使在我人生最糟糕的时候也一样。保重。最后，也请你们帮我一个忙：真真正正地过好自己的生活。”

就是这样。他付给我一小笔钱，来向亲友们表达自己的悲伤与懊恼，不为别的，只为他对待那些爱他的女人们的方式。尤其是对他的前妻；我认为自己对她仍保有深厚的爱意。

好吧，这也不是我该去评判的事情，不过话说回来，每当我遇到类似这样的请求时，我不禁会想，如果我的当事人能够在他们的生命结束之前就好好弥补这些，那么，对于他们每个人而言，人生会变得多么不同。

***

还有一些没有什么秘密的人，他们只想以自己独有的方式离开这个世界。简·霍顿绝对属于这一类。

简是个人至上主义者，她六十多岁，是位盖亚女神般的神奇女士。她会读塔罗牌，会除灵，平时过的是那种嬉皮士风格的、反主流文化的另类生活。在有她出现的照片里，有时她身边会有个男人，除了这个男人之外，她还有个女儿，但她其实一直都跟另外一个女人生活在一起，她们已经一起生活了大半辈子。

她们住在一栋老旧的昆士兰传统建筑[1]里，这是一座摇摇晃晃的木屋，下面架着一堆歪歪扭扭的桩柱：这些桩柱看起来好像喝多了，需要靠在吧台上小睡一会儿。简和她的伴侣芭芭拉把木屋所有的门都敞开着，所以，当微风吹过屋子时，她们挂在每个房间里的那些闪亮的玻璃风铃就会跟着一起叮当作响。

这是个幸福的家庭。简没有什么秘密，也不需要揭露什么创伤。当然，她也有一些遗憾，但这些遗憾是我们大多数人都会有的，是在漫长一生中自然而然地积累起来的。

多年以来，简和芭芭拉一直在为一次难得的长途旅行攒钱，但她们不得不一年又一年地推迟这个梦想中的旅行假期，因为她们的工作很忙，一直没有时间。后来，当简终于退休了之后，她却生病了。她们梦想

---

1 澳大利亚昆士兰州典型住宅风格的现代称法。其特点是木制建筑，坡屋顶，底部有桩柱架起。

中的长途旅行几乎不可能实现了。在她找我的这个时候，已经永远都不可能实现了。

简跟我见过的所有人一样，已经接受了自己即将死去的事实。她之所以会雇我，我想，只是为了在葬礼上给大家振奋振奋精神。她告诉我，她曾经读到过一篇关于我的文章，所以，到了这个节骨眼上，她就让自己的女儿赶紧行动起来，因为她认为“这将会是一场非常有趣的葬礼。”

事实上，这类委托确实很常见。我曾经收到过一大堆请求内容相似的委托，都是让我穿着特定服装去参加葬礼，或者假扮成某个特定的角色过去。我接到了太多让我打扮成霍默·辛普森[1]去参加葬礼的委托。至于为什么，我也不知道。我照镜子时，并不会看到霍默正在盯着我看。

曾经有人让我扮成里奇·热维斯[2]。这也很奇怪。

我拒绝了上述这些委托，但我很愿意去帮简，通过中断葬礼仪式来满足她的遗愿。

我们站在伊普斯维奇将军公墓[3]的那块墓地周围，

1 动画片《辛普森一家》中的主角，是辛普森一家中的爸爸。

2 英国喜剧演员。

3 位于昆士兰州伊普斯威奇地区的一处公墓。

看着棺木缓缓入土，这时，我用下面的这样一番话打破了现场的阴郁气氛。

“请原谅我的冒昧。我叫比尔·埃德加，是一名遗愿告白师。简邀请我来打断她的葬礼仪式。她有一些话还没来得及说，因此，我将向诸位宣读以下内容。”

“苏珊，我美丽的女儿，我将永远守护在你心中。请好好努力，成为你想成为的那个人，不要让任何人说你不行，因为你一定能够做到。我把自己的一切都留给你，随你怎么处置，但请一定记住，你长大成人了，你很坚强。我爱你。现在，展开你的翅膀高飞吧，我的宝贝女儿。”

“芭芭拉，我唯一真正的朋友和爱人，我可真希望我们能够一起做这件事。请接受这份礼物：好好享受一次毕生难忘的长途旅行。时常想想我，想起我的时候，你就知道，我一直都跟你在一起。感谢你给了我美好的一生——这一生充满了欢乐和爱意。记住我，记住生命是宝贵的，不要浪费哪怕一分一秒。充分享受你所拥有的一切。”

这就是我们要传递的讯息，既真实又简单：充分享受生活。

一旦你抬起头来往前看了，就该知道要继续前行了。

第二十四章

PI 007

侦探 007

在凯恩斯待了近八年之后，我开始觉得自己已经成长了。每天晚上都要跟喝醉的当地农民打一架的吸引力已经开始下降。我的孩子们都长大了，我的秉性也日渐平和下来。

我们搬回了黄金海岸。我开始做砍树生意，后来拓展到水箱销售和安装。不幸的是，业务发展开始放缓，所以我不得不到别处另找工作。

我申请并得到了一份在电话服务中心担任收债员的工作。我非常擅长这个。不久之后，我就为公司赚到了一大笔钱。这么多的钱，我简直不敢相信他们还要再去找一间该死的小型讨债公司来负责外包业务。

这不是什么鼓舞人心的工作。我一整天都在给人们打电话，痛骂他们不偿还债务。如果说，在我开始这份工作之前，还认为它很适合自己的话——就像是某种赏金猎人，专门追踪那些欠债不还的狡猾人渣——那么这类幻想很快就破灭了。

这是任何一个白痴都能做的工作。在六个月的时间里，我目睹了这家公司使用操纵、胁迫、欺骗等手段，以及其他各种残忍的拖延战术，来迫使弱势群体偿还他们本不需要偿还的欠债。在某些情况下，人们甚至不知道自己已经欠了债——本来只是一笔小小的罚款或者其他什么，但是，在他们完全不知情的情况下，债务已经悄悄变成了一只该死的大怪物。

在调查一笔债务的过程中，我无意中发现了公司能够在每笔债务上赚多少钱。

通常而言，债务催收公司会以低于债务价值的价格，从贷方（比如银行）购买大量尚未偿还的债务。接下来，如果他们有办法让那个人全额清偿，他们就能一下子保留所有还回来的钱，并且获得可观的利润。除了这些公司一次性购买许多债务所花的钱之外，全部都是利润——要知道，他们一开始时几乎什么都不用支付，当你将每一笔债务的价值与公司所花成本进行比较时，你就会发现，获利是非常疯狂的。有时，他们只需要支付不到十四澳元，就能买来五万澳元的债务。

对银行而言，这类公司相当可靠。在将债务卖给讨债公司之后，银行就可以直接注销掉一大摞债务单，做平坏账，这对银行本身的运作是很有好处的。这也是为什么他们能以几乎为零的价格出售这些债务的原因。

一旦讨债公司掌控了局面，就会大幅提高欠款的利息，比银行要高得多。他们就是这样毁了你的生活。

这一切令我大吃一惊。在我看来，这个体制对普通人的操纵无异于犯罪。当然，这并不违法，尽管讨债行业可能会坦率地承认，这是不道德的。

在我们公司长期逼债的一个女人自杀之后，我终于受够了这份工作。她欠了一大笔钱，随着时间的推移，她越来越为此感到苦恼。毫无疑问，她生活中还有其他各种问题，所有这些问题共同导致了她的死亡，但被讨债人持续不断地骚扰，只会让已有的痛苦雪上加霜。

也许把她逼到崩溃边缘的并不是我们，但我的确感觉很不好。我去找老板，告诉他们，我认为是我们促成了这场悲剧事件。但他们让我忘了此事。当我试图对此做出反击时，他们告诉我，如果我再闹下去，他们将不得不终止我的职位。

“你是认真的吗？他妈的。”

我决定辞职，然后直接跳到了擂台另一边，向这些机构发起了挑战。我开始研究这个行业的薄弱环节，并开始做起了我自己的生意，名为“摆脱收债人”。

我利用自己从另一面了解到的各种东西，告诉人们他们可以利用的法律权限和漏洞，来摆脱不公平的债务负担。讨债行业试图迫使我缴械投降，不再从事这一行，他们说我的行为是“不道德的”。

我告诉他们，事实如何，你们自己清楚，然后继续教人们如何避免逼债。

在研究行业机制的过程中，我意识到自己力量有限，无法找到所需的全部信息。要想改变这个行业，我需要一个能提供法律保护的资格证。确切地说，是一张私家侦探执照。

学习一门政府批准的私家侦探执照课程——只需要参加一些法律课和一场滴答作响的考试——转眼之间，我正式成了一名私家侦探。

***

事实证明，现实里的私家侦探并不像电影里看起来那么激动人心。

拿到执照之后，最初的几千个小时我都在为保险公司工作。假设某人在公共责任事故或者工作场所事故发生之后提出索赔，那么他们理应得到赔偿——但是，对于大型保险公司而言，标准的流程是请私家侦探来找出整个过程中可能存在过失的种种细节，一旦证据充分，他们就可以拒绝付款，或者只需支付一笔相对较低的数额。

比方说，一名仓库工人在工作时背部受伤，要求保险公司进行工伤赔偿。随后，保险公司会付钱给像我这样的人，让我们在工人家的房子外面偷偷等着，拍他正在做一些本应该避免自己受伤的事情时的证据照片，例如修剪草坪，或者把重物搬进杂货间等等。不那么严谨的保险调查员，是不会关心私家侦探提交给保险公司的证据是不是合法或者是不是不够充分的，他们甚至连基本上属于伪造的证据也照收不误。

积累了足够多的经验之后，我决定不再接受这方面的委托了。相对应的，我成立了私人侦探社，直接用上了自己的大名。工作马上蜂拥而至，就像在报纸上登了个广告一样。

大多数来联系的委托人都是丈夫或妻子，他们认为自己的伴侣有外遇。当然，通常情况下也确有此事。我一次又一次地看到相似的情况：如果你们两个的关系确实糟糕，糟糕到你需要雇一个陌生人来进行调查的地步，那么，用照片来证实你的恐惧其实也并不能解决任何问题。

我花了一年多的时间去跟踪一个男人，他是当地很有名的生意人，我给他起了个绰号叫“鸽子”——他身材壮实、肥胖，两条腿却很短小，总是昂首阔步地走来走去。他的妻子联系了我，说怀疑他出轨，让我去跟踪他。我告诉她，每小时收费一百五十澳元，她欣然同意了。她整个人心烦意乱的，钱似乎不是问题。

第一天，我跟着“鸽子”的车，一路开来开去，因为他每天都要交付不少业务。大约两小时后，我跟着他来到郊区的一处街区，他将车开进了一栋现代风格的矮房子里——直接开进了敞开的车库。他一进门，车库门就关闭了，于是，我便把自己的车停在了拐角处，从他们那边完全看不见我，但我却离得足够近，可以随时从车上进行监控。

四十分钟后，车库门嘎吱一声又打开了，“鸽子”的车倒了出来。我拍了一卷照片，心里想着，这下我就有证据可以带去给他的妻子过目了——才过了几个小时；这份工作似乎太轻松了。

我打电话给我的委托人，解释了刚才发生的事情。沉默了好一会儿之后，她让我第二天早上再去监视一下这个地方。我同意了。第二天早上，我把车停在同一个拐角处等着。果然，“鸽子”像报时钟一样，准时准点地开进了同一个车库。

我给我的委托人打了电话。她问我，是否有可能拍到房子里发生的事情。这并不容易，早上八点，安静的郊区，但也不是不可能。

我走进隔壁院子里，敲了敲门。一位年轻的女士在里面应答，问我想要干什么。

“我就住在你后面那栋房子里。我正考虑要把它放到市场上卖掉。”

我问她，是否介意我进到她家后院里，为房源拍几张照片。她很乐意让我这么做，让我在她家院子里随便晃悠，拍摄“鸽子”小屋里发生的事情。

冲洗照片时，我看到照片上浮现出一个五十多岁的女人，化着妆，穿着内衣，坐在“鸽子”旁边，吃着培根蛋早餐。他只穿了一件背心和内衣。那是性爱过后温馨的小场景，当然，也包括了我委托人提出离婚申请所需的一切。

我们在咖啡馆里见面，我把照片给了她。她翻看着那摞照片，表情变得非常沮丧——她立刻就认出了照片中的那个女人，那是她的好朋友和网球搭档。她哭了起来，我则在一旁耐心等待，等着她把刚刚知道的这些东西给消化掉。

最后，她恢复了平静。她擦着眼泪，说出了一些出乎我意料的话："我希望你再跟他两个礼拜。你能做到吗？"

我得说，这很让我感到吃惊。我温柔地提醒她，这样做每小时要花一百五十澳元，而且她已经有了她丈夫出轨的证据和他情妇的身份。她确定要这么做吗？

她很确定。

问题是，"鸽子"从来没有改变过他的习惯。两周过后，我有了总共十四组、内容几乎一模一样的"鸽子"跟他情人玩乐的照片。但当我把它们统统交给我的客户时，她坚持让我继续调查这个案子，而每当我表示，我认为这是个坏主意时，她就会变得沮丧不安。

所以我只好一直跟着"鸽子"，只不过我其实并不需要真的跟着他——那时我已经完全清楚他的行为模式了。我只需要去他为情妇准备的那栋房子，拍下我的照片，然后等他离开就好。

最后，我总共跟踪了这个男人十四个月，每天都是这样。

这实在是很疯狂。他的妻子并没有离开他。时不时地，我就会碰到“鸽子”跟我的委托人一起看电影，或者一起出现在餐厅里，手牵着手。她会假装没看见我，然后过几天，我们再次见面，我会给她更多她丈夫出轨的照片。

直到今天，我都不知道幕后发生了些什么。我妻子认为，是因为这个委托人害怕离开自己的丈夫，并且感到太过孤独——她雇我做调查，就像自己拥有一个真正的朋友似的，一个在她哭泣时坐在她身边的人。或许事实就是如此。

我突然想到，也许她从中得到了某种乐趣，这可能是某种奇怪的性癖。这个世界上永远都有各种各样的奇怪事情，尤其是在黄金海岸。你永远不知道别人的婚姻是什么样的。在我看来，最好不要知道为妙。

我永远搞不清楚我的委托人究竟在想些什么。最后，我不得不放弃这个案子，因为我已经向那个可怜的女人收取了一大笔费用。她从来没有拖欠过任何一笔钱，也从来没有抱怨过费用。对她而言，这跟钱无关，而是要通过这样一种方式，知道她丈夫每时每刻都在哪里。这种模式是不健康的，过了一段时间之后，再从她那里拿钱对我而言就显得很不体面了。所以我告诉她，我不能再为她继续调查下去了，于是我们就分道扬镳了。

多年以后，我在报纸上看到，“鸽子”死了。在高尔夫球场上因为心脏病发猝死。事情发生之后，那栋矮房子的女主人站出来了。她进行起诉，要求得到他的一部分资产，理由是她跟“鸽子”长期处于事实上的婚姻关系中。最后她什么也没有得到——因为她没有任何证据可以证明他们一直在一起。讽刺的是，“鸽子”的妻子反而有这些证据！十四个月的照片证明了她丈夫对情妇的爱。

***

我更喜欢私家侦探业务中与企业调查相关的工作。在企业里卧底，揪出谁该对公司内的盗窃或者破坏行为负责。

这类委托最大的客户之一是酒店业，员工偷窃是个大麻烦。不止偷东西，还有偷工资：存在严重的工资欺诈问题——有些员工会谎报自己的工作时长，实际上他们并没有去上班。这种现象在酒店的低收入员工当中十分普遍：清洁工、厨房工。他们会让同事朋友帮忙，用自己的考勤卡打卡，这样他们就可以在没上班的时候说自己当班了。然后到了另一天，他们也会帮他们的同事朋友做同样的事情。

在我卧底的一些地方，你甚至会看到一个人带着四个人的考勤卡到处跑的盛况。这乍看起来可能不算是什么大事，但如果一家连锁酒店的数百名员工都在这样做，那每年加起来就是数百万澳元的损失。

我在酒店业的第一份工作，是在黄金海岸一间大型豪华酒店里当卧底，他们让我处理员工偷窃问题。我做了一名卧底保安，考虑到我的工作背景，这非常容易。

经理四处走动，把我的假身份介绍给所有的员工，然后，我来到自己的岗位上，开始着手调查。

大概是在我来的第二个晚上，我跟其他几个在保安室里的同事搭话，告诉他们我饿坏了。“嘿，你们知道这附近哪儿有好吃的吗？”

他们连眼睛都没有眨一下。其中一个告诉我该如何撬开厨房的冰箱，怂恿我从冰箱里那些奢华高档食物里随便挑自己爱吃的来享用。

“尝尝三文鱼，”其中一个保安说道，“它很美味。”

“别吃三文鱼，”另一个保安插话道，“你实在要吃的话，一定记得要把所有的都拿走。冰箱里如果只有半条三文鱼，他们会起疑心的。”

很显然，这家伙每隔一晚，就会把一整条三文鱼藏在外套里带回家。

我简直不敢相信。根本没有必要去做卧底——只要抓住机会，他们就会自证其罪。整个酒店从内部开始腐败。库存缩水、财物失窃、工资欺诈，还有心存不满的员工不断在进行破坏活动。肇事者们对此并不掩饰；他们主动让我知道一切。

在得到需要的证据之后，我就离开了那里。有天晚上，我假装自己已经跟管理层闹翻了，准备离开岗位。“这地方太糟糕了，”我对其他员工说道，“我要离开这里。再见。”

在他们看来，我只是另一个不开心的保安罢了。几周过后，当他们被叫到经理办公室里时，他们几乎不可能把这些事情跟我联系起来。

管理层跟这些流氓员工对质时，我从来都不在场。你完全不需要像我这样的人陪在那里。一旦你施加压力之后，他们通常都非常愿意坦白。没有什么比负罪的愧疚感更沉重的了。

第二十五章

Embarrassing Items

❧

尴尬的东西

假设你现在突然死了——假设你放下这本书，穿过街道，突然被一辆公共汽车给带走，然后该怎么办呢？会有一堆烂摊子需要打理。不只是现场——虽然确实也需要打理，而且它可能会毁掉可怜汽车司机的一天——在更广泛的意义上也需要打理。需要有人——通常是你的伴侣、父母或者孩子——在你死去之后，将你的家给整理好，可是与此同时，他们可能也会发现所有你还没来得及整理的秘密。所以，未雨绸缪，在死之前，你应该把自己所有的身外之物都整理一遍，把它们装进箱子里，移到另一个地方，或者直接扔掉。

现在就想想你家里都有些什么吧。有些零碎的东西，你可能并不希望自己的近亲看到。这对你又有什么好处呢？想想看——橱柜后面藏着的一堆色情杂志？床底下藏着的情趣玩具？

或许你还保留着旧情人写给你的一摞情书，出于感情上的原因，你不想让自己的配偶发现它们。或许在你的笔记本电脑上有个专门的文件夹，里面储存的邮件里详细记录着你的婚外情？

不一定跟性有关。或许你负债累累，或许你是个赌徒，或许你应该注意体重，但你的冰柜里却塞满了微波速热墨西哥卷饼。

每个人都会为某些事情感到羞耻。当你的祖母告诉你，永远都要穿干净内裤，以防被公交车撞到时，她指的可不只是字面意思。如果你毫无征兆地死去，难道你不希望有人能够帮你清洗一下你那条“脏内裤”吗？

比方说，马库斯。不错的家伙，社会中坚，离异无子。剩下没几天了。

他是一名技术工人，电工。有一天，他在工作中发生了一点小意外，扭伤了手肘。小伤，不用太担心，他这样想，然后去医院做了例行扫描。在医院里，医生告诉他，他得了一种罕见的癌症，活不了多久了。

在那之前，他一点也不觉得身体有什么异样，可是在此之后，情况却急转直下。究其原因，很重要的一点在于：一旦你的大脑让你的身体相信你正在死去，那就根本不会花太长时间。确诊后不久，他就清楚知道自己再也不能出院回家了。

眼下马库斯的生活过得不坏。尽管婚姻失败，但在即将离开这个世界的时候，他跟大家的关系处得都挺好——家人们爱他，没有敌人，没有敌意。但他也曾经浪荡过，就跟其他男人们一样。在过去，他很受女士们的欢迎，现在他家里有台电脑，里面存有几十份约会档案，都是跟不同女人发生关系的记录。

没什么大不了的，但马库斯很怕自己之前约会过的女人会因为电脑上存的那些内容感到她们没有受到尊重。

除了这些之外，还有一点其他东西——普普通通的性玩具，一根振动棒，一个屁股塞。他有个兄弟即将到他家里来收拾东西，他希望在别人看到电脑内容之前将它给彻底销毁掉。

实际上，他已经打过电话给他的一位朋友，一名警官，让他直接闯进去，解决这件事。但警官解释说他不能这样做，警察在没有搜查令的情况下，是不能进入私人房产的，这种行为是违法的，即使下班后也不例外。这很有道理——你不会希望警察在没有监管的情况下拥有私闯民宅的权力。

“你可以给比利打电话，”警官告诉他，“他是黄金海岸的一位私家侦探，他会帮你的。”

没错，我能帮他。我非常了解自己私家侦探工作的各种法律后果：我能做什么，不能做什么，怎样严格遵守法律。进入私人房产，确保委托人隐私不会被别人发现，让委托人能够安心？这完全没问题。

帮助马库斯是我做的第一项遗愿告白师任务。随着时间的推移，遗愿告白师逐渐声名远扬，我收到了越来越多类似的委托。

有些人并不希望自己的任何东西被隐藏或者销毁——他们拥有一些格外有价值的东西，希望它们能够得到拯救和保护。说实话，当搬家公司受雇到一处已故人士房产帮忙打包时，各种有价值物品在过程中莫名其妙“消失”的情况并不罕见。我觉得，在别人临终之际去偷他的东西是一种极其糟糕的行为，因此，这类委托我总是愿意去帮忙。

通常来讲，委托人会希望我保护电脑、贵重文件或者珠宝的安全——这类东西确实很容易就会被一个手脚灵巧的投机分子给顺走。但有些时候，纯粹只是一些具有个人情感价值的小物件——照片、信件、收集了一辈子的各种小纪念品等等。

所有这些请求中，总有少数一两个没什么意义可言，或者说其中意义很难被外人所理解，即使对我而言也是如此。

一位女士——天生的资深嬉皮士——想让我把她的车开走，连同后备厢里的一些杂物一起，运到她哥哥的住所。打开那个后备厢时，我认为她用一笔并不算少的钱来雇我保护的这些东西，应该是珠宝、金条、海洛因之类的贵价货。但事实并非如此，只是些普普通通的家居用品，一台电脑、文件夹、相册什么的。

她只是不信任政府办事，因此想确保她的私人物品安全。我怀疑，没人会想要去抢她的车，去偷她后备厢里那些该死的水晶和风铃，但我想有些人就是天性古怪，或者至少是有些偏执。

话又说回来，这些人完全有理由偏执。

第二十六章

The Lost Boy Of TSS

❧

TSS 失踪男孩

到了最后，我的人生变得非常美好了。我跟自己最好的朋友结了婚，我们一起组建了一个家庭。我靠自己的智慧、口才和勤奋，成就了自己的事业。

虽然只需要开一段很短的距离，就能抵达我出生长大的那个区，但到了 90 年代末时，我已经彻底远离了出生时所处的那种地狱般的环境。命运给我发了张很糟糕的牌，我却硬是凭着顽强的意志力，让自己的生活变得如此美好，几乎无法辨认出自己曾经的模样——那个可怜又害怕的孩子。

我真的做得很好。这听起来可能有点自吹自擂，但我确实想要好好自夸一番。我为自己如今取得的成就感到骄傲。这一切简直不可思议。我认识很多跟我一起上 TSS 的、拥有特权的孩子，他们虽然起步比我早很多，但最后取得的成绩却不及我的一半。

从我在 TSS 的第二年开始，我就明白了，出生在特权阴影笼罩之下，可能反而是一种诅咒。在强大的金钱力量保护下，他们得以免受伤害与失败，然而，当其中一些人摔倒在人生的障碍上时，却也必须承受比大多数人都多的痛苦。

家庭和社会给特权儿童造成的压力是巨大的，当未能达到别人为他们设定的目标时，他们就会开始崩溃。TSS 总是在他们的校友文献中吹嘘每一个成功故事，但是人们不曾想过，在每个成功故事的背后，都有另一个孩子在压力下崩溃，从裂缝中跌落。

我当时并不知道的是，这些孩子中的一部分，他们的经历也跟我一样，也在同魔鬼搏斗——他们跟我一样，也遭受过 TSS 老师的性侵。

***

1997 年，有消息称，TSS 的老男孩、橄榄球联盟传奇人物彼得·杰克逊[1]死于海洛因吸食过量。毕业后，他先是成了一名警察，然后成了橄榄球场上一颗冉冉升起的新星。他曾效力于南方队，接着是野马队，后来是昆士兰队，最后代表澳大利亚跟英国国家队比赛。

但在退役后的几年里，他过得很不顺。他去世时只有三十三岁。

1　澳大利亚职业橄榄球联盟著名运动员。

在彼得死前，他向自己的妻子吐露了心声，说他曾经遭受过自己的舍监兼 TSS 教练的性侵——他的这位教练曾是一名神父。性侵开始于他十四岁时，持续了一年多。可怜的彼得，这让他的人生脱离了正轨，最终导致他过早地结束了自己的生命。

我惊呆了。我以前就认识彼得。虽然我在学校里从未见过他，但在 80 年代黄金海岸的一个毒贩家里，我跟他成了朋友。他是个很棒的家伙,待人友好,外向，极富魅力。我从没想到他会被性侵过。

从 1997 年的那些新闻报告里，我第一次知道 TSS 还有其他男孩在遭受性侵。我明白，既然有我们两个，那就肯定还有更多的人。还有很多很多。

这给了我前行的动力。虽然想到别人也遭受过我这样的痛苦，令我感觉很糟糕，但与此同时，也让我明白自己并非孤身一人。彼得·杰克逊的死，激励我开启了全新的征程。

***

我写信给学校，写明我打算控诉的一切，要求面谈，要求他们对此做些什么。他们并没有理我。警察也是。

于是，我开始寻找其他在 TSS 被性侵的男孩，但这是不可能的。追踪别人对我而言不是问题，但让他们讲出这些如此可耻、如此禁忌的往事，那就是另一回事了。这所著名学校的文化传统完完全全地被灌输进了他们脑海里。

在社交媒体出现之前，我很少能够取得成功。可是，当我在脸书上发了一篇关于彼得的帖子，以及我自己被性侵的经历时，有个比我高一两级的家伙，在两个小时之内联系了我。

“斯科特 · 罗宾逊？”他说，“你叫斯科特 · 罗宾逊对吗，来自南港中学？”

“我现在叫比尔，但我以前确实叫斯科特。”

“伙计，你在 TSS 可是个传奇人物。那个离开后就再也没回来过的孩子。他们叫你‘失踪男孩’。”

于是，我在脸书上建了个页面：TSS 失踪男孩。上面写着我的故事。以此为契机，其他男孩们开始陆续站了出来。一个，两个……先是涓涓细流，然后逐渐汇聚成江海。至少有几十名男孩被性侵过，时间可以上溯至几十年前。

一位 74 岁的女士告诉我，她的兄弟在 TSS 被性侵后结束了自己的生命。

从 1968 年到 2016 年，我们总共统计出了 133 名挺身而出的男孩。

还有一些男孩无法站出来，因为他们没能活到现在。我们发现，自 1997 年以来，至少有 8 名男孩自杀了。其中许多死亡事件发生在学校里。有个男孩站在学校的钟楼前，开枪打爆了自己的脑袋。其他人则爬上剧院的屋顶，在房椽上上吊。

官方正式报告中，上述每一起自杀事件都被归因为心理健康状况不佳。你知道什么会导致心理健康状况不佳吗？他妈的在学校遭受性侵！如果你真关心孩子们的心理健康的话，这显然不是个说得过去的结论。

来自 TSS 的每个失踪男孩都有自己复杂的心理创伤，需要进行沟通和疏导。与此同时，在相关赔偿案件中，代表这些人的律师专门来找我咨询，希望能够得到关于他们心理健康状况的详细报告。我告诉他们，作为一名拥有官方正规认证的私家侦探，我可以给他们提供宣誓陈述书，但在心理健康方面，他们真的需要一个合格的心理顾问来提供协助。

但我还是决定要尽量想办法。我研究了一下，突然意识到了自己未来应该选择的方向——我应该想办法成为一名注册心理咨询师。于是，我去了与之相关的医疗从业者协会，在那里，我解释了我是谁，我想做什么。他们花了两周时间考虑，然后回来告诉我，他们会以自我监管的方式为我提供担保[1]。

就这样，“TSS 的失踪男孩”变成了“TSS 的失踪男孩们”。复数。一个团体。我们是相互支持的群体。这种团结是无价的，尤其是在对抗教会的时候。

我从来不相信数字的力量，但我相信压倒性证据的力量。我们中站出来的人越多，TSS、教会以及他们所有无力的推诿和借口就越没有说服力。

当我刚刚开始积极追求正义时，TSS 已经在想尽一切办法要让我闭嘴了。一名学校官员打电话给我，告诉我，我会因为虚报事实而被送上法庭，他说我是个心怀怨恨、很不诚实的坏家伙。

他很快就明白，空洞的威胁是压服不了我的。第二天，他打电话道歉，并询问我们是否可以私下见面，讨论对所造成的伤害进行赔偿等等问题。

在与校长的会面中，我发现自己的学校档案被删除了。他告诉我，他帮不上什么忙，因为我受到性侵

---

1 即不审核资质的从业担保，虽然会有很大限制，但却可以出具心理健康状况报告。

的事情是在他来这里之前发生的。他还表示，有几个老男孩亲自来找过他，学校已经在经济上帮助了他们。

最后，我得到了一份书面道歉，同时得到了一小笔补偿，他们打算以此来换取我的沉默。我的回答是响亮的一句话："他妈的不行。"

我不要他们的钱。报纸上报道说彼得·杰克逊的遗孀得到了 25 万澳元。那是什么，能换一辈子吗？这些都是屁话。这不是我想要的。我希望他们能够废除这个庇护虐待儿童者、打击弱势儿童的体系。

2017 年，我发现那个曾经在办公室里对我进行过强奸、猥亵的 X 老师，竟然还在另一所学校里教书。昆士兰警方接到了报案，但那是我最后一次听到相关消息。对于我的投诉，从来没有人主动联系过我。当一所学校打算认真弥补他们所造成的破坏时，你不会得到这样的结果。

***

我想传达的信息是：你不能放弃。如果你被虐待过，那你更是永远都不能放弃。

假如你从来没有缕清过发生在你身上的事情，假如你的生活陷入了混乱，那你必须摆脱困境。我知道这一切非常艰难，但你必须得接受它。虽然你可以一辈子不去面对，你可以吸毒，喝酒，或者只是单纯地抑制住它，让它保持在与外界隔绝的气泡中——直到你完全崩溃的那天。

我曾经就是这么做的。

然而气泡不可能永远存在。一旦破裂，你马上就会感到痛苦不堪。它会让你从内部腐烂掉。

一旦学会接受他们做过的一切之后，我便会继续前行。不少人都对我说过："这他妈的就是发生过了，处理掉它，然后跨过它。"

不。我不会真的跨过去。但我会处理掉这些事情。我会持续曝光，持续揭露。因为我的故事讲得越多，就越能帮助到大家。

我想说的最重要的事情是——只有你自己才有能力去接受它。这是种十分巨大的力量。因为一旦你真的接受了，你就能够原谅自己。不要总想着去原谅别人——因为你做不到。你永远不会忘记发生过的事情，但你必须原谅自己，因为那不是你的错。

这就是我们这些受害者所做的——多年以来，我们总是在责怪自己。我做错了什么？我做了什么错误的选择，让他们认为可以这样对我？难道是因为我不够强壮、不够优秀、不够聪明，不足以保护自身的安全吗？

这些都是废话。记住，要原谅自己。

因为一旦你这么做了——天呐，它给予你的力量简直不可思议。我就从中获得了许多力量。

现在，人们听到我的故事时总是会说："噢，你这可怜孩子。"

去你妈的，我才不是什么可怜孩子。事情发生的时候我八岁，结束的时候我十六岁。当时的我是掠食者和权力机构的受害者。现在我是个男人了，我有力量。

不要为我感到难过。我可没有坐在阴沟里自怨自艾；我有足够的力量和勇气去做出改变。

性、身体或精神虐待的受害者，可以继续当一名受害者，也可以成为幸存者。这是他们个人的选择。但我必须实话实说，决定成为幸存者所带来的力量，是独一无二的。

我会鼓励任何一名受害者去获得这种力量，用它来改善自己的状况。不要沉默地坐着，要哭喊，要去拳打脚踢，要尖叫，要大声喧哗，要让伤害你的人在睡梦中也能听到。你至少可以拯救自己的人生，不仅如此，你还可能通过自己的经历去拯救其他人的人生。

第二十七章

Sky Daddy

天父

没有人想死。即便是非常虔诚的人，在他们生命的最后时刻临近时，也会心存疑虑。你将看到他们紧紧抓住自己的信仰，虔心祈祷："上帝与我同在。""不久之后，我就要在天国里行走了。""耶和华是我的牧人[1]。"

好吧，耶和华是你的牧人。但我见过农场，伙计。做一只羊并不像人们说的那么好，事实上，做牧人也不怎么样。

宗教。不适合我。我相信，我们死后，永眠，仅此而已。故事结束了。我不认为后面还会有更多的事情，永眠，在我看来也没那么糟糕。也许我错了——我希望我是错的。

对我而言，这只是另一段旅程。你去睡觉，也许会醒来，也许不会。没有人知道确切的答案。即便是那些深信不疑的人——百分之百相信他们会在地底下沉眠，然后醒来，醒来时他们会在一片云里，被蛋糕、

1　出自《旧约诗篇》第 23 篇，基督教举行崇拜仪式时所唱的赞美上帝的诗篇。

小狗和天使唱诗班重重包围——他们在自己最后的日子里也会感到非常害怕。

可是，恐惧的反面藏着的又是什么呢？它可以是快乐、爱、幸福，可以是地狱之火、折磨、无数该死的东西。直到发生在你身上之前，你都无法确定，所以，再多的信念也无法阻止你感受到那种致命的、未知的恐惧。

***

但戴尔·彼得斯对此却毫无疑虑。他恨宗教，恨上帝，恨任何与这两者有关的东西。

我不知道戴尔身上曾经发生过什么，让他对这一切如此反感，不过我想，我从来没有遇到过比他更坚决反对教会的人。连我都没那么讨厌教会。

我的意思是，在我看来，他们是个充斥着盗贼和恋童癖的犯罪组织，但你不能否认，这些年来他们确实花钱买了不少漂亮的绘画和雕塑。别忘了，他们的确给饥饿的人们提供了食物，即使这只是他们犯下最令人发指罪行的幌子。

戴尔根本不想要什么葬礼仪式。问题在于，他的家人们都是虔诚的信徒，他们想要为自己的儿子举办一场正统的基督教葬礼。他们最担心的一件事是，如果他临终前不忏悔，不让神父主持他的葬礼，那他就会在地狱里被烧死。戴尔对此根本就无所谓。他不相信地狱的存在，所以地狱对他而言称不上什么威胁。

戴尔非常反对举行宗教葬礼，但不管他告诉家人们多少次，在教堂里告别会令他觉得很痛苦，他们都不听。争论变得如此激烈，以至于在戴尔生命的最后几天里，当他真正需要家人支持时，他们反而变得疏远了。他几乎只能独自一人熬过这一切。

你的家人在你最需要的时候抛弃了你，你该怎么做？当他们坚持要举行宗教葬礼，但这真的是你最不想要的事情时，你还有什么选择？你如何确保你的愿望能够得以实现？你他妈的必须得雇个人来干。你给我打电话。

“我很生气，”我们第一次见面时，他告诉我，“我也很害怕。”

“你应该害怕，”我说，“假如是我，我肯定会吓得屁滚尿流。”

他笑了起来。“你不是应该安慰安慰我才对吗？”

“怎么安慰？你快死了，我说什么也改变不了这点。如果你告诉我，我今天会死，我也会被吓傻的。

我为你担心，因为你会走在我前面。这是一笔该死的交易。”

他笑了。我想，他应该会尊重我的诚实，因为我并没有打算要粉饰现实。

我们同意合作，他明确告诉了我，自己想要做些什么。他的指示很清楚——他对这一切感到生气。他对宗教在他家庭中造成的分裂充满了愤怒。言谈之间，全是“该死的这个”“该死的那个”以及“该死，偏要让我经历这些。”

我觉得他的其中一部分诉求，就是要找个人倾诉。这一切令他备受伤害。他向我倾诉上帝和宗教，以及他成长过程中遵循宗教传统的各种怪事，语气尖刻，内容非常有趣。

最重要的是，戴尔感到愤怒、害怕和孤独，他遍体鳞伤。我想尽我所能去帮助他。

他死后，给我留下了他最后的遗言。

***

神父开始邀请聚在一起的哀悼者们，准备进行集体祈祷，这正是我该中断戴尔葬礼的信号。戴尔一直坚持要求这一点：在他的葬礼上不要祈祷。

我站起身来，将戴尔最后的消息转达给他们。

“我代表我的委托人戴尔·彼得斯说话，请你闭上嘴，坐下来，听听戴尔还有什么要说的。”

“我想告诉精心组织这场葬礼的人：我请他过来，不是为了你们，而是为了我和我自己的遗愿，跟你们一点关系都没有。我根本就不想要宗教葬礼。我他妈是个无神论者，看在上帝的分儿上！”

“我明白——你们想让这个房间里的每个人都看个清楚，让大家知道你们在做所谓‘正确的事情’。可是，真正正确的事情，应该是在我快死的时候全力支持我。”

“他妈的。你们都知道自己会死，时间不等人。你们可千万不能再这么做了。等你们到了我现在所在的这个地方时，我们再见吧。”

“最后，我很生气，我很难过，我很愤怒。我不想死。我不想生病受苦。可是，最重要的是，我不想用如此艰难的方式来判断谁爱我，谁不爱我。你们糟透了。阿门。”

不得不说，在一阵惊诧莫名的沉默之后，戴尔的家人们并没有打算热情地招待我。

很明显，房间里的人分成了两派。左边是被激怒的家人们，右边是戴尔的朋友们，他们都很喜欢戴尔的这段发言。

这个家庭的愤怒是真实的；你可以真真切切地感觉到，有一种情绪正在从他们身上爆发出来。一些人开始叫嚷，另一些在威胁我。这实际上是我第一次在参加葬礼的时候，觉得有人可能会对我动手。这些表面温和的基督徒可比那些骑大型摩托车的硬汉可怕多了。

我赶紧把那封信收回到信封里，放在棺材上，然后就离开了。

走到停车场之后，有人从教堂里出来，喊着让我等一下。我转过身去，准备迎接一些可能的麻烦，但来的是个年轻人，他很开心地朝着我走了过来。

“我是戴尔最好的朋友。你刚才的做法是对的。别听他家人的，他们根本就不了解他——他会很喜欢葬礼上发生的这一切的。”

等他说完之后，我就开车离开了，戴尔的朋友回到服务处，开始处理善后事宜。

第二十八章

Fear Time, Not Death

害怕时间，而不是害怕死亡

在我家的办公室里，有一台老式时钟。它看起来有些像是那种老式落地钟，但表盘上绘制的却是一个傻乎乎的卡通奶牛图案。

我跟孩子们在几年前偶然发现了这台时钟。当时，孩子们打算给劳拉买件生日礼物，所以我单独带他们出去。孩子们做家务赚来的钱，总共只存了六十多澳元，我们想找找这个价位的礼物。

路过一间旧货店时，我的女儿盯着这个钟看。她立刻就爱上了它。当我们检查它时，它发出了报时的声音，还演奏了一段欢快的四音符小旋律[1]，这让孩子们更加着迷。

我问店主这要多少钱，他想了一会儿。

“我收你 60 澳元。”

“成交。”我说道。

有些事情是命中注定的。

1　指只用四个音符组成的旋律，节奏简单，常用在廉价电子设备上。

时钟还在走，滴答作响。每隔十五分钟，钟声就会响起，同样是欢快的小旋律。几年过后，我几乎察觉不到它的声音了，变成了背景白噪音的一部分，就像雨水落在屋顶上，或者鸟儿在日出时尽情欢唱一样。

有天下班后，坐在沙发上时，我突然回想起来了。我以前曾经听过这首曲子。那是大钟报时的旋律——南港中学每十五分钟就会响起同样的旋律。

这首曲子是我人生中最糟糕那三年的背景乐。每当我被羞辱、被性侵时，它就会在背景里播放。

你恐怕觉得我会讨厌这段旋律，但即使在我分辨出来之后，也没有什么特别的感觉。那不过是一台时钟发出的报时声音，仅此而已。不是诱奸我的老师，不是猥亵我的外祖父，也不是背叛并抛弃我的母亲。这只是首好听的曲子，让我知道时钟在滴答作响，时间在流逝。

如果说有什么不同的话，那就是我现在觉得这首曲子很放松——它提醒我，所有那些糟心的事情都已经过去了，我再也不会经历那些事情了。

如果说这是对过去的提醒，那也是在提醒我永远不要忘记自己来自哪里。不仅如此，它还在提醒我现在走了有多远。我环顾四周，看着我跟家人们共同建立起来的美好生活，我简直被惊呆了：真是太他妈棒了。

确实如此。此时此刻，生活无疑是甜蜜的，考虑到这一切，我要确保自己仍然能坚持过好每一天，就跟我在街上挨饿时一样。

那些日子是弥足珍贵的。每小时，每分钟。时钟并不意味着任何事情，但它却时刻提醒着我，比起死亡，我更害怕的其实是时间。死亡会公平地降临到我们每个人身上，然而，并不是每个人都记得要充分利用我们所拥有的时间。珍惜时间，在我一路走来所学到的一切当中，这是唯一的硬性规定。滴答滴答，流逝不停。

第二十九章

Death Don’t Wait

死亡不会等待

就在几天前的一个晚上，当我们其乐融融地待在家里时，劳拉的哥哥斯科特在睡梦中去世了。

我第一次见到斯科特还是在 35 年前，那时我只有 16 岁。他在冲浪天堂的大街上死命追我，以此来恐吓我，以后别跟他妹妹约会。但这并没有奏效——我不仅继续跟她约会，还娶了她，她成了我们两个孩子的母亲、三个孙子的祖母。

20 世纪 80 年代，三年时间里，我一直躲着斯科特，仿佛我想活下去就必须这么做似的，不过话说回来，我认为确实必须这么做。他块头很大——是我见过块头最大的家伙之一——而且速度也很快。我简直不敢相信,他竟然能跑这么快。没错,我跑得比他更快，但我真的需要很努力才能摆脱掉他。

直到有一天,他终于把我堵在了“重放世界”前面，那是个满是弹球台和台球桌的游戏厅。

他就在那里，阴森森地逼近，死盯着我，然后他耸了耸肩。

“你瞧，我真的不记得我为什么要追你了。你对我妹妹做了什么坏事吗？”

“不，我爱劳拉。她也爱我。”

“好吧。这挺不错。”他说，然后他就走了。

他真的是个好人。如同一位温柔的巨人。他看起来像是会赤手空拳地把你给碾碎，但在我看来，他最接近暴力的一次，也只是碾碎了一袋薯片而已。

***

随着时间流逝，斯科特跟我之间的关系也变得越来越好。我们会聊聊我的“遗愿告白师”工作，也会聊聊死亡和来世。他跟我说，他对我那些委托人的故事很感兴趣，关于他们提所出的各种独特要求，以及——在生命的最后时刻，对他们而言，什么才是真正最重要的事情。

他告诉我，他不在乎葬礼的形式，只要能火化就行了。无论如何都不想被埋在棺材里，因为他有一种病态的恐惧，害怕被活埋：他们以为他死透了，但其实他只是昏了过去，结果到了最后，他在棺材里突然苏醒了过来。很傻的想法，但却把他给吓坏了。

“我死之后，我要你拿一根大头针来狠狠扎我，”

他对我讲，“找一根很粗的针，扎进我的脚指头里，确保我真的死透了。”

“肯定照办，”我笑了起来，“要是在过去，我很乐意多扎你几下。”

“不，我是认真的。等我真的走了，用针扎我。一旦有任何反应，就不要烧死我。”

“好的。”我同意了，如果斯科特在我之前去世，“遗愿告白师”就会出现，确认他真的死去了。

斯科特去世时才五十七岁。发现他时，他躺在沙发上，躺在电视机前。他似乎是在看节目的时候猝死的。验尸官的报告证实，斯科特是自然死亡，这让我不禁想知道，在五十七岁时，“自然死亡”到底是个什么意思。我后来发现，斯科特在几小时前去看了医生，因为头痛，注射了吗啡。

我一定要帮斯科特完成他的遗愿。我以“遗愿告白师”的身份前往参加了葬礼，一位彬彬有礼的殡仪员穿着整洁的衣服，向我展示了装有即将被火化的斯科特尸体的那口棺材。殡仪员很恭敬地站在那里，沉默不语，最后他问我，是否想跟死者单独待一会儿。

“我只需要很短一会儿。”我回应道。

殡仪员走后，我取出一根针。我将这根针扎在了斯科特身上，然后又扎了第二次，扎得非常深。没有出血，没有瘀伤，没有任何反应。

那一刻，我突然真实地感到了难过。我意识到有一部分自己很希望斯科特的古怪恐惧是有道理的。他会做出反应，稍微动一下，然后一下子跳起来，抱怨自己头痛难忍。

“好吧，伙计，”我说，“现在你可以确定了。”

这是个好人，在世时只有少数人有幸与之熟识，我向他道别。

***

这一切发生之后，我发现自己在发表悼词时处于一种很奇怪的状态：谦谦有礼、十分正常地讲述着斯科特曾经是什么样的人。没有任何干扰，没有发生冲突，没有什么秘密需要向众人透露。

斯科特可能是世界上唯一一个死时没有带着任何秘密的人。他想让我讲出口的，唯有他对孩子、孙子、家人和朋友们的爱。我可以诚实地讲，我自认为从来没有见过哪个人是如此坚定又诚挚地爱着生活中每一个人的。他此生最想做的事情，是让他的孩子们过上最好的生活，让他身边的每个人都能平安幸福。

他只想请我这个“遗愿告白师”做一件小事，就是将那些多年以来因为各种事情伤害过他的人叫出来，告诉他们，这一切都已得到了谅解。

这就是他。五十七年。一直好好生活，好好做人。

***

葬礼结束后，我回到家里，偶然路过几年前买的那张街机游戏桌[1]，突然想起了多年以前、斯科特把我堵在黄金海岸弹球厅时的那段往事。

这张游戏桌功能齐全，但它却是个货真价实的古董——20 世纪 80 年代，几乎每个电子游戏厅里都有这种东西。就像那台大钟一样，我是在二手店里发现它的，一时冲动就买了下来。

当我还是个孩子时，经常饿着肚子在弹球厅附近晃悠，试图逃避自身极度糟糕的状态。我总是非常希望有人能够请我玩上一局。在那个时候，往机器里投几个硬币去玩游戏，对我而言是种难以想象的奢侈——每一分钱都必须花在食物上。

现在我过得很好。我再也不会挨饿了。如果愿

---

1 类似麻将台的一种游戏桌，桌面嵌有屏幕，内部装有弹球、对射等电子游戏，最多可供四人游玩。

意的话，我大可以把余生都花在玩电子游戏上。然而人生苦短，没时间这么做。说实话，我从来没有真正玩过它，但是，能够拥有这张游戏桌，能够思考它代表了什么，我已经觉得很开心了。人生这条路，我走了有多远啊：从一无所有的孩子，变成了拥有这一切的人。

可是归根到底，街机游戏桌、时钟，我所拥有的这一切好东西，都只是些身外之物罢了。身外之物犹如过眼云烟——当我死去时，它们不会随我而去。它们现在看起来挺好，但从长远来看，我根本不需要在乎它们。摩托车、银行账户里的数字——最终都是过眼云烟。

相信我，当你临终时，你的股票投资组合绝对不会给你带来任何压力。但是，你会为那些你从未说过的话、从未做过的事、从未抓住的机会而后悔；不管这些是出于恐惧，还是被礼节和社会规范所误导——怎样都好，在接受姑息治疗的病房里，这些都不重要。

如果你今天突然死了，你不会担心自己失去了工作上的晋升机会，不会担心你的童年过得很糟糕，不会担心你开着一辆破车，而你的邻居却有辆更闪亮的车。你会后悔在那个难得有空的下午，将自己有限的时间浪费在了废话上；你会后悔没有好好拥抱你的伴侣，告诉他们，你有多爱他们。

想想看吧，你最后一次带着你的另一半（伴侣、男友、女友、多角恋里的中性人好友——是谁我根本就不在乎，只要你在乎就行）出去吃一顿丰盛大餐、看一场精彩电影是什么时候的事了？你在做什么比这还要重要的事情吗？

斯科特死的那天，我突然意识到，我认识的死人比活人还多。这并不是个消极的想法；我们每个人迟早都会遇到这种情况。它将会发生在你身上——哪怕现在它还没有发生。随着时间的推移，越来越多我爱的人都会死去，留给我回忆的人比活着的人还要多。然后，在那之后不久，我也会死去，那些记忆会随着我一同死去。这很好，顺其自然。

无论死后将会发生些什么，我都会像活着时一样来对待——向死而生，每天都当成最后一天来活。我不相信有来生，但我相信活在当下，而且我很清楚，这才是最重要的。

我有斯科特。我有迈克尔。我有劳拉，还有我的孩子和孙子孙女们，到了最后，这些联结才是生命中唯一重要的部分。我死后，他们也依然有我。他们将会记住，我以自己独一无二的方式活过，从不后退一步。所谓死亡，不过是又向前迈出了新的一步而已。

如果真有上帝的话，我随时愿意接受他的委托。也许他会要求我去做些他不能做的、不愿做的，或是他害怕去做的事情，就跟地球上的人们曾经要求我去做的那些事情一样。如果这行不通，那么我想，恐怕我可以去撒旦那儿找份工作。我敢肯定，总会有位置可以提供给我。不管是为上帝还是为魔鬼工作，或者两者兼而有之，总归是有工作要做的。

我不在乎我的遗体将会怎样。毕竟它只是一具遗体,只是又一个身外之物。你可以来参加我的葬礼——我没什么要忏悔的。不过，在你把我扔进火里之前，或许可以给我狠狠扎上一针。

致谢

致我的儿子约书亚，感谢你给我无条件的爱、支持与友谊。

致我的女儿坎迪斯，感谢你相信我，永远不让我放弃。

感谢史蒂夫·曼德尔、迈克尔、格雷格·佩奇（以前是“黄色摇摆”）、约翰·麦卡沃伊、格雷格·哈德里克、道格和布鲁克·麦卡姆利、卡斯珀，以及澳大利亚企鹅兰登书屋的团队，感谢你们对我的信任、鼓励与支持。

最后，致那些已经离去的委托人，你们给了我许可，告诉了你们深爱的人你们有多爱他们，还有那些爱招人烦的家伙们，滚远些，我谢谢你们了。

图书在版编目（CIP）数据

遗愿告白师 / (澳) 比尔·埃德加著 ; 文泽尔译.
-- 上海 : 上海文艺出版社, 2023 (2025.6 重印)
ISBN 978-7-5321-8621-1
Ⅰ. ①遗… Ⅱ. ①比… ②文… Ⅲ. ①长篇小说－澳大利亚－现代 Ⅳ. ①I611.45
中国版本图书馆 CIP 数据核字(2022)第 249359 号

发 行 人：毕　胜
责任编辑：肖海鸥

书　　名：遗愿告白师
作　　者：[澳]比尔·埃德加
译　　者：文泽尔
出　　版：上海世纪出版集团　上海文艺出版社
地　　址：上海市闵行区号景路 159 弄 A 座 2 楼　201101
发　　行：上海文艺出版社发行中心
　　　　　上海市闵行区号景路 159 弄 A 座 2 楼 206 室　201101　www.ewen.co
印　　刷：苏州市越洋印刷有限公司
开　　本：720×1000　1/32
印　　张：14.25
字　　数：220,000
印　　次：2023 年 2 月第 1 版　2025 年 6 月第 7 次印刷
I S B N：978-7-5321-8621-1/I.6789
定　　价：49.00 元

告读者：如发现本书有质量问题请与印刷厂质量科联系　T：0512-68180628